COLCHÃO DE PEDRA

MARGARET ATWOOD
COLCHÃO DE PEDRA
NOVE CONTOS PERVERSOS

Tradução de Maira Parula

Título original
STONE MATTRESS

Primeira publicação, em 2014, na Grã-Bretanha.

Copyright © 2014 *by* O. W. Toad Ltd.

O direito moral da autora foi assegurado.

Todos os direitos reservados.
Nenhuma parte desta obra pode ser reproduzida
no todo ou em parte sob qualquer forma
sem a devida autorização.

Esta é uma obra de ficção. Nomes, personagens
são produtos da imaginação da autora, qualquer
semelhança com pessoas reais, vivas
ou não, é mera coincidência.

PROIBIDA A VENDA EM PORTUGAL

Direitos para a língua portuguesa reservados
com exclusividade para o Brasil à
EDITORA ROCCO LTDA.
Rua Evaristo da Veiga, 65 – 11º andar
Passeio Corporate – Torre 1
20031-040 – Rio de Janeiro – RJ
Tel.: (21) 3525-2000 – Fax: (21) 3525-2001
rocco@rocco.com.br | www.rocco.com.br

Printed in Brazil/Impresso no Brasil

preparação de originais: CATARINA NOTAROBERTO

CIP-Brasil. Catalogação na publicação.
Sindicato Nacional dos Editores de Livros, RJ.

A899c	Atwood, Margaret
	Colchão de pedra : nove contos perversos / Margaret Atwood ; tradução Maira Parula. – 1. ed. – Rio de Janeiro : Rocco, 2022.
	Tradução de: Stone mattress : nine tales
	ISBN 978-65-5532-262-0
	ISBN 978-65-5595-130-1 (e-book)
	1. Contos canadenses. I. Parula, Maira. II. Título.
22-77775	CDD: 819.13
	CDU: 82-34(71)

Meri Gleice Rodrigues de Souza – Bibliotecária – CRB-7/6439

O texto deste livro obedece às normas
do Acordo Ortográfico da Língua Portuguesa.

SUMÁRIO

Alphinland 7

Aparição 44

A Dama Obscura 81

* * *

Lusus Naturae 124

O Noivo Seco 133

Sonhei com Zenia de Dentes Bem Vermelhos 163

A Mão do Morto te Ama 180

Colchão de Pedra 226

Fogo na Poeira 250

Agradecimentos 299

APRILLAND

ALPHINLAND

A chuva gelada se infiltra do alto, arroz cintilante jogado aos punhados por algum celebrante invisível. Onde cai, cristaliza-se em uma camada de gelo granulado. Fica tão bonito sob as luzes da rua: parece pó das fadas prateado, pensa Constance. Mas é próprio dela pensar assim; tende demais ao encantamento. A beleza é uma ilusão e também um aviso: existe um lado sombrio na beleza, como nas borboletas venenosas. Ela devia pensar nos perigos, nos riscos, no sofrimento que esta tempestade de gelo vai trazer a muitos; já está trazendo, pelo que diz o noticiário da televisão.

A tela da TV é aquela plana de alta definição que Ewan comprou para ver partidas de hóquei e futebol americano. Constance preferia ter de volta a antiga desfocada, com sua gente estranhamente laranja e o hábito de ondular e escurecer. Há coisas que não ficam bem em alta definição. Ela se aflige com poros, rugas, pelos nos narizes, dentes inacreditavelmente brancos expostos bem diante de seus olhos, de tal modo que não é possível ignorá-los, como faríamos na vida real. É como ser obrigada a agir como o espelho de banheiro de outra pessoa, daqueles espelhos que ampliam: quase nunca são uma boa experiência, aqueles espelhos.

Por sorte, na previsão do tempo os apresentadores se distanciam. Têm seus mapas com que se ocuparem, os gestos largos com as mãos, como aqueles de garçons em filmes glamorosos dos anos 1930 ou de mágicos prestes a revelar a mulher flutuante. Vejam! Faixas gigantescas de brancura espalham-se pelo continente! Vejam só o tamanho disso!

Agora o programa vai para a rua. Dois comentaristas jovens — um rapaz, uma garota, os dois em parkas pretas estilosas com halos de peles claras contornando o rosto — recurvados embaixo de guarda-chuvas que pingam enquanto carros rangem lentamente por eles, na labuta dos limpadores de para-brisa. Eles estão animados; dizem que nunca viram nada parecido. É claro que não viram, são novos demais. Em seguida aparecem vídeos de calamidades: um engavetamento de carros, uma árvore caída que derrubou parte de uma casa, um emaranhado de cabos elétricos arrastados pelo peso do gelo, faiscando com um ar sinistro, uma fileira de aviões cobertos de geada encalhados em um aeroporto, um caminhão enorme que derrapou e tombou, prostrado de lado e soltando fumaça. Uma ambulância está na cena, um caminhão do corpo de bombeiros, um amontoado de agentes vestidos com capas de chuva. Alguém foi ferido, sempre uma visão que acelera o coração. Aparece um policial, o bigode alvejado por cristais de gelo; severo, ele pede às pessoas que fiquem em casa. *Não é brincadeira*, diz aos telespectadores. *Não pensem que vocês podem enfrentar a natureza!* As sobrancelhas franzidas e cobertas de gelo são nobres, como aquelas nos cartazes de campanha do esforço de guerra dos anos 1940. Constance se lembra deles, ou acredita se lembrar. Mas talvez só esteja se lembrando dos livros de história, de exposições em museus ou de documentários; têm vezes que é tão difícil situar essas lembranças com exatidão.

Por fim, um toque de *pathos*: mostram um cachorro de rua, tremendo de frio, embrulhado no cobertor cor-de-rosa de uma criança. Um bebê gélido teria sido melhor, mas, na falta de um, serve o cachorro. Os dois comentaristas jovens fazem uma cara de "que fofo"; a garota faz um carinho no cachorro, que abana de leve o rabo molhado. *Cara de sorte*, diz o rapaz. Este podia ser você, é o que ele parece sugerir, se não se comportar, só que você não seria resgatado. O rapaz se vira para a câmera e seu rosto agora é solene, embora esteja claro que está se divertindo como nunca. *Vem mais por aí*, diz, *porque o grosso da tempestade ainda não caiu! Está pior em Chicago, como costuma ser. Fiquem sintonizados!*

Constance desliga a TV. Atravessa a sala, reduz a luz da lâmpada, depois se senta junto da janela da frente, olhando fixamente a escuridão iluminada pelos postes, observando o mundo se transformar em diamantes — galhos, telhados, cabos de eletricidade, tudo cintila e faísca.

— Alphinland — diz ela em voz alta.

— Vai precisar de sal — Ewan fala perto de seu ouvido.

Na primeira vez que ele falou com ela, deu-lhe um susto e até a alarmou — depois de Ewan não estar mais em forma de matéria por pelo menos quatro dias —, mas agora ela está mais relaxada, apesar de Ewan ser imprevisível. É maravilhoso ouvir a voz de Ewan, mesmo que Constance não possa contar com qualquer conversa com ele. As intervenções dele tendem a ser unilaterais: se ela responde, ele não costuma replicar. Mas entre eles sempre foi mais ou menos assim.

Depois, Constance não sabia o que fazer com as roupas dele. No começo, as deixava penduradas no armário, mas era perturbador demais abrir a porta e ver os casacos e ternos nos cabides, mudos, à espera de que o corpo de Ewan deslizasse para dentro deles, assim poderiam ser levados para passear. Os casacos, os suéteres de lã, as camisas xadrez... Ela não podia doar aos pobres, o que teria sido uma atitude sensata. Não podia jogá-los fora: teria sido não só um desperdício, como também brusco, como arrancar um curativo. Assim, ela dobrou as roupas e as guardou em um baú no terceiro andar, em meio a bolas de naftalina.

Durante o dia, não há problema. Ewan não parece se importar, e a voz dele, quando aparece, é firme e alegre. Uma voz galopante, que mostra o caminho. Uma voz de dedo indicador estendido, apontando. *Vá por aqui, compre isso, faça aquilo!* Um tom meio irônico, provocativo, desdenhoso: estas costumavam ser as maneiras de Ewan com ela antes de adoecer.

Mas, à noite, as coisas ficam mais complexas. Apareceram pesadelos: choro de dentro do baú, queixas desoladas, súplicas para sair. Homens estranhos aparecendo na porta da frente que trazem a promessa de ser Ewan, mas não são. Na verdade, são ameaçadores, em sobretudos pretos. Exigem algo truncado que Constance não consegue entender ou, pior ainda, insistem em ver Ewan, passando por ela aos esbarrões, suas intenções claramente homicidas. "Ewan não está em casa", ela alegará, apesar dos gritos mudos de socorro que saem do baú no terceiro andar. Quando eles disparam escada acima, ela acorda.

Ela pensou em tomar soníferos, apesar de saber que são viciantes e provocam insônia a longo prazo. Talvez deva vender a casa e se mudar para um apartamento. Uma ideia que na época do funeral lhe foi incutida pelos meninos, que já não são mais meninos coisa nenhuma e moram em cidades na Nova Zelândia e na França, a uma distância conveniente para que não a visitem muito. Tiveram o apoio das esposas enérgicas, mas diplomáticas, e profissionalmente realizadas — a cirurgiã plástica e a contadora —, e assim foram quatro contra uma. Constance, porém, ficou firme. Não podia abandonar a casa, porque Ewan está nela. Mas foi inteligente o suficiente para não comentar essa parte com eles. Os meninos sempre a acharam meio limítrofe por causa de Alphinland; embora, sendo uma iniciativa muito lucrativa, o sopro de insanidade que a cerca tende a evaporar.

Apartamento é um eufemismo para uma casa de repouso. Constance não guarda rancor deles. Os meninos querem o melhor para ela, não só o que é mais simples para eles, e ficaram compreensivelmente perturbados com a desordem que testemunharam, tanto em Constance — apesar de terem feito concessões, porque ela sofria com o luto — como dentro, por exemplo, de sua geladeira. Tinha produtos naquela geladeira para os quais não havia uma explicação racional. *Que brejo*, ela os ouvia pensar. *Cheio de botulismo, é um espanto que ela não tenha adoecido gravemente.* Mas é claro que ela não adoeceu, porque não comia muito naqueles últimos dias. Bolachas, fatias de queijo, creme de amendoim direto do pote.

As esposas lidaram com a situação da forma mais gentil do mundo. "Quer isso? E aquilo?" "Não, não", Constance gemia. "Não quero nada disso! Jogue tudo fora!" Os três netos pequenos, duas meninas e um menino, foram mandados a uma espécie de caça aos ovos da Páscoa, à procura de xícaras de chá e chocolate que Constance deixara pela metade aqui e ali pela casa e que agora estavam cobertas por peles cinzentas ou verde-claras em fases variadas de desenvolvimento. "Olha, mamãe! Achei outra!" "Ai, que nojo!" "Cadê o vovô?"

Pelo menos uma casa de repouso lhe proporcionaria companhia. E retiraria dela o fardo, a responsabilidade, porque uma casa como a dela precisa de manutenção, de atenção, e por que ela ainda ia se sobrecarregar com todas aquelas tarefas domésticas? Foi essa a ideia apresentada com certo nível de detalhes pelas noras. Constance podia se ocupar jogando bridge ou fazendo palavras cruzadas, sugeriram. Ou gamão, dizem que agora era popular de novo. Nada estressante ou excitante demais para o cérebro. Algum jogo aprazível na companhia de alguém.

— Ainda não — diz a voz de Ewan. — Você não precisa disso ainda.

Constance sabe que a voz dele não é real. Sabe que Ewan morreu. É claro que sabe! Outras pessoas — outras recém-enlutadas — passaram pela mesma experiência, ou chegaram perto disso. Alucinação auditiva, é como chamam. Ela leu a respeito. É normal. Ela não está louca.

— Você não está louca — fala Ewan em um tom reconfortante. Ele sabe ser carinhoso quando acha que ela está angustiada.

Ele tem razão a respeito do sal. Ela deveria ter estocado para derreter gelo no início daquela semana, mas se esqueceu e agora, se não conseguir um pouco, ficará prisioneira dentro da própria casa, porque amanhã a rua vai virar um rinque de patinação. E se a camada de gelo não derreter por dias a fio? Ela pode ficar sem comida. Pode virar uma daquelas estatísticas — velha reclusa, hipotermia, inanição —, porque, como Ewan já observou, ela não pode viver de brisa.

Constance terá de se arriscar lá fora. Um único saco de sal bastará para cobrir os degraus e a calçada e evitar que os outros se matem, sobretudo ela mesma. A loja da esquina é sua melhor opção: fica apenas a duas quadras dali. Ela terá de levar a bolsa de compras de rodinhas, que é vermelha e também impermeável, porque o sal pesará. Era só Ewan que dirigia o carro dos dois; a habilitação de Constance vencera havia décadas, depois de ficar tão profundamente envolvida em Alphinland que se achava distraída demais para dirigir. Alphinland requer muito raciocínio. Exclui detalhes periféricos, como placas de pare.

Já deve estar escorregadio demais lá fora. Se ela tentar esta aventura, pode quebrar o pescoço. Ela para na cozinha, hesitante.

— Ewan, o que devo fazer? — pergunta.

— Contenha-se — diz Ewan com firmeza.

O que não é muito instrutivo, mas é o jeito habitual dele de responder a uma pergunta quando se vê encurralado. *Onde você estava, fiquei tão preocupada, você sofreu um acidente?* Contenha-se. *Você me ama de verdade?* Contenha-se. *Você está tendo um caso?*

Depois de revirar um pouco, ela encontra na cozinha um saco de congelados, joga no lixo as três cenouras murchas e peludas contidas nele e enche com as cinzas da lareira, usando a pazinha de bronze. Não acende o fogo desde que Ewan deixou de estar presente em forma visível, porque não parecia certo. Acender um fogo é um ato de renovação, de começo, e Constance não quer começar, quer continuar. Não: ela quer voltar atrás.

Ainda tem uma pilha de lenha e alguns gravetos; ainda tem duas toras parcialmente queimadas, do último fogo que eles compartilharam. Ewan estava deitado no sofá e tinha ao seu lado um copo daquela nojenta bebida nutritiva de chocolate, estava careca devido à quimioterapia e à radiação. Ela o cobriu com a manta xadrez e se sentou ao lado dele, segurando sua mão, as lágrimas escorrendo em silêncio pelas faces e a cabeça virada para impedir que ele visse. Ele não precisava se afligir com a aflição dela.

— Isso é bom — ele conseguira dizer.

Tinha dificuldades para falar: a voz estava fraca demais, como o restante dele. Mas não é essa a voz que Ewan tem agora. Sua voz agora voltou ao normal: é a voz dele de vinte anos atrás, grave e ressonante, especialmente quando ele ri.

Ela veste o casaco e calça as botas, encontra as luvas e um dos gorros de lã. Dinheiro, ela vai precisar de dinheiro. A chave de casa: seria idiotice se trancar do lado de fora e virar um monturo congelado bem na frente da própria porta. Quando está na porta de entrada com a bolsa de compras de rodinhas, Ewan lhe diz, "Leve a lanterna", e então, de botas, ela vai ao quarto no segundo andar. A lanterna está na mesa de cabeceira ao lado da cama, ela a coloca na bolsa também. Ewan sabe mesmo planejar com antecedência. Ela nunca teria pensado em levar uma lanterna.

A escada da varanda já está gelo puro. Constance borrifa cinzas tiradas do saco plástico, depois enfia o saco no bolso e continua a descer como um caranguejo, um degrau de cada vez, segurando-se no corrimão e rebocando a bolsa de rodinhas com a outra mão, *bump bump bump*. Já na calçada, abre o guarda-chuva, mas isso não vai dar certo — não tem como lidar com dois objetos ao mesmo tempo —, e assim o fecha. Vai usá-lo como bengala. Avança cautelosa para a rua — não tem tanto gelo como a calçada — e cambaleia pelo meio dela, equilibrando-se com o guarda-chuva. Não há carro nenhum, então pelo menos ela não será atropelada.

Nas partes especialmente íngremes da rua, ela borrifa mais cinzas, deixando uma leve trilha preta atrás de si. Talvez consiga segui-la na volta para casa, se passar por algum aperto. É o tipo de coisa que poderia acontecer em Alphinland — uma trilha de cinzas pretas, misteriosa, sedutora, como pedras brancas e brilhantes ou farelos de pão em uma floresta — só que haveria algo a mais naquelas cinzas. Algo que você precisaria saber, algum poema ou frase a pronunciar para manter afastado o poder sem dúvida maligno. Mas não do pó ao pó; nada envolvendo últimos ritos. Mais como um feitiço rúnico.

— Cinzas, ranzinzas, balizas, corizas, ojerizas — diz ela em voz alta enquanto anda a passos miúdos sobre o gelo. Bem poucas rimas para *cinzas*.

Ela terá de incorporar as cinzas em uma trama, ou uma das tramas: neste aspecto, Alphinland é múltipla. Milzreth da Mão Vermelha é o mais provável criador daquelas cinzas cheias de feitiço, sendo ele um valentão pervertido e diabólico. Ele gosta de iludir viajantes com visões psicodélicas, tirá-los do caminho da verdade, trancá-los em jaulas de ferro ou agrilhoá-los com correntes de ouro à parede. Depois os importuna, usando Diabretes Peludos, Cianorenos, Tridentígneos e coisas assim. Ele gosta de ver as roupas deles — os robes de seda, as vestimentas bordadas, as capas forradas de peles, os véus cintilantes — em farrapos, e os viajantes imploram e se contorcem de um jeito atraente. Ela pode trabalhar nas complexidades de tudo isso quando conseguir voltar para casa.

Milzreth tem as feições de um antigo chefe de Constance, de quando foi garçonete. Ele gostava de lhe dar tapinhas no traseiro. Ela se pergunta se algum dia ele leu a série.

Agora ela chegou ao final da primeira quadra. Esta saída talvez não tenha sido uma ideia tão boa assim. O rosto está encharcado, as mãos congelam e gelo derretido escorre pelo pescoço. Mas agora está a caminho, precisa ir até o fim. Ela respira o ar frio; grãos de gelo marrom vergastam seu rosto. O vento está aumentando, como a TV disse que aconteceria. Ainda assim, há um vigor em estar na tempestade, algo que a energiza: afasta as teias de aranha, faz a gente puxar o ar.

A loja da esquina não fecha nunca, um fato que ela e Ewan valorizavam desde que se mudaram para aquele bairro vinte anos antes. Mas não há sacos de sal empilhados na frente, onde costumam ficar. Ela entra, puxando a bolsa de rodinhas.

— Sobrou algum sal? — pergunta à mulher atrás do balcão. É uma atendente nova. Constance nunca a vira antes; o lugar tem uma rotatividade alta. Ewan costumava dizer que aquilo devia ser para lavagem de dinheiro, porque não é possível que tivessem algum lucro, considerando a baixa frequência e o estado das alfaces.

— Não, querida — diz a mulher. — Esgotou tudo mais cedo. Mais vale prevenir, acho que foi o que pensaram.

O que fica implícito é que Constance falhou e não se preveniu, o que é a pura verdade. É uma vida inteira falhando: nunca foi prevenida. Mas como podemos nos maravilhar nos prevenindo em relação a tudo? Prevenidos para o pôr do sol. Prevenidos para o nascer da lua. Prevenidos para a tempestade de gelo. Que existência rasa seria.

— Ah — diz Constance. — Sem sal. Que falta de sorte a minha.

— Não deve sair na rua nesse estado, querida — diz a mulher. — Está traiçoeiro! — Embora ela tivesse raspado na nuca o cabelo tingido de ruivo em um estilo ousado, era só dez anos mais nova que Constance, a julgar pela aparência, e bem mais gorda. Pelo menos eu não ofego, pensa Constance. Ainda assim, agrada-lhe ser chamada de *querida*. Era chamada assim quando muito mais jovem, e havia muito tempo não a tratavam desse jeito. Agora é uma palavra que ela ouve com frequência.

— Está tudo bem — diz ela. — Moro só a duas quadras daqui.

— Duas quadras é um caminho muito comprido nesse tempo — diz a mulher que, apesar da idade, tem uma tatuagem espiando pela gola da blusa. Parece um dragão, ou uma versão de um. Espinhos, chifres, olhos saltados. — Você pode congelar até o traseiro.

Constance concorda e pergunta se pode deixar a bolsa de rodinhas e o guarda-chuva ao lado do balcão. Depois vaga pelos corredores, empurrando um carrinho de compras. Não há outros clientes, embora em um corredor ela encontre um jovem magricela colocando latas de suco de tomate em uma prateleira. Ela pega um frango assado que gira em espetos dentro de um mostruário de vidro, dia após dia, como uma visão do Inferno, e um pacote de ervilhas congeladas.

— Areia para gato — diz a voz de Ewan.

Será este um comentário sobre as compras dela? Ele reprovava aqueles frangos — dizia que deviam ser cheios de química —, mas comia um deles prontamente se ela levasse para casa, nos tempos em que ele comia.

— Como assim? — diz ela. — Não temos mais gato. — Ela descobriu que precisava falar em voz alta com Ewan porque, na maior parte do tempo, ele não consegue ler seus pensamentos. Embora às vezes consiga. Os poderes dele são intermitentes.

Ewan não se explica — ele é implicante, costuma deixar que ela deduza sozinha as respostas —, depois Constance entende: a areia é para a escada da frente, no lugar do sal. Não funciona tão bem, não vai derreter nada, mas pelo menos vai proporcionar alguma tração. Com esforço, ela coloca um saco da coisa no carrinho e acrescenta duas velas e uma caixa de fósforos. Pronto. Está prevenida.

De volta ao balcão, Constance troca amabilidades com a mulher a respeito da excelência do frango — é um artigo do gosto da mulher, porque quem se dá ao trabalho de cozinhar quando só há uma pessoa, ou mesmo só duas — e guarda as compras na bolsa de rodinhas, resistindo à tentação de entabular uma conversa sobre a tatuagem de dragão. Com o passar dos anos, ela aprendeu por experiência própria que esse assunto poderia dar uma guinada rápida para complexidades. Existem dragões em Alphinland e eles têm muitos fãs com muitas ideias brilhantes, ávidos para compartilhar todas elas com Constance. Que ela devia ter feito os dragões de um jeito diferente. Como eles fariam os dragões, no lugar dela. Subespécies de dragões. Erros que ela cometeu com os cuidados e a alimentação de dragões, e assim por diante. É espantoso como as pessoas ficam tão exaltadas com uma coisa que nem existe.

Será que a mulher a ouvira falando com Ewan? É provável, e muito provável que não tenha se incomodado. Toda loja que fica aberta dia e noite deve ter sua cota de gente que fala com companhias invisíveis. Em Alphinland, um comportamento desses exigiria uma interpretação diferente: parte dos habitantes têm familiares espirituais.

— Onde exatamente você mora, querida? — pergunta a mulher quando Constance está a meio caminho da porta. — Posso mandar uma mensagem a um amigo e pedir que a acompanhe até em casa. — Que tipo de amigo? Talvez ele seja motoqueiro, pensa Constance. Talvez a mulher seja mais nova do que Constance pensa; talvez só esteja muito acabada.

Constance finge que não ouviu. Pode ser uma armação, e quando ela cair em si haverá um gângster decidido a invadir a casa, na frente de sua porta, com a fita adesiva pronta no bolso. Eles dizem que o carro quebrou e pedem para usar o telefone, por ter um coração bom você deixa que entrem, e num estalo você está amarrada com fita adesiva no corrimão e eles estão enfiando alfinetes embaixo de suas unhas para te obrigar a desembuchar as senhas. Constance está bem informada sobre esse tipo de coisa, não vê os noticiários da TV à toa.

A trilha de cinzas não tem mais utilidade nenhuma — está coberta de gelo, ela não consegue nem enxergá-la — e o vento ficou mais forte. Será que ela deve abrir o saco de areia para gatos ali mesmo, no meio da jornada? Não, vai precisar de uma faca ou de uma tesoura; mas em geral o saco tem um cordão para a abertura. Ela espia as compras com a lanterna, mas a pilha deve estar fraca, porque a luz não é suficiente para enxergar. Ela pode congelar lutando com uma bolsa; é melhor correr com isso. Só que *correr* não é a palavra certa.

O gelo parece ter agora o dobro da espessura desde o momento em que ela saiu. Os arbustos nos gramados parecem fontes, a folhagem luminosa em cascatas graciosas até o chão. Aqui e ali, um galho quebrado bloqueia parcialmente a rua. Depois de chegar em casa, Constance deixa as compras na calçada e se impele escada escorregadia acima, agarrada ao corrimão. Felizmente, a luz da varanda está acesa, mas ela não consegue se lembrar de ter acendido. Ela se atrapalha com a chave e a fechadura, abre a porta e vai à cozinha, pingando. Depois, trazendo a tesoura da cozinha, volta pelo mesmo caminho, desce a escada até a bolsa vermelha, abre o saco de areia e espalha profusamente.

Pronto. Bolsa de rodinhas escada acima, *bump, bump, bump*, e dentro de casa. Porta trancada. Coloca o casaco, o gorro e as luvas ensopados para secar no radiador, as botas estacionadas no hall.

— Missão cumprida — diz, vai que Ewan esteja ouvindo.

Constance quer que ele saiba que ela voltou sã e salva; caso contrário, ele pode se preocupar. Eles sempre deixavam bilhetes ou recados na secretária eletrônica um para o outro, antes de todas as engenhocas digitais. Em seus momentos mais extremos e solitários, ela pensa em deixar recados no serviço telefônico para Ewan. Talvez ele possa ouvir pelas partículas elétricas ou nos campos magnéticos, ou o que estiver usando para lançar a voz pelas ondas sonoras.

Mas este não é um momento de solidão. É um momento melhor: está satisfeita consigo mesma por cumprir a missão do sal. Também está com fome. Não sente uma fome dessas desde que Ewan deixou de estar presente às refeições: comer sozinha era deprimente demais. Agora, porém, ela arranca pedaços do frango assado com os dedos e os devora. É o que as pessoas fazem em Alphinland quando são resgatadas de algum lugar — calabouços, pântanos, jaulas de ferro, barcos à deriva: elas comem com a mão. Só as classes bem superiores têm o que se pode chamar de talheres, embora quase todo mundo tenha uma faca, a não ser que por acaso sejam um animal falante. Ela lambe os dedos, enxuga-os no pano de prato. Devia ter papel-toalha, mas não tem.

Ainda tem um pouco de leite, então ela o bebe direto da embalagem, sem derramar quase nada. Mais tarde preparará uma bebida quente. Está com pressa para voltar a Alphinland por causa da trilha de cinzas. Quer decifrá-la, quer desvendá-la, quer segui-la. Quer ver aonde a trilha levará.

Atualmente, Alphinland vive em seu computador. Por muitos anos, desenrolava-se no sótão, que ela converteu em um escritório depois de Alphinland render o suficiente para pagar pela reforma. Mas, mesmo com o piso novo e a janela construída por eles, e o ar-condicionado e o ventilador de teto, o sótão era pequeno e abafado, como é o último andar das antigas casas vitorianas. Assim, depois de um tempo — depois que os meninos estavam no ensino médio —, Alphinland migrou para a mesa da cozinha, onde se desdobrou por vários anos em uma máquina de escrever elétrica, antigamente considerada o máximo em inovação, agora obsoleta. O computador foi a localização seguinte e teve seus riscos — coisas podiam desaparecer dele e isso era de enfurecer —, mas com o tempo melhoraram os computadores e ela se acostumou com eles. Ela o transferiu para o estúdio de Ewan depois que ele não estava mais ali na forma visível.

Ela não diz "depois que ele morreu", nem para si mesma. Não usa a palavra com M, nunca, ao se referir a ele. Ele pode ouvir e ficar magoado ou ofendido, quem sabe confuso, talvez furioso. É uma das crenças dela, não inteiramente formuladas, que Ewan não sabe que morreu.

Ela se senta à escrivaninha de Ewan, envolta no roupão felpudo e preto de Ewan. Os roupões pretos e felpudos para homens eram supermodernos, quando mesmo? Nos anos 1990? Ela comprou esse roupão para ele de presente de Natal. Ewan sempre resistiu às tentativas de Constance de modernizá-lo, mas essas tentativas não foram muito além do roupão; ela deixou de se interessar por como os outros o viam.

Ela usa esse roupão não pelo calor, mas pelo conforto: faz com que sinta que Ewan talvez ainda esteja fisicamente na casa, bem ali. Não o lava desde que ele morreu; não quer sentir o cheiro do sabão em pó no lugar do de Ewan.

Ah, Ewan, pensa. *Tivemos tantos momentos bons! Agora tudo se acabou. Por que tão rápido?* Ela enxuga os olhos na manga felpuda e preta.

— Contenha-se — diz Ewan. Ele não gosta quando Constance funga.

— Tudo bem. — Ela endireita os ombros, ajeita a almofada na cadeira ergonômica de Ewan, liga o computador.

Surge o protetor de tela: é um portão, desenhado para ela por Ewan, que era arquiteto antes de aceitar o emprego mais seguro de professor universitário, embora o que ele ensinasse não se chamasse "arquitetura", chamava-se "teoria do espaço construído", "criação de paisagem humana" e "o corpo contido". Ele continuou sendo muito bom em desenho e encontrou uma válvula de escape ao fazer retratos engraçados para os filhos, depois para os netos. O desenho do protetor de tela foi um presente para ela, também para mostrar que ele levava essa coisa dela — essa coisa que era, falemos com sinceridade, algo constrangedor para ele nos círculos intelectuais mais abstratos a que pertencia —, que ele levava a sério essa coisa dela. Ou que ele a levava a sério, duas coisas de que Constance tinha motivos para duvidar de vez em quando. E também que ele a perdoava por Alphinland, por ela se descuidar dele por causa de Alphinland. O jeito como Constance olhava para ele sem vê-lo.

Uma das ideias dela é de que o protetor de tela era um presente de penitência, compensando-a por algo que ele não admitiria ter feito. Aquele período de ausência emocional durante o qual Ewan devia estar ocupado — se não física, então emocionalmente — com outra mulher. Outro rosto, outro corpo, outra voz, outro cheiro. Um guarda-roupa que não era dela, com seus estranhos cintos, botões e zíperes. Quem era aquela mulher? Ela suspeitava, depois se enganava. A presença obscura ria dela baixinho na escuridão insone às três da madrugada, depois escapulia. Ela não conseguia situar nada.

Em todo aquele tempo, ela se sentia um bloco de madeira inconveniente. Sentia-se tediosa e meio morta. Sentia-se entorpecida.

Constance nunca o pressionou sobre aquele interlúdio, nunca o confrontou. O assunto era como a palavra com M: estava presente, agigantava-se para eles como um imenso dirigível de propaganda, mas falar nele teria sido como romper um feitiço. Teria sido fatal. *Ewan, você está saindo com outra? Contenha-se. Use o bom senso. Por que eu precisaria fazer isso?* Ele a ignorava, minimizando a questão.

Constance podia pensar em muitos motivos para ele precisar fazer isso. Mas ela sorria e o abraçava, perguntava o que ele queria para o jantar e se calava sobre o assunto.

O portão do protetor de tela era de pedra, curvo como um arco romano. Situava-se no meio de um muro alto e comprido encimado por vários torreões nos quais tremulavam estandartes triangulares vermelhos. Havia um pesado portão de grade, aberto. Depois dele, uma paisagem ensolarada, com mais torreões despontando ao longe.

Ewan teve certa dificuldade com esse portão. Ele esboçou, usou aquarela; até acrescentou alguns cavalos pastando em um campo distante, sabendo que não devia mexer com dragões. A imagem era muito bonita, muito William Morris, ou talvez mais para Edward Burne-Jones, mas ignorava o que interessa. O portão e o muro eram limpos demais, novos demais, bem conservados demais. Embora Alphinland tivesse seus cantos de luxo, as sedas e os tafetás, os bordados, os candeeiros ornamentados, ela é antiga em sua maior parte, suja e um tanto decrépita. Também é quase sempre desolada, o que permite muitas ruínas.

Acima do portão do protetor de tela há uma legenda entalhada na pedra, em caracteres pseudogóticos pré-rafaelitas: ALPHINLAND.

Constance respira fundo. E então o atravessa.

Do outro lado do portão não há nenhuma paisagem ensolarada. Há, em vez disso, uma estrada estreita, quase uma trilha. Corre sinuosa morro abaixo até uma ponte, que é iluminada — porque é noite — por luzes amareladas ovais ou em formato de gota. Depois da ponte fica uma floresta escura.

Ela cruza a ponte e avança furtivamente pela mata, atenta a emboscadas, e ao sair do outro lado, estará em uma encruzilhada. Depois será uma questão de qual estrada pegar. Todas ficam em Alphinland, mas cada uma delas leva a uma versão diferente do lugar. Embora seja sua criadora, sua mestra das marionetes, seu Destino determinante, Constance nunca sabe exatamente onde pode terminar.

Ela começou Alphinland muito tempo atrás, anos antes de conhecer Ewan. Na época, morava com outro homem em um quarto e sala de um prédio sem elevador, com um colchão calombento no chão, um banheiro compartilhado no corredor, uma chaleira elétrica (dela) e uma chapa elétrica (dele) que, oficialmente, eles não poderiam ter. Não tinham geladeira, então colocavam os recipientes de comida no peitoril da janela, onde a comida congelava no inverno e estragava no verão, mas não era tão ruim na primavera e no outono, a não ser pelos esquilos.

Esse homem com quem ela morou era um dos poetas com quem costumava sair na crença juvenil e pura de que ela também era poeta. Chamava-se Gavin, um nome incomum na época, mas não agora: os Gavins proliferaram. A jovem Constance sentia-se muito sortuda por ter sido escolhida por Gavin, que era quatro anos mais velho, sabia muito sobre outros poetas e era magro, irônico, indiferente às normas da sociedade e sombriamente satírico, como eram os poetas na época. Talvez eles ainda fossem assim: Constance está velha demais para saber.

Até ser o objeto de uma das observações sombriamente satíricas ou irônicas de Gavin — por exemplo, que a bunda hipnótica era uma parte muito mais importante de Constance do que a poesia francamente olvidável — era emocionante para ela, de um jeito obscuro. Também tinha o privilégio de aparecer nos poemas dele. Não pelo nome, claro: na época, objetos femininos de desejo eram tratados nos poemas como "dama", ou então como "meu verdadeiro amor", em um gesto cavalheiresco e na música folk. Mas era imensamente sedutor para Constance ler os poemas mais eróticos de Gavin e saber que sempre que ele escrevia *dama* — melhor ainda, "meu verdadeiro amor" — significava ela. "Minha Dama Reclinada em um Travesseiro", "O Café Matinal de Minha Dama" e "Minha Dama Lambe Meu Prato" eram comoventes, mas seu preferido era "Minha Dama Se Curva". Sempre que sentia que Gavin estava sendo ríspido com ela, Constance relia aquele poema.

Acompanhando essas atrações literárias, havia muito sexo improvisado e vigoroso.

Depois de sua união com Ewan, Constance entendeu que era melhor não revelar os detalhes de sua vida pregressa. Mas que motivo havia para se preocupar? Embora Gavin tivesse sido intenso, também foi um merda; então é evidente que não era páreo para Ewan, um cavaleiro na armadura cintilante, comparativamente falando. E essa primeira experiência de vida terminara mal, com mágoa e constrangimento para Constance. Então, por que falar em Gavin? Não teria propósito nenhum. Ewan nunca lhe perguntou sobre nenhum outro homem em sua vida, então ela nunca contou. É claro que Constance torce para que agora Ewan não tenha acesso a Gavin, por intermédio dos seus pensamentos mudos ou de outro jeito qualquer.

Uma das coisas boas em Alphinland é que ela pode passar pelo portão de pedra os objetos mais perturbadores de seu passado e guardá-los ali, dentro do modelo de palácio da memória muito em voga, quando mesmo? No século XVIII? Associamos as coisas de que queremos nos lembrar com cômodos imaginários, e quando queremos uma completa recordação, entramos naquele cômodo.

Assim, ela mantém uma adega deserta em Alphinland, nas terras da fortaleza atualmente de posse de Zymri do Punho Irredutível — um aliado dela —, para o único propósito de Gavin. E como é uma das regras de Alphinland que Ewan nunca tenha permissão de passar pelo portão de pedra, ele nunca encontrará a adega nem descobrirá quem ela esconde ali.

Então Gavin está em um barril de carvalho na adega. Ele não sofre, embora objetivamente talvez mereça sofrer. Mas Constance se esforçou para perdoar Gavin, então ele não pode ser torturado. Em vez disso, está preservado em um estado de animação suspensa. De vez em quando, ela passa na adega e dá a Zymri um presente para solidificar a aliança entre os dois — um jarro de alabastro com ouriços xnâmicos ao mel, um colar de garras de cianoreno —, pronuncia o feitiço que abre a tampa do barril e dá uma olhada. Gavin dorme tranquilamente. Ele sempre ficou bonito de olhos fechados. Não parece nem um dia mais velho desde a última vez em que o viu. Ainda dói nela se lembrar daquele dia. Depois, ela fecha a tampa do barril e diz o feitiço de trás para a frente, lacrando Gavin ali dentro até ter vontade de voltar e dar outra espiada nele.

Na vida real, Gavin ganhou alguns prêmios de poesia e depois conseguiu o cargo de magistério em escrita criativa em uma universidade em Manitoba, embora desde a aposentadoria tenha debandado para Victoria, na Colúmbia Britânica, que tem uma linda vista do poente no Pacífico. Todo ano, Constance recebe um cartão de Natal dele; na verdade, dele e de sua terceira e muito mais nova esposa, Reynolds. Reynolds, que nome imbecil! Parece uma marca de cigarros dos anos 1940, quando os cigarros se levavam a sério.

Reynolds assina o cartão pelos dois — Gav e Rey, como se fazem chamar — e inclui cartas anuais alegrinhas e irritantes sobre as férias do casal (Marrocos! Que sorte a deles terem levado loperamida! Porém, mais recentemente: Flórida! É tão bom sair da chuva miúda!). Ela também manda um relato anual do grupo de leitura local de ficção literária dos dois — só livros *importantes*, só livros *inteligentes*! Agora mesmo estão atacando Bolaño, trabalho árduo, mas tão proveitoso para quem persiste! Os membros do clube preparam lanches temáticos para acompanhar os livros que leem, então Rey está aprendendo a fazer tortillas. Tão divertido!

Constance desconfia que Reynolds tenha um interesse nada saudável pela juventude boêmia de Gavin, mais especificamente pela própria Constance. Como não teria? Constance foi a primeira com quem Gavin morou, em uma época em que ele ficava tão excitado que mal conseguia manter dentro das calças quando Constance estava a quase um quilômetro de distância. Era como se ela irradiasse um anel de partículas mágicas; como se lançasse um feitiço irresistível, como Feromônia das Tranças de Safira em Alphinland. De jeito nenhum Reynolds podia competir com isso. Ela deve usar um brinquedo sexual com Gavin, considerando a idade dele. Se é que se dá a esse trabalho.

— Quem são Gavin e Reynolds? — dizia Ewan, todo ano.

— Eu o conheci na faculdade — respondia Constance. Era uma meia verdade: na realidade, ela largou a faculdade para ficar com Gavin, de tão encantada que ficou por ele e pela combinação de indiferença com avidez. Mas Ewan não acolheria bem essa informação. Podia deixá-lo triste, ou com ciúmes, até com raiva. Por que incomodá-lo?

Os companheiros poetas de Gavin — e os cantores folk, músicos de jazz e atores que faziam parte de um grupo amorfo e sempre variado de artistas atrevidos — passavam grande parte do tempo em uma cafeteria chamada Riverboat, no bairro de Yorkville, em Toronto, que na época se transfigurava de uma quase favela de classe média branca a um ponto de encontro pré-hippie. Não sobrou nada da Riverboat, apenas uma daquelas placas históricas deprimentes em ferro batido marcando o local, em frente ao hotel pretensioso que ocupa o antigo espaço. *Tudo será destruído*, anuncia a placa, *e bem antes do que você pensa.*

Nenhum dos poetas e cantores folk e músicos de jazz e atores tinha um centavo, e Constance também não, mas tinha juventude suficiente para ver glamour na pobreza. La Bohème, esta era Constance. Começou a escrever as histórias de Alphinland a fim de ganhar o suficiente para sustentar Gavin, que via esse sustento como parte da função de um verdadeiro amor. Ela criou as primeiras histórias na máquina de escrever manual bamba, improvisando ao datilografar. Depois — no início, para a própria surpresa — conseguiu vendê-las, mas não por muito dinheiro, a uma das revistas da subcultura de Nova York que apreciava aquela vertente de fantasia piegas. Gente com asas diáfanas nas capas, animais de várias cabeças, capacetes de bronze e coletes de couro, arcos e flechas. Ela era boa nessas histórias, ou o bastante para as revistas. Quando criança, tinha livros de contos de fadas com ilustrações de Arthur Rackham e congêneres — árvores nodosas, trolls, donzelas místicas com mantos floridos, espadas, cinturões, frutos dourados do sol. Assim, Alphinland foi só uma questão de expandir aquela paisagem, alterar o vestuário e inventar os nomes.

Na época, ela também era garçonete em um lugar chamado Snuffy's, batizado com o nome de um personagem de desenho animado caipira e especializado em pão de milho e frango frito. Parte do pagamento era todo o frango frito que conseguisse comer, e Constance costumava contrabandear alguns pedaços para Gavin e olhar com prazer enquanto ele os devorava. O trabalho era exaustivo e o gerente era um tarado, mas as gorjetas não eram ruins e era possível melhorar o salário fazendo horas extras, como Constance fazia.

As garotas faziam isso na época — matavam-se de trabalhar para sustentar a concepção de gênio que um homem tinha de si mesmo. O que Gavin fazia para ajudar a pagar o aluguel? Não muito, embora ela suspeitasse de que ele traficasse maconha paralelamente. De vez em quando, eles até fumavam parte dela, mas não com frequência, porque provocava tosse em Constance. Era tudo muito romântico.

Os poetas e cantores folk zombavam de suas histórias de Alphinland, naturalmente. E por que não? Ela mesma se divertia com elas. A ficção subliterária que produzia estava a muitas décadas de distância de merecer algum respeito. Havia um pequeno grupo que confessava ler *O Senhor dos Anéis*, embora fosse preciso justificar isso com o interesse por nórdico antigo. Mas os poetas consideravam as produções de Constance bem inferiores ao padrão de Tolkien, o que — para falar com justiça — elas eram mesmo. Implicavam com ela dizendo que Constance escrevia sobre anões de jardim, e ela ria e concordava, mas hoje os anões desencavaram o pote de moedas de ouro e pagavam uma cerveja a todos. Eles gostavam da parte da cerveja gratuita e faziam brindes: "Aos anões! Longa vida aos anões! Um anão em cada casa!"

Os poetas faziam careta para quem escrevia por dinheiro, mas Constance era considerada uma exceção porque, ao contrário da poesia deles, Alphinland pretendia ser lixo comercial. E, de todo modo, ela fazia isso por Gavin, como deveria uma dama, e não era tão idiota a ponto de levar a sério essa baboseira.

O que eles não entendiam era que Constance — cada vez mais — levava a sério. Alphinland era só dela. Era seu refúgio, seu baluarte; era aonde Constance podia ir quando as coisas com Gavin não corriam bem. Ela podia passar em espírito pelo portal invisível e vagar pelas florestas sombrias e pelos campos reluzentes, fazendo alianças e derrotando inimigos, e ninguém mais podia entrar, a não ser que ela autorizasse, porque havia um feitiço pentadimensional protegendo a entrada.

Ela passou a ficar lá cada vez mais, em particular depois que ficou quase evidente que nem toda "dama" nos poemas novos de Gavin se referia a ela. Isto é, a não ser que ele estivesse extraordinariamente confuso com a cor dos olhos de sua dama, antes descritos como "azuis como bruxas" e/ou "estrelas distantes", agora retratados como de uma escuridão de breu. "A Bunda de Minha Dama Não É Nada Parecida com a Lua" era um tributo a Shakespeare — foi o que Gavin disse. Será que ele tinha se esquecido de que existia um poema anterior — um poema vulgar, mas sincero — que alegava que a bunda da dama *era* como a lua: branca, redonda, brilhando suavemente no escuro, sedutora? Mas essa outra era firme e musculosa; era ativa e não passiva, agarrava em lugar de encantar, mais parecia uma jiboia, embora não tivesse o mesmo formato, é claro. Com a ajuda de um espelho de mão, Constance examinou o traseiro. Não havia como racionalizar a questão, simplesmente não tinha comparação. Será que quando Constance malhava a bunda, antes poetizada, servindo a mesas no Snuffy's — que a esgotava tanto que ela agora preferia dormir a fazer sexo —, Gavin, rolava pelo colchão calombento dos dois com um verdadeiro amor renovado e alegre? Um amor com uma bunda preênsil?

No passado, Gavin sempre tinha certo prazer em humilhar Constance em público, com observações sarcásticas e irônicas que eram uma de suas especialidades poéticas: era uma forma de elogio, ela achava, porque a fazia se sentir o centro de suas atenções. De certo modo, ele dava um fora nela e ela mansamente permitia que a humilhação a dominasse, porque isso o excitava. Mas agora ele havia parado de humilhá-la. Agora a ignorava, o que era muito pior. Quando estavam a sós no quarto e sala alugado, ele não beijava mais o pescoço de Constance, arrancava suas roupas e a jogava no colchão em uma exibição espalhafatosa de desejo incontrolável. Agora reclamava de um espasmo nas costas, e sugeria — mais do que isso, exigia — que ela o compensasse pela dor e imobilidade pagando-lhe um boquete.

Não era a atividade preferida dela. Constance não tinha prática naquilo, e além do mais havia uma longa lista de outras coisas que ela preferia colocar na boca.

Em Alphinland, por outro lado, ninguém nunca lhe exigia um boquete. Mas ninguém em Alphinland tampouco tinha banheiro. Os banheiros não eram necessários. Por que perder tempo com uma função corporal rotineira dessas quando havia escorpiões gigantes invadindo o castelo? Mas Alphinland tinha banheiras, ou melhor, piscinas quadradas em jardins perfumados de jasmim, aquecidas por fontes subterrâneas. Alguns habitantes mais depravados se banhavam no sangue dos cativos, acorrentados a estacas em volta da piscina para serem vistos enquanto a vida se esvaía lentamente nas bolhas escarlate.

Constance parou de ir às reuniões de grupo na Riverboat porque os outros a olhavam com pena e faziam perguntas sugestivas, por exemplo, "Onde Gavin se meteu? Estava aqui agora mesmo". Eles sabiam mais do que ela. Viam que as coisas chegavam a um ponto crítico.

E foi revelado que o nome da nova dama era Marjorie. Um nome, pensa Constance agora, que praticamente sumiu. As Marjories serão extintas, e já não era sem tempo. Marjorie tinha cabelos pretos, olhos escuros, era magra e alta, contadora voluntária em meio expediente na Riverboat, dada a vibrantes tecidos africanos enrolados na cintura, a brincos de contas artesanais e a uma gargalhada aos zurros que sugeria uma mula com bronquite.

Ou sugeria isso a Constance, mas evidentemente não a Gavin. Constance flagrou Gavin e Marjorie quando eles estavam em plena transa, sem qualquer sinal do espasmo nas costas. Taças de vinho espalhadas pela mesa, roupas pelo chão e o cabelo de Marjorie espalhado pelo travesseiro: o travesseiro de Constance. Gavin gemeu, ou de orgasmo ou de desagrado pelo péssimo *timing* de Constance. Marjorie, por outro lado, gargalhou, para Constance, Gavin ou para a situação geral. Foi uma gargalhada desdenhosa. Não foi gentil e magoou.

O que restava a Constance senão dizer, *Você me deve metade do aluguel?* Mas ela nunca recebeu. Gavin não passava de um duro ordinário, uma característica dos poetas na época. Logo depois de se mudar de lá, levando a chaleira elétrica, ela assinou o primeiro contrato para um livro sobre Alphinland. Depois que os boatos de sua riqueza gerada pelos anões — sua riqueza comparativa — espalharam-se pela Riverboat, Gavin apareceu no novo apartamento de dois quartos de Constance — um apartamento que exibia uma cama verdadeira, compartilhada com um dos cantores folk, embora este também não tenha durado muito — e tentou fazer as pazes com ela. Marjorie foi uma casualidade, disse ele. Um acidente. Nada sério. Não voltaria a acontecer. Seu amor verdadeiro legítimo era Constance: é claro que ela também sabia que eles pertenciam um ao outro!

Aquela jogada foi de uma indecência ímpar de Gavin, e Constance lhe disse isso. Será que ele não tinha vergonha, não tinha honra? Não entendia que era um sanguessuga, como lhe faltava iniciativa, como era egoísta? Por sua vez, Gavin, no início espantado com a combatividade exibida pela outrora mansa deusa da lua, recorreu ao sarcasmo e lhe disse que ela era doida, que os poemas dela não valiam nada, que os boquetes eram ineptos, que sua Alphinland idiota era simplória e pueril e que ele tinha mais talento no cu do que ela em todo o seu cérebro minúsculo de mulherzinha.

E lá se foram o *verdadeiro* e o *amor*.

Mas Gavin nunca apreendeu o significado íntimo de Alphinland. Era um lugar perigoso e — é verdade — de certo modo ridículo, mas não era sórdido. Os habitantes tinham padrões. Compreendiam a bravura, a coragem e também a vingança.

Assim, Marjorie não fica guardada na adega deserta onde Gavin estava instalado. Está imobilizada por feitiços rúnicos dentro de uma colmeia de pedra que pertence à Frenosia das Antenas Fragrantes. Esta semideusa tem dois metros e meio de altura, é coberta de diminutos pelos dourados e tem olhos compostos, como os de alguns insetos. Por sorte, é amiga íntima de Constance e, portanto, tem prazer em ajudar em seus planos e artefatos em troca dos feitiços insetoides que Constance tem a capacidade de outorgar. Assim, todo dia, ao meio-dia em ponto, Marjorie é ferroada por cem abelhas esmeralda e índigo. Os ferrões são como agulhas em brasa combinadas com molho de pimenta, e a dor é torturante.

No mundo fora de Alphinland, Marjorie se separou de Gavin e da Riverboat, e foi para a faculdade de administração, depois virou alguma coisa em uma agência de publicidade. Era o que diziam os boatos. Foi vista pela última vez por Constance andando a passos firmes na Bloor Street de terninho bege com ombreiras, nos anos 1980. Aquele terninho era incrivelmente feio, assim como os sapatos sem graça e vagabundos que o acompanhavam.

Mas Marjorie não viu Constance. Ou fingiu não ver. Melhor assim.

Existe uma versão alternativa guardada no arquivo íntimo de Constance, em que Marjorie e Constance se reconheceram naquele dia com gritos de prazer, foram tomar um café e gargalharam de Gavin, seus poemas e sua queda por boquetes. Mas isso nunca aconteceu.

Constance percorre o caminho, atravessa a ponte com as luzes ovais fracas e entra na floresta escura. Silêncio! É importante não fazer barulho. Lá está a trilha de cinzas, mais à frente. Agora, ao feitiço. Constance digita:

Ele esmaga, distorce
Às vezes deforma;
O terrível dente do Tempo
Em cinzas tudo transforma.

Mas isso é uma descrição, ela conclui; não um feitiço. É necessário algo mais parecido com um encantamento:

Norg, Smithert, Zurpash,
Teldarine brilhante,
Que a luz nos encante,
Arreda mal nestas cinzas.
Pelo Sangue Malva de...

O telefone toca. É um dos meninos, o que mora em Paris; ou melhor, é a mulher dele. Viram a tempestade de gelo na televisão, ficaram preocupados com Constance, queriam saber se está tudo bem com ela.

Que horas são aí?, ela lhes pergunta. O que eles estão fazendo acordados tão tarde? É claro que está tudo bem! Foi só um gelinho! Não tem por que tanto estardalhaço. Um beijo nas crianças, agora vocês precisam dormir um pouco. Está tudo ótimo.

Ela desliga com a rapidez que consegue: ressente-se da interrupção. Agora se esquecera do nome do deus cujo Sangue Malva é tão eficaz. Por sorte, no computador ela tem uma lista de todas as deidades de Alphinland, seus atributos e juramentos, em ordem alfabética, para fácil consulta. Agora são muitas as deidades; acumularam-se com o passar dos anos e ela teve de inventar umas a mais para a série animada de uma década atrás, e depois mais ainda — maiores, mais assustadoras, com violência otimizada — para o videogame no qual atualmente dão os retoques finais. Se tivesse previsto que Alphinland ia durar tanto tempo e faria tanto sucesso, teria planejado tudo melhor. Alphinland teria tido uma forma, uma estrutura mais definida; teria fronteiras. Do jeito que está, cresceu como um aglomerado urbano.

E não é só isso, ela não a teria chamado de Alphinland. O nome lembra demais uma terra dos elfos, quando o que ela realmente tinha em mente era Alph, o rio sagrado do poema de Coleridge, com suas cavernas imensuráveis. Isso e alfa, a primeira letra do alfabeto. Um jovem entrevistador espertinho certa vez lhe perguntou se seu "mundo construído" se chamava Alphinland porque era repleto de machos alfa. Ela respondeu com um riso levemente excêntrico que cultivava para fins defensivos depois que jornalistas espertinhos decidiram que ela era digna de uma entrevista. Isso foi na época em que todos os livros que eles agora agrupavam por gênero atraíam a atenção da imprensa. Ou pelo menos os sucessos atraíam.

— Ah, não — dissera Constance a ele. — Acho que não. Não machos alfa. Simplesmente aconteceu. Talvez... Eu sempre adorei aquele cereal matinal. Alpine?

Ela se fez de tola em toda entrevista desde então, e é por isso que não dá mais entrevistas. Nem comparece mais a convenções: viu o suficiente de crianças fantasiadas de vampiros, coelhos e *Star Trek*, em especial como os vilões mais sórdidos de Alphinland. Na verdade, ela não suporta mais nenhuma imitação inepta de Milzreth da Mão Vermelha — outro inocente de faces rosadas em busca de sua maldade interior.

Ela também não quer se envolver nas redes sociais, apesar das sugestões constantes de seu editor. De nada adianta eles dizerem que ela vai aumentar as vendas de Alphinland e ampliar o alcance da franquia. Ela não precisa de mais dinheiro, pois que uso daria a ele? O dinheiro não salvou Ewan. Vai deixar tudo para os meninos, como as esposas esperam. E Constance não tem vontade nenhuma de interagir com os dedicados leitores, já sabe demais a respeito deles, com seus piercings pelo corpo, tatuagens e fetiches com dragões. Sobretudo, não quer decepcioná-los. Eles estariam esperando uma feiticeira de cabelos pretos com um grampo pontudo e um bracelete de serpente, e não uma ex-loura magra feito um papel e de fala mansa.

Ela está abrindo a pasta Alphinland na tela para consultar a lista de deuses quando a voz de Ewan diz, bem no seu ouvido e muito alta, "Desligue!"

Ela toma um susto.

— O quê? Desligar o quê? — Ela deixou o fogo aceso sob a chaleira de novo? Mas não preparou uma bebida quente!

— Desligue! Alphinland! Desligue agora! — diz ele.

Ele deve estar se referindo ao computador. Abalada, ela olha por cima do ombro — ele estava bem ali! Depois clica em Desligar. Assim que a tela escurece, há um estalo pesado e surdo e as luzes se apagam.

Todas as luzes. As da rua também. Como ele sabia? Será que Ewan tem visão profética? Antigamente ele não tinha.

Ela tateia ao descer a escada e vai pelo hall até a porta de entrada, abre-a com cautela: à direita, a uma quadra dali, tem um brilho amarelo. Uma árvore deve ter caído em um cabo de força e o derrubou. Só Deus sabe quando vão aparecer para consertar: este apagão deve ser um entre milhares.

Onde foi que ela deixou a lanterna? Na bolsa, que está na cozinha. Ela arrasta os pés e tateia pelo hall, mexe na bolsa. Não sobrou muita carga nas pilhas da lanterna, mas o bastante para iluminar enquanto ela acende as duas velas.

— Feche o registro da água — diz Ewan. — Sabe onde fica, eu mostrei a você. Depois abra a torneira da cozinha. Você precisa esvaziar a rede, não vai querer que os canos estourem.

— Esse é o discurso mais longo que ele faz já há algum tempo. Dá a Constance um vago aconchego: ele se preocupa mesmo com ela.

Depois de cumprir a missão da torneira, ela organiza uma coleção de objetos isolantes — o edredom da cama, um travesseiro, algumas meias de lã limpas e a manta quadriculada — e faz um ninho na frente da lareira. Depois acende o fogo. Como precaução, coloca a tela protetora na frente da lareira: não ia querer se incendiar durante a noite. Não tem lenha suficiente para um dia inteiro, mas tem o bastante para aquecê-la até o amanhecer, sem morrer congelada. Certamente levará horas para que a casa esfrie. Pela manhã, vai pensar em alternativas; talvez a essa altura a tempestade tenha passado. Ela apaga as velas: não tem sentido iluminar a si mesma.

Constance se enrosca embaixo do edredom. Na lareira, as chamas bruxuleiam. Está surpreendentemente confortável, pelo menos por enquanto.

— Muito bem — diz Ewan. — Essa é a minha garota!

— Ah, Ewan — diz Constance. — Eu sou a sua garota? Sempre fui? Você não teve um caso, naquela época?

Nenhuma resposta.

A trilha de cinzas leva pela floresta, cintilando à luz da lua e das estrelas. O que ela esqueceu? Tem alguma coisa errada. Ela sai de sob as árvores: está em uma rua gelada. Na rua onde mora, onde mora há décadas, e lá está sua casa, a casa onde mora com Ewan.

Não deveria aparecer ali, em Alphinland. Está no lugar errado. Está tudo errado, mas mesmo assim ela segue a trilha de cinzas até a escada da frente e passa pela porta. Mangas a envolvem, mangas de tecido preto. Um sobretudo. Não é Ewan. Uma boca pressiona contra seu pescoço. Um gosto há muito perdido. Ela está tão cansada, está perdendo as forças; sente que estão sendo drenadas, que escorrem pelas pontas dos dedos. Como Gavin conseguiu chegar aqui? Por que ele está vestido como um coveiro? Com um suspiro, ela se derrete nos braços dele; sem dizer nada, ela cai no chão.

A luz matinal a desperta, entrando pela janela com uma vidraça extra de gelo. A lareira se apagou. Constance está quebrada de dormir no chão.

Que noite. Quem teria pensado que ela seria capaz de um sonho erótico tão intenso, na idade dela? E com Gavin: que idiotice. Ela nem o respeita. Como ele conseguiu sair da metáfora em que ela o mantém preso por todos esses anos?

Ela abre a porta de casa, dá uma olhada na rua. O sol brilha, pingentes de gelo cintilam no beiral. A areia para gatos na escada ficou uma porcaria; ao derreterem, as coisas se transformam em barro úmido. A rua está um caos: galhos para todo lado, gelo com pelo menos cinco centímetros de espessura. É glorioso.

Mas dentro de casa faz frio e esfria ainda mais. Ela terá de percorrer todo aquele espaço deslumbrante para comprar mais lenha, se houver alguma. Ou talvez encontre algum abrigo, uma igreja, uma cafeteria, um restaurante. Algum lugar que ainda tenha eletricidade e calor.

Isto significaria deixar Ewan. Ele ficaria sozinho ali. Isso não seria bom.

Para o café da manhã, ela tem iogurte de baunilha, tomado às colheradas direto do pote. Enquanto está comendo, Ewan se anuncia.

— Contenha-se — diz ele com muita severidade.

Constance não entende o que ele quer dizer. Não precisa se conter. Não está indecisa, só está tomando iogurte.

— O que quer dizer, Ewan?

— Não tivemos bons tempos? — diz ele, quase suplicante.

— Por que está estragando tudo? Quem era aquele homem?

Agora a voz dele é hostil.

— Como assim? — Constance tem um mau pressentimento. Não é possível que Ewan tenha acesso a seus sonhos.

Constance, ela diz a si mesma. *Você está descontrolada. Por que ele não teria acesso a seus sonhos? Ele só está dentro da sua cabeça!*

— Você sabe quem — diz Ewan. A voz vem de trás dela.

— Aquele homem!

— Acho que você não tem direito nenhum de perguntar — diz ela, virando-se. Não tem ninguém ali.

— E por que não? — A voz de Ewan fica mais fraca. — Contenha-se!

Ele está desaparecendo?

— Ewan, você teve um caso? — pergunta Constance. Se ele realmente quer entrar nessa, ela também sabe jogar.

— Não mude de assunto — retruca ele. — Não tivemos bons tempos? — Agora a voz tem um toque metálico: algo mecânico.

— Era você quem sempre mudava de assunto — diz ela.

— Me diga a verdade! Você não tem mais nada a perder, você está morto.

Constance não deveria ter dito isso. Agiu muito mal nessa questão, deveria tê-lo tranquilizado. Não devia ter usado essa palavra, a raiva fez com que escapulisse.

— Eu não quis dizer isso! — diz ela. — Ewan, me desculpe, você não está realmente...

Tarde demais. Há uma explosão mínima, mal é audível, como um sopro. Depois, silêncio. Ewan se foi.

Ela espera: nada.

— Pare de se esconder! — diz. — Deixe disso agora! — Por um momento, ela fica furiosa.

Constance fica sem comida. Em uma das calçadas, uma alma prestativa espalhou areia. A loja da esquina, como que por milagre, está aberta: eles têm gerador. Há outras pessoas ali, reunidas e agasalhadas, também ficaram sem eletricidade. A mulher do cabelo tingido e da tatuagem ligou uma panela elétrica e esquenta um pouco de sopa. Está vendendo os frangos assados em pedaços para que tenha o suficiente para todos.

— Aí está você, querida — diz ela a Constance. — Estava preocupada com você!

— Obrigada — diz Constance.

Ela se aquece, come frango e toma sopa, ouve histórias da tempestade de gelo dos outros. Escapadas por pouco, sustos, raciocínio rápido. Eles contam uns aos outros a sorte que têm, perguntam se tem alguma coisa que possam fazer para ajudar. Há camaradagem ali, há amizade, mas Constance não pode ficar por muito tempo. Precisa voltar para casa, porque Ewan deve estar esperando.

Ao chegar, ela anda a passos arrastados de um cômodo a outro, chamando baixinho como que a um gato assustado: "Ewan, volte! Eu te amo!" Sua voz faz eco na cabeça. Por fim, sobe a escada ao sótão e abre o baú com a naftalina. Só roupas. Estão ali, achatadas, inertes. Não sabe onde mais Ewan estaria, mas ali ele não está.

Ela sempre teve medo de insistir naquela pergunta, a pergunta do caso. Não era uma idiota, sabia o que ele estava fazendo, embora não soubesse com quem. Sentia o cheiro nele. Mas morria de medo que Ewan a deixasse, como Gavin fizera. Ela não teria sobrevivido a isso.

E agora ele a deixou. Ele se calou. Ele se foi.

Mas embora tenha saído da casa, ele não pode ter saído do universo, não completamente. Ela não ia aceitar isso. Ele deve estar em algum lugar.

Ela precisa se concentrar.

Vai ao estúdio, senta-se na cadeira de Ewan, olha fixo para a tela escura do computador. Ewan deve ter pretendido salvar Alphinland; não ia querer que fosse torrado por um espasmo elétrico. Por isso ele ordenou que ela desligasse o computador. Mas por que ele faria isso? Alphinland não era território dele: no fundo Ewan odiava sua fama, achava uma tolice, era humilhado pela superficialidade intelectual. Ele se ressentia da imersão profunda de Constance, mesmo quando a condescendia. E ele está excluído de Alphinland, de seu mundo particular: grades invisíveis o impedem de entrar. Sempre impediram, desde que eles se conheceram. Ele não pode entrar lá.

Ou pode? Talvez possa. Talvez as leis de Alphinland tenham perdido a vigência, porque as cinzas enfeitiçadas fizeram seu trabalho e os antigos feitiços foram quebrados. Por isso Gavin conseguiu abrir a tampa do barril na noite passada e apareceu na casa de Constance. E se Gavin pode sair de Alphinland, é lógico que Ewan pode entrar. Ou pode ser atraído para lá, ao menos pela sedução do proibido.

Ele deve ter ido. Atravessou o portão do muro de pedra com seus torreões, ele está lá agora. Segue a estrada escura e sinuosa, atravessa a ponte enluarada, entra na floresta silenciosa e perigosa. Logo terá chegado à encruzilhada sombria, e depois que caminho tomará? Ele não faz ideia. Vai se perder.

Ele já está perdido. É um estranho em Alphinland, não conhece seus perigos. Ele não tem runas, não tem armas. Não tem aliados.

Ou não tem aliados além dela.

— Espere por mim, Ewan — diz Constance. — Espere aí mesmo! — Ela terá de entrar e procurar por ele.

APARIÇÃO

Reynolds entra repentinamente na sala de estar com duas almofadas. Há um número indeterminado de anos, aquelas duas almofadas ondulando debaixo dos braços envolventes de Rey, como dois seios infláveis e roliços, macios e firmes, teriam sugerido a Gavin os seios verdadeiros, igualmente macios e firmes, que se escondiam por baixo. Ele poderia ter elaborado uma metáfora inteligente que incorporasse, por exemplo, dois sacos de plumas e, por meio deles, duas galinhas sexualmente receptivas. Ou talvez — graças à elasticidade, à resistência, ao caráter de borracha — dois trampolins.

Agora, porém, essas almofadas lembravam — além dos seios — uma produção de vanguarda exagerada de *Ricardo III* que eles viram em um parque no verão anterior. Reynolds os obrigou a ir; disse que fazia bem a Gavin sair da rotina, ficar ao ar livre e se expor a novos conceitos, e Gavin disse que preferia só ficar ao ar livre e se expor. Rey lhe deu uma cotovelada brincalhona e disse: "Gavy muito mau!" Era um de seus métodos coquetes de fingir que Gavin era um bicho de estimação malcriado. Não estava muito longe da verdade, ele pensa com amargura. Ainda não cagava no carpete, nem destruía a mobília ou gania pedindo comida, mas chegava perto.

Na expedição dos dois ao parque, Reynolds levou uma mochila com uma lona plástica para eles se sentarem, duas mantas, caso Gavin sentisse frio, e duas garrafas térmicas, uma com chocolate quente e a outra com dry-martínis. O plano dela saltava aos olhos: se Gavin reclamasse demais, ela o doparia com álcool, cobriria com as mantas e torceria para ele dormir, assim ela poderia mergulhar no bardo imortal.

A lona plástica foi uma boa ideia, porque chovera à tarde e a grama estava molhada. Gavin se acomodou na lona, no fundo torcendo por mais chuva para poder ir para casa, reclamou de dor nos joelhos e também de fome. Reynolds tinha previsto essas duas áreas de insatisfação: sacou o emplasto anti-inflamatório com antiflogistina — um dos exemplos preferidos de Gavin de palavras sem sentido — e um sanduíche de salada de salmão. "Não consigo ler a merda do programa", disse Gavin, embora nem quisesse ler. Rey lhe passou a lanterna e também uma lupa. Ela está preparada para a maioria das desculpas dele.

— É tão emocionante! — disse ela em sua melhor voz de *Miss Sunshine.* — Você vai gostar!

Gavin teve uma pontada de remorso. Reynolds tinha uma crença tão comovente na capacidade dele de gostar de alguma coisa. Ela alega que, se tentasse, ele conseguiria: o problema de Gavin é que ele é negativo demais. Eles já tiveram essa conversa mais de uma vez. Ele responderá que o problema dele é que o mundo fede, então por que ela não parava de tentar corrigi-lo e se concentrava nisso? E ela responderá que o fedor está no nariz de quem cheira, ou algum outro exercício de subjetivismo kantiano — mas é claro que ela não reconheceria subjetivismo kantiano nem que tropeçasse nele —, e por que ele não fazia meditação budista?

E pilates, ela insistia para ele fazer pilates. Ela já fizera contato com uma instrutora disposta a dar aulas particulares a ele, mesmo que contrariasse sua prática habitual — porque a instrutora admira o trabalho dele. Essa ideia o desanima. Ter uma garota toda estrogenada com um quarto da idade dele contorcendo seus braços e pernas finos e nodosos enquanto comparava o protagonista impetuoso de seus primeiros poemas, repleto de entusiasmo sexual e humor sarcástico, com o feixe atrofiado de cordões e gravetos em que ele se transformara. *Olha essa foto, depois essa.* Por que Reynolds quer tanto prendê-lo ao aparelho de tortura do pilates e esticá-lo até ele estourar como um elástico gasto? Ela quer saber que ele está sofrendo. Quer humilhá-lo e ao mesmo tempo sentir-se nobre por isso.

— Pare de me cafetinar com todas essas tietes — ele lhe diz. — Por que você simplesmente não me amarra numa cadeira e cobra pelo ingresso?

O parque pululava de atividade. Crianças jogavam frisbee ao fundo, bebês choravam, cães latiam. Gavin se debruça sobre o programa. Uma merda pretensiosa, como sempre. A peça começou atrasada: algum problema no sistema de iluminação, foi o que disseram. Os mosquitos se reuniam, Gavin os enxotava; Reynolds pegou o repelente Deep Woods Off. Algum idiota de macacão escarlate e orelhas de porco soprou um trompete para fazer com que todos calassem a boca, e depois de uma explosão menor e alguém correndo na direção do quiosque de refrigerantes — em busca do quê? Essa gente se esqueceu de quê? —, a peça começou.

Houve um prelúdio mostrando um filme do esqueleto de Ricardo III sendo desenterrado de um estacionamento — um evento que de fato aconteceu, Gavin viu no noticiário da televisão. Era de fato Ricardo, completo, com provas de DNA e muitos ferimentos no crânio. O prólogo foi projetado em um pano branco que parecia um lençol, e devia ser mesmo. Com o orçamento para as artes do jeito que estava, como comentou Gavin com Reynolds em voz baixa. Reynolds lhe deu uma cotovelada.

— Sua voz está mais alta do que você pensa — cochichou ela.

A trilha sonora o levou a entender — por um alto-falante que estalava e em um péssimo pastiche de pentâmetro iâmbico elisabetano — que o drama que todos estavam prestes a ver se desenrolava *post mortem*, de dentro do crânio golpeado de Ricardo. Zoom na cavidade ocular do crânio, depois passando por ele ao interior da caveira. E a tela escurece.

Depois disso, o lençol foi retirado e lá estava Ricardo sob os refletores, pronto para fazer cambalhotas e poses, pulos e proclamações. Nas costas tinha uma corcunda absurdamente grande, enfeitada de listras vermelhas e amarelas de bufão. Como Mr. Punch, explicava o programa, ele mesmo derivado do Pulcinella, pois a visão do diretor era de que o Ricardo de Shakespeare teve como modelo a Commedia dell'arte, depois de uma trupe se apresentar na Inglaterra da época. O tamanho da corcunda era proposital, o núcleo interno da peça girava em torno dos objetos de cena, "em contraponto com o núcleo externo", Gavin bufou consigo mesmo. Eram símbolos do inconsciente de Ricardo, o que explicava o tamanho dos adereços. A ideia do diretor deve ter sido de que se o público visse tronos, corcundas e não sei mais o que exagerados, e se perguntasse que merda eles estavam fazendo naquela peça, não ficaria tão incomodado por não conseguir ouvir o texto.

Assim, além da corcunda gigantesca, multicolorida e metonímica, Ricardo tinha um manto majestoso com uma cauda de cinco metros, carregada por dois pajens com cabeças desproporcionais de javali, porque o brasão de Ricardo tinha um javali. Havia um tonel imenso de malvasia, onde Clarence seria afogado, e duas espadas da altura dos atores. Para asfixiar os príncipes na torre, uma pantomima encenada como a peça dentro da peça em *Hamlet*, duas almofadas imensas foram levadas em padiolas como cadáveres ou leitões assados, com capas no mesmo tecido da corcunda de Ricardo, só para ter certeza de que o público ia entender.

Morte por corcunda, pensa Gavin, olhando as almofadas que Reynolds agora aproximava dele. Que destino. E Reynolds como a Primeira Assassina. Mas, pensando bem, isto seria apropriado; e Gavin sempre pensa bem. Tem tempo para isso.

— Está acordado? — diz animadamente Reynolds enquanto bate os saltos pelo chão.

Está com um pulôver preto com cinto prata e turquesa envolvendo a cintura e os jeans justos. Ela está ficando meio gorda nas laterais das coxas que, tirando isso, têm o peso e os contornos de um patinador de velocidade. Será que ele deve mencionar esses bolsões de gordura? Não. Melhor guardá-los para um momento mais estratégico. E talvez nem seja gordura, talvez seja músculo. Ela malha bastante.

— Se não estava acordado antes, agora estaria — diz Gavin.
— Você parece uma ferrovia de madeira.

Gavin não gosta daqueles tamancos e já disse isso a ela. Não valorizam em nada as pernas de Reynolds. Mas ela não liga para o que ele pensa de suas pernas tanto quanto antigamente. Ela diz que os tamancos são confortáveis e que o conforto supera a moda, na opinião dela. Gavin tentou citar Yeats no sentido de que as mulheres devem se esforçar para ser bonitas, mas Reynolds — que antigamente era uma fã apaixonada de Yeats — agora é da opinião de que Yeats tinha direito ao ponto de vista dele, mas que era assim no passado e as atitudes sociais eram diferentes e, no fim das contas, Yeats morreu.

Reynolds mete as almofadas nas costas de Gavin, uma atrás de sua cabeça, uma na base das costas. Esse arranjo de almofadas, ela alega, o faz parecer mais alto e, portanto, mais impressionante. Ela endireita a manta xadrez que cobre as pernas e os pés de Gavin, que ela insiste em chamar de seu cobertor da soneca.

— Ah, sr. Rabugento! — diz ela. — Cadê o seu sorriso?

Ela é dada a rebatizá-lo segundo a própria análise do estado de espírito dele no dia, ou na hora, ou no minuto: de acordo com ela, ele é temperamental. Cada temperamento é personificado e recebe um título, então ele é sr. Rabugento, sr. Soneca, dr. Irônico, sr. Sarcástico e, às vezes, quando Reynolds está se sentindo irônica ou talvez nostálgica, sr. Romântico. Algum tempo atrás, ela chamava o pênis dele de sr. Minhoquinha, mas desistiu disso, assim como das tentativas de ressuscitar a libido inexistente dele com unguentos e lubrificantes que tinham gosto de geleia de morango, limão com gengibre revigorante e creme dental de hortelã. Também teve uma aventura com um secador de cabelo que ele preferia esquecer.

— São quinze para as quatro — continua ela. — Vamos nos arrumar para nossa visita!

Logo virá a escova de cabelo — aquela coisa que ele ainda consegue ter, o cabelo dele —, depois a escova que remove pelos da roupa. Ele está na muda, como um cão.

— Quem é desta vez? — pergunta Gavin.

— Uma mulher muito bacana. Uma boa garota. Estudante de pós-graduação. A tese dela é sobre a sua obra. — Ela mesma fez uma tese sobre a obra dele, no passado, esta foi a perdição dele. Foi muito sedutor, na época, ter uma jovem atraente concentrando tanta atenção em cada adjetivo que ele escreveu.

Gavin geme.

— Tese sobre a merda da minha obra — diz. — Deus nos livre!

— Ora, sr. Blasfêmia — diz Reynolds. — Não seja tão cruel.

— Mas que porra essa erudita está fazendo na Flórida? — diz Gavin. — Ela deve ser uma idiota.

— A Flórida não é a aldeia que você insiste em dizer que é — comenta Reynolds. — Os tempos mudaram; agora existem boas universidades e um ótimo festival de literatura! *Milhares de pessoas vêm para conhecer!*

— Do caralho, hein? Estou impressionado.

— De todo modo — Reynolds o ignora —, ela não é da Flórida. Pegou um avião em Iowa só para entrevistar você! Tem gente de todo canto fazendo trabalhos sobre a sua obra, sabia?

— Porra, Iowa — diz Gavin. *Trabalhos sobre a sua obra.* Às vezes ela fala como uma criança de cinco anos.

Reynolds passa a trabalhar com a escova de pelos. Ataca os ombros dele, depois dá uma passada brincalhona na direção de sua virilha.

— Vamos ver se tem algum fiapo no sr. Minhoquinha! — diz ela.

— Afaste suas garras libidinosas de minhas partes íntimas — diz Gavin.

Ele tem vontade de dizer que é *óbvio* que tem fiapos no sr. Minhoquinha, ou alguma poeira, talvez ferrugem. O que ela espera, uma vez que tem plena consciência de que o sr. Minhoquinha já está engavetado há algum tempo? Mas ele se contém.

Oxidar-se opaco, sem reluzir brilhante pelo uso!, pensa ele. Tennyson. Ulisses parte em sua última viagem, que sorte a dele. Pelo menos vai afundar com as botas calçadas. Mas os gregos não usavam botas. Um dos primeiros poemas que Gavin teve de decorar na escola; por acaso ele era bom na decoreba. É vergonhoso admitir, mas foi isso que o fez poeta. Tennyson, um fanfarrão vitoriano obsoleto, escrevendo sobre um velho. As coisas têm o hábito de fechar um círculo: um hábito ruim, na opinião dele.

— O sr. Minhoquinha *gosta* de minhas garras libidinosas — diz Reynolds. Que elegância da parte dela usar o verbo no presente.

Antigamente era um jogo dos dois — Reynolds era a sedutora, a dominatrix, a mulher fatal, e Gavin a vítima passiva. Ela parecia gostar desse cenário, então ele colaborava. Agora não é mais um jogo; nenhum dos velhos cenários funciona mais. Tentar revivê-los só entristeceria os dois.

Não foi para isso que ela se casou com ele. Ela provavelmente imaginava uma vida fascinante, cheia de gente glamorosa e criativa e diálogos intelectuais estimulantes. E isso foi uma realidade algumas vezes, quando eles se casaram; isso e o ardor dos hormônios ainda ativos dele. O último *cabum* do morteiro antes de ele arrefecer; mas agora ela está empacada com o esgotamento resultante. Em seus momentos mais lenientes, Gavin sente pena dela.

Ela deve encontrar consolo em outro lugar. Ele encontraria, no lugar dela. O que Reynolds realmente faz quando sai para as aulas de *spinning* ou para as supostas noites de dança com as amigas? Ele pode imaginar, e imagina. Estes pensamentos antes o incomodavam, mas agora ele contempla as possíveis transgressões de Reynolds — não só possíveis, mas quase certas — com um distanciamento clínico. Certamente ela tem o direito a um pouco disso: é trinta anos mais nova que ele. Ele deve ter mais chifres — como diria o bardo — do que um dragão de cem cabeças.

Bem feito por ter se casado com uma mulher mais nova. Bem feito por ter se casado com três delas em seguida. Bem feito por ter se casado com as alunas de pós-graduação. Bem feito por ter se casado com uma mandona autonomeada curadora de sua vida e seu tempo. Bem feito por ter se casado.

Mas pelo menos Reynolds não o deixará, disso ele tem quase certeza. Ela está aperfeiçoando seu número de viúva; não vai querer que seja um desperdício. É tão competitiva que vai ficar por perto para garantir que nenhuma das duas esposas anteriores reivindique qualquer parte dele, literária ou qualquer outra. Vai querer controlar sua narrativa, vai querer ajudar a escrever a biografia dele, se houver alguma. Também vai querer excluir os dois filhos dele — um de cada ex-mulher, que nem são mais crianças, porque um deles deve ter 51 anos, talvez 52. Ele não dava muita atenção aos filhos quando eram bebês. Eles e sua parafernália em tom pastel encharcada de urina tomaram tanto espaço, atraíram tanto da atenção que deveria ter sido dele, e em ambos os casos ele fugiu antes que os filhos completassem três anos. Assim, eles não gostavam muito de Gavin, e ele não os culpava por isso, tendo ele mesmo odiado o próprio pai. Entretanto, deve haver alguma briga depois do enterro: ele vai garantir isso não finalizando o testamento. Quisera ele poder pairar em pleno ar para ver!

Reynolds lhe dá uma última escovada, fecha o segundo botão da camisa, puxa a gola para o lugar certo.

— Pronto — diz ela. — Muito melhor.

— Quem é essa garota? — pergunta Gavin. — Essa que está tão interessada em minha suposta obra. A bunda dela é bonita?

— Pare com isso — retruca Reynolds. — Toda a sua geração era obcecada por sexo. Mailer, Updike, Roth... todos esses caras.

— Eles eram mais velhos que eu — diz Gavin.

— Nem tanto. Para eles era sexo, sexo, sexo o tempo todo! Eles não aguentavam ficar com as calças fechadas!

— O que quer dizer com isso? — diz Gavin com frieza. Ele saboreia esse momento. — O sexo é assim tão ruim? De repente você virou puritana? Com o que mais devíamos ficar obcecados? Compras?

— O que quero dizer — diz Reynolds. Ela precisa se interromper, reconsiderar, mobilizar as batalhas íntimas. — Tudo bem, fazer compras é um substituto fraco para o sexo, sem dúvida. Mas na falta de...

Essa doeu, pensa Gavin.

— Falta do quê? — diz ele.

— Deixa de se fazer de burro, você entendeu. O que quero dizer é que nem tudo gira em torno de bundas. O nome dessa mulher é Naveena. Ela merece ser tratada com respeito. Já publicou dois artigos sobre os tempos da Riverboat. Ela é muito inteligente. Acredito que seja de progênie indiana.

De progênie indiana. De onde ela tirava essas locuções arcaicas? Quando Reynolds tenta ser adequadamente literária, fala como uma personagem cômica numa peça de Oscar Wilde.

— Naveena — diz ele. — Parece nome de queijo fatiado. Ou melhor, de creme depilador.

— Você não precisa depreciar as pessoas — diz Reynolds, que costumava adorar o fato de ele depreciar as pessoas, ou pelo menos algumas pessoas; ela achava que isso significava que ele tinha um intelecto superior e gosto erudito. Agora acha desagradável, ou um sintoma de carência de vitaminas. — É um reflexo automático seu! Diminuir os outros não o torna maior, sabia? Naveena é uma estudiosa séria de literatura. Tem mestrado.

— E uma bunda bonita, ou não vou falar com ela — diz Gavin. — Todo mentecapto tem mestrado. Parecem pipoca.

Ele sempre faz Reynolds passar por isso, sempre que ela aparece com algum novo aficionado, algum novo aspirante, algum novo escravo das minas de sal da academia, porque ele precisa fazê-la passar por alguma coisa.

— Pipoca? — diz Reynolds.

Gavin hesita por um momento. O que ele quis dizer com isso mesmo? Ele respira fundo.

— Grãos pequenininhos — diz. — Superaquecidos na panela acadêmica. O ar quente se expande. *Poc!* Um mestrado.

Nada mau, pensa ele.

E também é verdade. As universidades querem dinheiro, então seduzem essa garotada. Depois os transformam em balões de amido inflado, sem empregos correspondentes. É melhor ter um curso de encanador.

Rey ri, com certa amargura, ela mesma tem mestrado. Depois franze a testa.

— Você deveria ficar agradecido — diz. Lá vem o sermão, a pancada com o jornal enrolado. Gavy mau! — Pelo menos alguém ainda está interessado em você! Uma jovem! Alguns poetas matariam por isso. Agora os anos 1960 estão na moda, para a sua sorte. Então, não pode reclamar de ser desprezado.

— E desde quando eu faço isso? Eu nunca reclamo!

— Você reclama o tempo todo, de tudo — diz Reynolds. Ela está ficando de saco cheio; ele não devia insistir. Mas insiste.

— Eu devia ter me casado com Constance — diz.

Esse é seu trunfo na manga: *plaf!* Batido na mesa. Aquelas sete palavras costumam ser muito eficazes, ele pode angariar uma saraivada de hostilidade, talvez até algumas lágrimas. Nota máxima: uma porta batida. Ou um projétil. Uma vez ela chegou a atirar um cinzeiro nele.

Reynolds sorri.

— Bom, você não se casou com Constance. Casou-se comigo. Agora engole.

Gavin perde o rebolado. Ela está bancando a indiferente.

— Ah, se eu pudesse — diz ele, com uma nostalgia exagerada.

— Dentadura não é empecilho — diz Reynolds com secura. Ela sabe ser bem cretina quando Gavin força muito a barra. A cretinice é uma coisa que ele admira nela, embora com relutância, quando se volta contra ele. — Agora vou preparar o chá. Se não se comportar quando Naveena chegar, não vai ganhar um biscoito.

O truque do biscoito é uma piada, uma tentativa dela de deixar o clima mais leve, mas é um tanto apavorante para ele que a ameaça de ser privado de um biscoito o atinja. Sem biscoitos! Uma onda de tristeza o domina. Ele também está com água na boca. Meu Deus do céu. A decadência é tanta assim? Sentar para implorar petiscos?

Reynolds vai a passos firmes para a cozinha, deixando Gavin sozinho no sofá, olhando fixamente a vista, tal como é. Tem um céu azul, uma janela panorâmica. A janela dá para um jardim cercado em que há uma palmeira. E também um jacarandá, ou será uma frangipani? Ele não teria como saber, a casa é alugada.

Tem uma piscina que ele nunca usa, embora seja aquecida. Reynolds mergulha de vez em quando, antes de ele acordar pela manhã, ou é o que ela diz. Reynolds gosta de ostentar esses exemplos de agilidade física. Caíram na piscina folhas do jacarandá ou o que quer que seja, e também as folhas pontudas da palmeira. Elas boiam na superfície, giram no lento vórtice provocado pela bomba de circulação da água. Uma garota vem três vezes por semana e as recolhe com uma peneira de cabo comprido. O nome dela é Maria. É estudante do ensino médio; reparte o aluguel. Ela entra com a própria chave pelo portão do jardim e anda em solas de borracha pelo pátio revestido e escorregadio sem fazer barulho. Tem cabelo preto comprido e uma linda cintura, e pode ser mexicana; Gavin não sabe porque nunca falou com ela. Maria sempre está de short jeans azul-claro ou azul mais escuro, e se curva com seu short jeans enquanto peneira as folhas. Seu rosto, quando ele consegue ver, é impassível, embora beire o solene.

Ah, Maria, ele suspira sozinho. Existem problemas na sua vida? Se não, eles virão em breve. Que bunda bonita você tem. Boa para rebolar.

Será que ela o viu olhando-a pela janela panorâmica? É provável. Será que ela o acha um velho depravado? Muito provável. Mas ele não é exatamente isso. Como transmitir o misto de desejo, melancolia e remorso mudo que ele sente? Seu remorso é de não ser um velho devasso, ele queria ser. Queria que ainda pudesse ser. Como descrever a delícia do sorvete quando não se consegue sentir o sabor?

Ele está escrevendo um poema que começa com "Maria peneira as folhas moribundas". Mas, tecnicamente falando, as folhas já estão mortas.

A campainha toca e Reynolds estala os saltos até o hall. Há cumprimentos femininos vindo da entrada, aqueles arrulhos, "eeeeentra" e "uiuiui" que as mulheres fazem hoje em dia. Elas vão se atropelar com os "uiuiuis" como se fossem grandes amigas, embora nem se conhecessem. O contato fora feito por e-mail, que Gavin odeia. Mas não devia odiar: entregar o controle de sua correspondência a Reynolds foi um erro, porque deu a ela a chave do reino. Agora ela é a guardiã dos portões do Reino de Gavin. Ninguém entra se ela não permitir.

— Ele acaba de tirar um cochilo — diz Reynolds, usando aquele tom de falsa reverência que adota quando está prestes a exibi-lo a terceiros. — Quer dar uma olhada no estúdio dele primeiro? Onde ele escreve?

— Ai, uiuiui — diz a voz de Naveena, o que deve indicar prazer. — Se não for incômodo. — Saltos estalam pelo corredor, lá vão os dois pares de pés calçados.

— Ele não consegue escrever no computador — está dizendo Reynolds. — Precisa usar um lápis. Diz que é uma relação entre mão e olho.

— Incrível — diz Naveena.

Gavin detesta seu estúdio com um ódio rancoroso. Detesta este estúdio — que é apenas temporário —, mas particularmente detesta seu estúdio de verdade, na Colúmbia Britânica. Foi projetado para ele por Reynolds e tem em estêncil nas paredes citações de seus poemas que mais apareceram em antologias, tudo cor de rim em tinta branca. Assim, ele tem de se sentar ali cercado por monumentos a sua própria magnificência decadente enquanto a toda a volta o ar é denso de retalhos e farrapos das obras-primas poéticas estelares que no passado ele reverenciava: os cacos de urnas funerárias de ferro forjado, os ecos partidos da perspicácia e do escopo de outros homens.

Reynolds cuida dos dois estúdios como se fossem templos, e dele como a imagem esculpida dos cômodos. Ela faz uma cena de produtividade apontando os lápis, bloqueando todos os telefonemas para ele e trancando-o ali. Depois, ela sai na ponta dos pés como se ele estivesse em suporte vital, e então ele não consegue escrever nem uma palavra. Rumpelstichen, o anão malicioso que é a mais provável forma de sua Musa ultimamente — o atrasado Rumpelstichen nunca aparece. Então será a hora do almoço, e Reynolds o olhará esperançosa do outro lado da mesa e dirá, "Alguma novidade?" Ela tem muito orgulho de como protege a privacidade dele, fomenta sua comunhão com os próprios sumos poéticos e permite o que chama de seu "tempo de criação". Ele não tem coragem de dizer a ela que está seco feito um osso.

Ele precisa sair, sair dali; pelo menos sair do estúdio, dos dois estúdios, com cheiro árido de páginas embalsamadas. Nos anos 1960, quando morava com Constance naquela sauna abafada e apertada onde cozinhavam como ameixas, na época em que eles não tinham dinheiro e ele certamente não tinha nenhum *estúdio* afetado, ele conseguia escrever em qualquer lugar — em bares, lanchonetes, cafeterias — e as palavras fluíam dele para o lápis ou a esferográfica em qualquer coisa plana que estivesse à mão. Envelopes, guardanapos de papel; um clichê, é verdade, mas era a realidade.

Como voltar a esse passado? Como ter isso de volta?

Saltos estalam na direção dele.

— É bem aqui — diz Reynolds.

Naveena é levada à sala de estar. É uma criaturinha linda, praticamente uma criança. Olhos escuros, grandes e tímidos. Tem brincos no formato de polvos. Você tem frutos do mar nas orelhas, ele podia dizer ao dar em cima dela em um bar, mas não tenta essa agora.

— Ah, por favor, não se levante — diz ela, mas Gavin faz um espalhafato para se levantar, assim pode apertar a mão dela.

Ele segura sua mão — propositadamente — por um tempo meio longo demais.

Em seguida, as almofadas devem ser rearrumadas por Reynolds, fazendo seu número de enfermeira competente. O que aconteceria se Gavin agarrasse o peito preto musculoso que é jogado em seu olho e o usasse como alavanca para virar Reynolds de costas como uma tartaruga? *Um alegre e pujante cortejador.* Gritos, recriminações, o filme plástico arrancado da tigela de restos conjugais na frente de um público eletrizado de uma pessoa só. Será que um tumulto desses o tiraria desta entrevista medíocre?

Mas Gavin não quer sair, ainda não. Às vezes desfruta dessas provações. Gosta de dizer que não consegue se lembrar de escrever aquela sopa de letrinhas, seja qual for; gosta de detonar os poemas que essas crianças sentimentais exibem como seus preferidos. *Porcaria, disparate, lixo!* Ele gosta de contar histórias sobre os amigos poetas de outrora, os rivais de outrora. A maioria deles morreu, então não faz mal. Mas ele não seria impedido mesmo que fizesse.

Rey coloca Naveena na poltrona, onde ela pode ter uma visão frontal completa dele.

— É uma honra e tanto conhecer o senhor — diz ela, com deferência suficiente. — Isso é bobo, mas eu me sinto como se... como se eu realmente o conhecesse. Acho que é porque estudo sua obra, e essas coisas. — Ela pode ser de progênie indiana, mas a voz é puro Meio-Oeste.

— Então você tem vantagem sobre mim — diz Gavin.

Ele a olha como um sátiro: pode fazê-las perder o passo, esse olhar lascivo dele.

— Como? — diz Naveena.

— Ele quer dizer que embora você saiba muito a respeito dele, ele não sabe muito a seu respeito — diz Reynolds, interpondo-se como sempre. Ela se atribui o papel de intérprete de Gavin; como se ele fosse um oráculo, jorrando ditos gnômicos que só a suma sacerdotisa consegue decifrar. — Então, por que não conta a ele em que está trabalhando? Que parte da obra dele? Vou preparar um chá para nós.

— Sou todo ouvidos — diz Gavin, segurando seu sorriso lascivo.

— Não morda a garota — diz Reynolds com um puxão na calça jeans justa dele.

Uma boa fala de saída: a possibilidade de morder, tão dúbia, tão vaga quanto à localização e à intenção, paira no ar como um aroma. Por onde ele começaria, se pudesse morder, uma leve mordiscada na nuca?

Não adianta. Nem essa perspectiva consegue mexer com ele. Ele reprime um bocejo.

Naveena mexe em um pequeno aparelho que depois coloca na mesa de centro diante de Gavin. Ela está de minissaia, que sobe acima dos joelhos — exibindo meias estampadas como cortinas de renda tingidas de preto —, e botas de saltos aflitivamente altos com tachas de metal. Gavin sente dor nos pés só de olhar os sapatos. Certamente os dedos dela devem estar espremidos em cunhas, como os pés atados de chinesas nas fotos sépia. Aqueles pés deformados eram sexualmente excitantes, ou assim Gavin leu. Os homens metiam o sr. Minhoquinha deles no orifício úmido formado pelos dedos recurvados e atrofiados. Ele não consegue se imaginar assim.

Ela tem o cabelo preso em um coque, como uma bailarina. Os coques são tão sensuais. Antigamente, era um prazer desfazê-los: era como abrir um presente. Cabeças com o cabelo preso em um coque são tão elegantes e contidas, tão de donzelas; depois desfazer o penteado, a desordem, a impetuosidade do cabelo solto, derramando-se nos ombros, por cima dos seios, no travesseiro. Ele enumera mentalmente: *Coquetes que conheci.* Constance não usava coque. Não precisava. Ela era mais ou menos como um: arrumada e contida, e depois tão turbulenta quando libertada. A primeira a morar com ele, a Eva para seu Adão. Nada jamais poderia substituir isso. Ele se lembra da dor de esperar por ela em seu Éden apertado e abafado com a chapa e chaleira elétricas. Ela entrava pela porta com aquele corpo macio, mas exuberante, encimado pela cabeça contraditória e remota, o rosto branco como uma lua minguante, com fios do cabelo claro escapando como raios, e ele a envolvia nos braços e enterrava os dentes em seu pescoço.

Não *enterrava*, não literalmente; mas ele tinha vontade de fazer isso. Em parte porque ele na época estava sempre com fome, e Constance tinha o cheiro de frango frito do Snuffy's. E porque ela o adorava, se derretia como mel aquecido. Ela era tão maleável. Gavin podia fazer qualquer coisa com ela, colocá-la como bem quisesse e ela sempre dizia sim. Não apenas sim. *Ah, sim!*

Será que ele foi adorado desse jeito, sinceramente adorado, sem motivos escusos, desde então? Porque ele não era famoso na época, nem mesmo tinha a fama moderada conferida a poetas em seu próprio grupo. Ele não havia ganhado nada, nenhum prêmio; não tinha publicado nenhuma coletânea fina, meritória e invejada. Tinha a liberdade de um ninguém, com um futuro em branco se desenrolando diante de si, em que qualquer coisa podia ser escrita. Ela o adorava só por ele ser ele. Seu núcleo interno.

— Eu podia comer você todinha — ele dizia a ela. Hmm, hmm. Rrrr, rrrr. *Ah, sim!*

— Como disse? — diz Naveena.

Ele volta ao presente num estalo. Estava soltando ruídos? Um *nham-nham*, um rosnado? E daí se estivesse? Ele conquistou seus ruídos. Fará todos os ruídos que quiser.

Mas sossegai, bela Naveena. Ninfa, em vossos glossários todos os meus chistes serão lembrados. É preciso uma observação mais prática.

— Essas botas são confortáveis? — diz ele com cordialidade. Melhor ir com calma: deixar que ela fale de algo que conhece, como as botas, porque em breve ela se verá acima de sua capacidade.

— O quê? — diz Naveena num sobressalto. — Botas? Isto é um rubor?

— Elas não beliscam seus dedos? — diz ele. — Parecem da moda, mas como você consegue andar?

Ele gostaria de pedir a ela que se levantasse e andasse pela sala — uma das funções dos saltos altos é virar a pelve da mulher de modo que a bunda se lança para fora e os peitos arremetem para a frente, dando a ela a curva serpentina da beleza —, mas ele não lhe pediria isso. Afinal, é uma completa estranha.

— Ah — diz Naveena. — Estas aqui. Sim. São confortáveis, mas talvez eu não devesse usá-las quando tem gelo nas calçadas.

— Não tem gelo nenhum nas calçadas — diz Gavin.

Não é muito inteligente, essa ninfa.

— Ah, não, aqui não — diz ela. — Quer dizer, é a Flórida, né? Eu quis dizer na minha cidade. — Ela ri, nervosa. — Gelo.

Gavin, assistindo à previsão do tempo na televisão, notou com interesse o vórtice polar agarrando o norte, o leste, o centro. Viu as imagens das nevascas, as tempestades de gelo, os carros capotados e as árvores partidas. É onde Constance deve estar agora: no olho do furacão. Ele a imagina estendendo os braços para ele, sem nada cobrindo o corpo além de neve, uma luminosidade sobrenatural fluindo a seu redor. Sua dama do luar. Ele se esqueceu por que os dois terminaram. Foi uma banalidade; nada que devesse ter importado para ela. Alguma outra mulher que ele levou para a cama. Melanie, Megan, Marjorie? Na verdade não foi nada, a mulher praticamente saltara de uma árvore para cima dele. Ele tentou explicar isso a Constance, mas ela não entendeu o dilema dele.

Por que os dois não duraram para todo o sempre? Ele e Constance, sol e lua, cada um brilhando, embora de formas diferentes. Em vez disso, aqui está ele, esquecido por ela, abandonado. No tempo, que não o sustenta. No espaço, que não o embala.

— Flórida. Sim? O que quer dizer? — diz ele, incisivo demais. O que essa Naveena está tagarelando?

— Não tem gelo aqui — diz ela em voz baixa.

— Sim, claro, mas você vai voltar logo — diz ele. Ele deve mostrar a ela que não está divagando, perdendo a trama. — Volta a... onde mesmo? Indiana? Idaho? Iowa? Tem muito gelo por lá! Então, se você cair, não estenda a mão — acrescenta ele, assumindo um tom paternal e instrutivo. — Procure cair sobre o ombro. Assim não vai quebrar o pulso.

— Ah — diz Naveena de novo. — Obrigada.

Há uma pausa constrangedora.

— Podemos falar a seu respeito? — pergunta ela. — E, sabe, de sua, bem, sua obra... quando o senhor fez seus primeiros trabalhos. Trouxe meu gravador; posso ligar? E separei uns vídeos que podemos assistir, e o senhor pode me contar sobre eles, sobre o contexto. Se não se importar.

— Manda — diz ele, recostando-se.

Mas onde raios está Reynolds? Cadê o chá dele? E o biscoito; ele merece.

— Tudo bem, então, estou trabalhando em, bom, tipo sobre aqueles tempos da famosa cafeteria Riverboat. Meados dos anos 1960. Quando o senhor escreveu aquela sequência chamada *Sonetos para Minha Dama*. — Ela agora liga outra bugiganga técnica, um daqueles tablets. Reynolds comprou um verde há pouco tempo. O de Naveena é vermelho, com um suporte triangular engenhoso.

Gavin cobre os olhos, finge constrangimento.

— Não me lembre disso — diz ele. — *Sonetos*... isso foi trabalho de aprendiz. Fraco, lixo de amador. Eu só tinha 26 anos. Não podemos passar a algo mais significativo?

Na realidade, aqueles sonetos eram dignos de nota, sobretudo porque eram sonetos só no nome — que ousadia a dele! — e, em segundo lugar, porque abriram novos territórios e empurraram as fronteiras da linguagem. Ou era o que dizia a quarta capa do livro. De todo modo, esse livro conquistou seu primeiríssimo prêmio. Ele fingia vê-lo com indiferença, até com desdém. O que eram prêmios senão mais um nível de controle imposto à Arte pelo *establishment*? Mas embolsou o cheque.

— Keats morreu aos 26 anos — diz Naveena com severidade —, e veja só o que ele realizou! — Uma réplica, uma réplica palpável! Como ela se atreve? Ele já estava na meia-idade quando ela nasceu! Ele podia ser pai dela! Podia ser seu pedófilo!

— Byron chamava as coisas de Keats de "poesia neném-fez-xixi-na-cama" — diz ele.

— Pois é — diz Naveena. — Acho que ele tinha inveja. Mas, então, aqueles sonetos são ótimos! "A boca de minha dama em mim..." São tão simples, e tão meigos e diretos.

Ela não parece perceber que o tema é um boquete. Muito diferente de "a boca de minha dama na minha". Na época, "em mim" nesse contexto era uma referência disfarçada a "meu pau".

Na primeira vez que Reynolds leu o verso da *boca*, deu uma gargalhada. Não havia tal pureza mental em seu próprio lírio purulento.

— Então está trabalhando nos sonetos da "Dama" — diz ele.

— Me diga se houver algum ponto que queira que eu esclareça. Algo da boca do autor para elucidar sua tese. Por assim dizer.

— Bom, não é bem neles que estou trabalhando — diz ela.

— Já foram muito trabalhados. — Ela baixa os olhos para a mesa de centro; agora está em pleno rubor facial. — Na verdade, estou fazendo minha tese sobre C. W. Starr. Sabe, Constance Starr, mas sei que Starr não é o nome verdadeiro dela... sobre sua série Alphinland, e, bom, o senhor a conheceu na época. Na Riverboat, e tudo mais.

Gavin tem a sensação de que lhe injetaram mercúrio frio nas veias. Quem deixou esta criatura entrar? Esta vândala, esta profanadora! Reynolds — foi ela. A traiçoeira Reynolds estava ciente da verdadeira missão da harpia? Se estava, ele vai arrancar os molares dela.

Mas ele está encurralado. Não pode fingir que isso importa para ele, ser escalado como mera fonte secundária na ação principal, Constance sendo a ação principal. Constance, a bobinha, com suas histórias idiotas de gnomos. Constance, a louca. Constance, a cabeça-oca. Mostrar raiva seria revelar seu ponto nevrálgico, aumentar ainda mais a humilhação.

— Ah, sim. — Ele ri com complacência, como quem se recorda de uma piada. — E tudo isso está certo! *Tudo* demais, e *isso* demais! Era *tudo* e *isso* de manhã até a noite! Mas eu tinha energia para isso na época.

— Como? — diz Naveena. Seus olhos brilham: ela está conseguindo um pouco do sangue que veio procurar. Mas não vai conseguir todo.

— Minha cara criança — diz Gavin. — Constance e eu *moramos* juntos. Nós *juntamos os trapos*. Era o alvorecer da Era de Aquário. Embora essa era não tivesse alvorecido plenamente, ficamos muito ocupados mesmo assim. Passamos muito tempo tirando a roupa, depois vestindo. Ela era... incrível. — Ele se permite um sorriso evocativo. — Mas não me diga que está fazendo um trabalho acadêmico sério sobre Constance! O que ela escreveu não era de forma alguma...

— Sim, na verdade estou — diz Naveena. — É uma análise aprofundada da função do simbolismo em contraposição ao neorrepresentacionismo no processo de construção de universos, que pode ser estudado com muito mais eficácia por meio do gênero de fantasia do que em suas formas mais disfarçadas da chamada ficção realista. Não concorda?

Reynolds entra estalando os saltos, trazendo uma bandeja.

— Aqui está o chá! — anuncia, bem a tempo. Gavin sente o sangue martelar nas têmporas. Mas que merda foi essa que Naveena disse agora?

— Que tipo de biscoito? — diz ele, para colocar o neorrepresentacionismo em seu devido lugar.

— Cookies com gotas de chocolate — diz Reynolds. — Naveena já te mostrou os vídeos? São fascinantes! Ela mandou para mim pelo Dropbox. — Ela se senta ao lado dele e passa a servir o chá.

Dropbox. O que é isso? Só o que vem à mente dele é uma caixa de areia para gato. Mas ele não vai perguntar.

— Este é o primeiro — diz Naveena. — A Riverboat, por volta de 1965.

É uma cilada, é uma traição. Porém, Gavin não tem escolha senão olhar. É como ser atraído a um túnel do tempo, a força centrífuga é irresistível.

O filme tem chuviscos e é em preto e branco; não tem áudio. A câmera dá uma panorâmica pelo ambiente: algum fã tarado e amador, ou esse filme é de um documentário primitivo? Estes devem ser Sonny Terry e Brownie McGhee no palco, e esta é Sylvia Tyson? Alguns de seus companheiros poetas daquela época, a uma das mesas, com os cortes de cabelo que estavam na moda, as barbas felpudas, rebeldes e otimistas. Agora tantos deles estão mortos.

E lá está ele mesmo, ao lado de Constance. Sem barba, mas tem um cigarro pendurado na boca e um braço que envolve despreocupadamente Constance. Ele não está olhando para ela, olha o palco. Mas ela olha para ele. Ela sempre olhava para ele. Eles são tão meigos, os dois. Tão sem medos, tão cheios de energia e esperança, como crianças. Tão inconscientes dos ventos do destino que logo os separariam. Ele tem vontade de chorar.

— Ela devia estar cansada — diz Reynolds com satisfação.
— Veja como os olhos estão empapuçados. Com olheiras. Ela devia estar um trapo.

— Cansada? — diz Gavin. Ele nunca pensou em Constance como cansada.

— Bom, acho que ela estaria cansada — diz Naveena. — Pense em tudo que escreveu na época! Foi épico! Ela praticamente criou todo o plano básico de Alphinland, e em tão pouco tempo! Além do mais, tinha aquele emprego no lugar que vendia frango frito.

— Ela nunca dizia estar cansada — diz Gavin, porque as duas o encaram com o que parece censura. — Tinha muito vigor.

— Ela lhe escreveu sobre isso — diz Naveena. — Sobre estar cansada. Mas que nunca ficava cansada demais para o senhor! Disse que o senhor sempre a acordava, mesmo quando chegava muito tarde. Ela escreveu isso! Acho que era mesmo apaixonada pelo senhor. É tão encantador.

Gavin fica confuso. Escreveu para ele? Ele não se lembra disso.

— Por que ela me escreveria cartas? — diz ele. — Nós morávamos no mesmo lugar.

— Ela escreveu bilhetes para o senhor no diário que tinha — diz Naveena — e deixava para o senhor na mesa porque o senhor sempre acordava tarde, mas ela precisava sair para trabalhar, e o senhor lia os bilhetes depois. E escrevia respostas, abaixo dos bilhetes dela. Tinha uma capa preta, do mesmo tipo de agenda que ela usou para as listas e mapas de Alphinland. Tem uma página diferente para cada dia. Não se lembra?

— Ah, isso — diz Gavin.

Ele tem uma vaga lembrança. Lembra-se principalmente do resplendor daquelas manhãs, depois de uma noite com Constance. O primeiro café, o primeiro cigarro, os primeiros versos do primeiro poema, aparecendo como que por mágica. A maioria desses poemas era roubada.

— Sim, lembro vagamente. Como conseguiu isso?

— Estava nos seus arquivos — diz Naveena. — O diário. A Universidade de Austin tem os arquivos. O senhor vendeu para eles. Lembra?

— Eu vendi meus arquivos? — diz Gavin. — Que arquivos?

Ele é atraído a um vazio, um daqueles hiatos que aparecem em sua memória de vez em quando, como um rasgo em uma teia de aranha. Não consegue se lembrar de uma coisa dessas.

— Bom, tecnicamente quem vendeu fui eu — diz Reynolds. — Organizei tudo. Você me pediu que cuidasse disso. Foi quando você estava trabalhando na tradução da *Odisseia*. Ele fica imerso demais — acrescenta ela a Naveena. — Quando está trabalhando. Até se esquece de comer, se não sou eu a lhe dar comida!

— Eu entendo, sabe? — diz Naveena.

As duas se entreolham como se conspirassem, o gênio deve ser apaziguado. Esta, pensa Gavin, é a tradução mais gentil: *Velhos gagás têm de ouvir mentiras* seria a outra.

— Agora vamos ver outro clipe — diz Rey, inclinando-se para a frente.

Piedade, Gavin suplica a ela em silêncio. *Estou na lona. Esta princesa adolescente está acabando comigo. Não sei do que ela está falando! Dê um fim a isso!*

— Estou cansado — diz ele, mas não alto o bastante, ao que parece as duas têm sua pauta.

— Isto é uma entrevista — diz Naveena. — De alguns anos atrás. Está no YouTube. — Ela clica na seta e o vídeo começa, desta vez a cores e com áudio. — É a World Fantasy Convention em Toronto.

Gavin assiste com um pavor crescente. Uma velha franzina é entrevistada por um homem vestido com uma roupa de *Star Trek*: pele roxa, um crânio gigantesco e venoso. Um klingon, supõe Gavin. Embora ele não entenda muita coisa desse amontoado de memes, seus alunos da oficina de poesia tentavam explicar quando o assunto surgia em seus poemas. Tem uma mulher na tela também, com uma cara brilhante e plastificada.

— Esta é a Rainha Borg — sussurra Naveena. A franzina mais velha deve ser Constance, diz o título do vídeo no YouTube, mas ele não consegue acreditar.

"É uma emoção para nós ter hoje conosco alguém que, pode-se dizer, é a avó da fantasia *worldbuilding* do século XX", diz a Rainha Borg. "C. W. Starr em pessoa, a criadora da série mundialmente famosa Alphinland. Devo chamá-la de Constance ou sra. Starr? Ou quem sabe C. W.?"

"Como você preferir", diz Constance.

Então é mesmo Constance, embora muito diminuída. Veste um cardigã com fios prateados que está frouxo nela; o cabelo parece um penacho embaraçado, o pescoço, um palito de picolé. Ela olha ao redor como se estivesse deslumbrada com o barulho e as luzes. "Não me importo com o nome nem nada disso", diz ela. "Sempre me importava o que eu fazia, com Alphinland."

Sua pele tem uma luminosidade estranha, como de um cogumelo fosforescente.

"Você se sentia corajosa, escrevendo o que escreveu, quando começou?", diz o klingon. "Porque o gênero era de um mundo masculino na época, não?"

Constance joga a cabeça para trás e ri. Este riso — este riso frívolo e leve — antigamente era encantador, mas agora parece grotesco a Gavin. Um ânimo fora de lugar.

"Ah, ninguém prestava atenção em mim na época", diz ela. "Então ninguém pode chamar de coragem. De qualquer forma, usei iniciais. No começo ninguém sabia que eu não era um homem."

"Como as irmãs Brontë", diz o klingon.

"Dificilmente", diz Constance, com um olhar de lado e um risinho autodepreciativo.

Será que ela está paquerando o cara de pele roxa e crânio venoso? Gavin estremece.

— Ela parece cansada — diz Reynolds. — Quem será que fez essa maquiagem horrorosa nela? Não deviam ter usado o pó. Aliás, quantos anos ela tem mesmo?

"Então, como foi criar um mundo alternativo?", diz a Rainha Borg. "Você o inventou do zero?"

"Ah, nunca invento nada do zero", diz Constance. Agora ela fala sério, daquele jeito avoado que tinha. *Esta sou eu falando sério.* Nunca convenceu Gavin na época, parecia uma garotinha usando os saltos altos da mãe. Essa seriedade ele também achava encantadora; agora considera falsa. Que direito ela tem de ser séria? "Veja bem", continua Constance, "tudo em Alphinland é baseado em algo da vida real. Como poderia ser diferente?"

"Isso vale para os personagens também?", pergunta o klingon.

"Bem, sim", diz ela, "mas às vezes tiro partes deles daqui e dali e monto uma pessoa só."

"Como o Cabeça de Batata", diz a Rainha Borg.

"Cabeça de Batata?", diz Constance. Ela fica desnorteada. "Não tem ninguém com este nome em Alphinland!"

"É um brinquedo infantil", diz a Rainha Borg. "A gente prende olhos e narizes diferentes em uma batata."

"Ah", esta é Constance. "Isso não é do meu tempo. Da minha infância", acrescenta.

O klingon preenche o silêncio. "Tem um monte de vilões em Alphinland! Esses personagens também são inspirados na vida real?" Ele ri. "A oferta é grande!"

"Ah, sim", diz Constance. "Particularmente os vilões."

"Então, por exemplo", diz a Rainha Borg, "Milzreth da Mão Vermelha é alguém que podemos encontrar andando pela rua?"

Constance joga a cabeça para trás de novo e ri; isso faz Gavin trincar os dentes. Alguém precisa dizer a ela para não abrir tanto a boca. Não é mais elegante, dá para ver que faltam alguns dentes de trás. "Ah, meu Deus, espero que não!", diz ela. "Não com aquela roupa. Mas fiz Milzreth com base em um homem da vida real." Ela olha fixa e pensativamente a tela, bem nos olhos de Gavin.

"Algum ex-namorado?", pergunta o klingon.

"Ah, não", diz Constance. "Mais para um político. Milzreth é muito político. Mas coloquei um dos meus ex-namorados em Alphinland. Ele está lá agora. Só que vocês não conseguem vê-lo."

"Ah, vai, conta pra gente", diz a Rainha Borg, com um sorriso homicida.

Constance fica tímida.

"É segredo", diz ela. Olha para trás, temerosa, como se suspeitasse da presença de algum espião. "Não posso contar a vocês onde ele está. Não quero perturbações, sabe? No equilíbrio. Seria muito perigoso para todos nós!"

A coisa está saindo de controle? Será que ela está meio louca? A Rainha Borg deve pensar que sim, porque interrompe a entrevista neste exato momento. "Foi um grande privilégio falar com você, uma honra, muito obrigada!", diz ela. "Meninos e meninas, palmas para C. W. Starr!" Ouvem-se aplausos. Constance parece confusa. O klingon segura seu braço.

Sua Constance de ouro. Ela se extraviou. Está perdida. Perdida e vagando a esmo.

A tela escurece.

— Não é ótimo? Ela é tão incrível — diz Naveena. — Então, pensei que talvez o senhor pudesse me dar alguma ideia... quer dizer, ela praticamente admitiu que escreveu o senhor em Alphinland, e seria ótimo para mim, para meu trabalho, se eu soubesse qual é o personagem. Estreitei as possibilidades a seis, fiz uma lista com suas diferentes características e poderes físicos, com os símbolos e brasões. Acho que o senhor deve ser Thomas o Rimador, porque é o único poeta na série. Mas talvez ele esteja mais para um profeta... ele tem como poder especial a segunda visão.

— Thomas o quê? — diz Gavin com frieza.

— O Rimador — responde Naveena, hesitante. — Aparece em uma balada, é famoso. Pode encontrar em Childe. Aquele que foi roubado pela rainha de Fairyland, cavalgou por sangue vermelho até os joelhos, e não foi visto na terra por sete anos, e depois, quando voltou, foi chamado de Confiável Thomas porque podia prever o futuro. Só que não é este o nome dele na série, é claro. Ele é Kluvosz do Olho de Cristal.

— Eu pareço ter um olho de cristal? — diz Gavin, sério. Ele vai fazê-la suar.

— Não, mas...

— É claro que não sou eu — diz Gavin. — Kluvosz do Olho de Cristal é Al Purdy.

Esta é a mentira mais prazerosa em que ele consegue pensar. O Big Al, com seus poemas sobre carpintaria, trabalhando em uma fábrica de chouriço, sendo roubado pela rainha de Fairyland! Ah, se Naveena colocar isso na tese ele lhe será eternamente grato. Ela vai dar um jeito de inserir o chouriço, vai fazer com que tudo se encaixe. Ele imobiliza a boca: não deve rir.

— Como sabe que é Al Purdy? — diz Reynolds, desconfiada.

— Gavy é um mentiroso, você precisa saber disso — diz ela a Naveena. — Ele inventa na própria biografia. Acha graça nisso.

Gavin se desvia dela.

— Constance me contou. De que outra forma seria? — diz. — Ela costumava falar dos personagens comigo.

— Mas Kluvosz do Olho de Cristal só aparece na série no Livro Três — diz Naveena. — *O retorno do espectro*. Isso foi bem depois de... quer dizer, não tem registro nenhum, e o senhor não via mais Constance na época.

— A gente se encontrava escondido — diz ele. — Durante anos e anos. Em banheiros de boates. Era uma atração fatal. Não conseguíamos tirar as mãos um do outro.

— Você nunca me contou isso — diz Reynolds.

— Querida — diz ele. — Tem muita coisa que nunca te contei. — Ela não acredita em nenhuma palavra, mas não pode provar que ele está inventando.

— Isso mudaria tudo — diz Naveena. — Preciso reescrever... preciso repensar minha premissa central. Isso é tão... tão fundamental! Mas se o senhor não é Kluvosz, quem é, então?

— Quem será? — diz ele. — É o que costumo me perguntar. Talvez, no fim das contas, eu nem esteja em Alphinland. Talvez Constance tenha me apagado.

— Ela me disse que o senhor está, sim, na série — diz Naveena. — Por e-mail, no mês passado mesmo.

— Ela está meio maluquinha — diz Reynolds. — Dá para ver pelo vídeo, e foi gravado antes até de o marido dela morrer. Ela está misturando as coisas, talvez nem consiga...

Naveena ignora Reynolds, inclina-se para a frente, arregalando os olhos para Gavin, baixando a voz a um sussurro quase íntimo.

— Ela disse que o senhor estava *escondido*. Como um tesouro, não é romântico? Como naquelas imagens em que temos de encontrar rostos nas árvores... foi como Constance colocou. — Ela quer dar pulinhos e comemorar, quer assobiar, quer sorver a última gota de essência de seu crânio quase vazio. Afaste-se, imoral!

— Lamento — diz ele. — Não posso ajudá-la. Nunca li nada daquela porcaria.

Mentira: ele leu. E leu muito. Só confirmou sua opinião. Não só Constance era uma poeta ruim quando tentava ser poeta, como também uma horrível escritora de ficção em prosa. *Alphinland*: o título já diz tudo. *Afidilândia* teria sido mais exato.

— Como disse? — diz Naveena. — Acho que esta não é uma forma respeitosa de... é um elitismo...

— Não consegue encontrar um uso melhor de seu tempo do que tentar decifrar aquela poça túrgida de ovos de sapo? — diz ele. — Um belo espécime da humanidade como você, que desperdício, uma linda bunda murchando na videira. Está se exercitando?

— Como é? — Naveena se repete.

É evidente seu plano B: fingir não ter entendido.

— A mão para sua coceira. Uns amassos. Conseguindo algum sexo — diz Gavin. Reynolds enterra o cotovelo nas costelas dele, com força, mas ele a ignora. — Deve haver algum alegre e pujante cortejador metendo em você. Muito melhor uma foda saudável para uma garota bonita como você do que desperdiçar os olhos com notas de rodapé sobre essa baboseira. Não me diga que é virgem! Isto seria ridículo!

— Gavin! — diz Reynolds. — Não pode falar mais desse jeito com as mulheres! Não é...

— Não creio que minha vida particular seja da sua conta — diz Naveena rigidamente. Seu lábio inferior treme, então talvez ele tenha acertado na mosca. Mas não vai deixar a moça.

— Você não tem escrúpulos em investigar a minha — diz.

— Minha vida particular! Lendo meu diário, fuçando meus papéis, xeretando minha... minha ex-namorada. É indecente! Constance é *minha* vida particular. Particular! Parece que você nem pensou nisso!

— Gavin, você vendeu aqueles arquivos — diz Reynolds.

— Então agora eles são públicos.

— Papo furado! — diz Gavin. — Você é que os vendeu, sua piranha duas-caras!

Naveena fecha o tablet vermelho, mas com dignidade.

— Acho que devo ir — diz ela a Reynolds.

— Eu peço desculpas — diz Reynolds. — Ele às vezes fica assim
E lá vão as duas, *uiuiui* e *me-desculpe* ao andarem pelo hall.
A porta da frente se fecha. Reynolds deve estar acompanhando a garota até o ponto de táxi na frente do Holiday Inn, a duas quadras dali. Vão falar dele, sem dúvida. Dele e de suas explosões assanhadas. Talvez Reynolds vá tentar consertar os danos. Ou talvez não.
Será uma noite gelada. A aposta de Gavin é de que Reynolds prepare um ovo cozido para ele e depois cole glitter na cara e saia para dançar.
Ele se permite ficar furioso; e não devia fazer isso. Faz mal ao sistema cardiovascular. Precisa pensar em outra coisa. Seu poema, o poema que está escrevendo. Não no chamado estúdio, ele não consegue escrever ali. Ele arrasta os pés até a cozinha, pega o bloco na gaveta da mesa do telefone, onde gosta de guardá-lo, encontra um lápis, depois vai para a porta do jardim, desce os três degraus ao pátio e o atravessa com cuidado. O pátio também é revestido e pode ficar escorregadio perto da piscina. Ele chega à espreguiçadeira que pretendia alcançar e deita o corpo nela.
As folhas caídas giram no redemoinho; talvez Maria apareça silenciosa com seu short jeans e a peneira e as tire dali.

Maria recolhe as folhas mortas.
Terão almas? Será uma delas a minha?
Será ela o Anjo da Morte, com seu cabelo escuro,
Com sua escuridão, a vir me buscar?

Alma errante desvanecida, girando nesta piscina fria,
Adeus cúmplice desta tola, meu corpo,

Onde aportará? Em que praia deserta?
Não passará você de uma folha morta? Ou...

Não. Parecido demais com Whitman. E Maria é só uma estudante legal e comum ganhando um trocado a mais, tem delas aos montes, nada de especial. Não é uma ninfeta nem o mancebo convidativo de "Morte em Veneza". Que tal "Morte em Miami"? Parece um drama policial de televisão. Becos sem saída, becos sem saída.

Ainda assim, ele gosta de ideia de Maria como o Anjo da Morte. Está a ponto de receber um deles. Prefere ver um anjo em seus últimos momentos que qualquer outra coisa.

Ele fecha os olhos.

Agora está de volta ao parque, com Ricardo III. Bebeu dois copos cheios de martíni da garrafa térmica, precisa urinar. Mas é o meio de uma cena: Ricardo, vestido em couro e carregando um chicote imenso, aborda Lady Anne, que acompanha o esquife do marido assassinado. Lady Anne foi trajada com uma roupa fetichista de SM; enquanto interpretam o dueto peçonhento, eles se revezam para prender o pescoço do outro com suas botas. É ridículo, mas quando se pensa bem, até cabe. Ele quer que ela o espete, ela cospe nele, ele propõe deixar que ela o apunhale, e por aí vai. Shakespeare é tão pervertido. Alguém já cortejou uma mulher vestido desse jeito? Marque a opção Sim.

— Vou ao banheiro — diz ele a Rey quando Ricardo terminou de se gabar de sua conquista de Lady Anne.

— Fica ali atrás, perto da barraca de cachorro-quente — diz Reynolds. — Shhh!

— Homens de verdade não mijam em banheiros químicos — diz ele. — Homens de verdade mijam em arbustos.
— É melhor eu ir com você — sussurra Reynolds. — Você vai se perder.
— Me deixe em paz — diz ele.
— Pelo menos leve a lanterna.
Mas ele também rejeita a lanterna. Lutar, procurar, encontrar e não se render. Ele anda no escuro, atrapalha-se com o zíper. Não enxerga quase nada. Pelo menos não urina nos pés: desta vez, nada de meias quentes. Aliviado, ele fecha o zíper e se vira, pronto para navegar de volta. Mas onde está? Galhos roçam em seu rosto, ele perdeu o rumo. Pior ainda: a folhagem pode estar cheia de bandidos escondidos, esperando para assaltar um alvo tão desmiolado. Merda! Como chamar Reynolds? Ele se recusa a pedir socorro. Não deve entrar em pânico.
Uma mão segura seu braço e ele desperta com um susto. Com o coração aos saltos, a respiração acelerada. *Calma*, diz a si mesmo. Foi só um sonho. Foi só a larva de um poema.

A mão devia pertencer a Reynolds. Ela deve tê-lo seguido até os arbustos, com a lanterna. Ele não consegue se lembrar, mas deve ter sido assim, porque não estaria aqui nesta espreguiçadeira, estaria? Ele nunca teria conseguido voltar.
Por quanto tempo dormiu? É o crepúsculo. *Entre a escuridão e a luz do dia, Quando a noite começa a baixar. Só uma música ao crepúsculo.* Que palavra vitoriana; ninguém mais diz *crepúsculo*. E assim nos chega ao crepúsculo um ou outro doce do *Amor.*
Hora de uma bebida.
— Reynolds — ele chama.

Ninguém responde. Ela o abandonou. Bem feito para ele. Não se comportou muito bem esta tarde. Mas foi agradável não ter se comportado bem. *Não pode mais falar com as mulheres desse jeito.* Dane-se, quem disse que ele não pode? Está aposentado, não pode ser demitido. Ele ri sozinho.

Ele se levanta da espreguiçadeira, vira o corpo para a escada que leva à casa. Piso escorregadio, e está tão escuro aqui no jardim. Crepuscular, ele pensa: parece um lagostim. Uma palavra pontuda, de casca dura, com tenazes.

Aí estão os degraus. Levante o pé direito. Ele erra, tomba, bate, se rala.

Quem teria pensado que um velho contém tanto sangue?

— Ah, meu Deus! — diz Reynolds quando o encontra. — Gavy! Não posso deixar você sozinho nem por um minuto! Olha só o que você fez! — Ela cai aos prantos.

Ela conseguiu arrastá-lo para a espreguiçadeira e o coloca no lugar com as duas almofadas; está limpando parte do sangue e meteu um pano de prato molhado na cabeça dele. Agora está ao telefone tentando entrar em contato com uma ambulância.

— *Não pode* me colocar na espera! — diz ela. — Ele teve um *derrame* ou coisa pior... Este era para ser um serviço de *emergência*! Ah, *vai se foder*!

Gavin fica deitado entre as almofadas, com algo nem frio nem quente escorrendo pelo rosto. É o crepúsculo afinal, porque o sol agora se põe, um glorioso vermelho rosado. As folhas das palmeiras balançam delicadamente; a bomba de circulação pulsa, ou será a pulsação dele? Agora o campo escurece e Constance paira no meio dele. A velha e mirrada Constance com a maquiagem de máscara, o rosto pálido e enrugado que ele viu na tela. Ela o encara com perplexidade.

"Cabeça de Batata?", diz ela.

Mas ele não presta atenção nisso, porque está voando pelo ar na direção dela, bem rápido. Ela não fica mais próxima: deve estar voando para longe dele na mesma velocidade. *Mais rápido*, ele exorta a si mesmo, e depois estreita o espaço e se aproxima demais, e então atravessa a pupila preta do olho azul e perplexo dela. Abre-se um espaço em volta dele, tão luminoso, e lá está a sua Constance, jovem e receptiva mais uma vez, como costumava ser. Ela sorri, feliz, abre-lhe os braços e ele a envolve.

"Você chegou aqui", diz ela. "Enfim. Você despertou."

A DAMA OBSCURA

Toda manhã, no desjejum, Jorrie lê os obituários de todos os três jornais. Alguns a fazem rir, mas, até onde Tin sabe, nenhum jamais a fez chorar. Ela não é lá muito chorona, a Jorrie. Ela marca os mortos dignos de nota com um X — dois X, se pretende comparecer ao sepultamento ou ao serviço fúnebre — e passa os jornais a Tin pela mesa. Ela recebe os jornais *de papel* de verdade, entregues na soleira da casa, porque, de acordo com Jorrie, excluem os obituários nas versões digitais.

"Olha outro aqui", dirá ela. "'Sua ausência será profundamente sentida por todos que a conheceram', acho que não! Trabalhei com ela na campanha da Splendida. A mulher era uma vaca." Ou: "'Em paz, em casa, de causas naturais.' Duvido muito! Aposto que foi overdose." Ou: "Até que enfim! O Dedos Sinistros! Ele me apalpou em um jantar da empresa nos anos 1980 com a mulher dele sentada bem ao lado. Era tão alcoólatra que nem vão precisar embalsamar."

O próprio Tin nunca iria ao enterro de algum desafeto, a não ser para reconfortar um conhecido carente. Os primeiros dias da AIDS foram um inferno, parecia a Peste Negra: enterros por todo lado, torpor generalizado, incredulidade vidrada, a culpa dos sobreviventes, muitos lenços. Mas, para Jorrie, o ódio é um incentivo. Ela quer sapatear nos túmulos, figurativamente falando; não resta a nenhum dos dois uma aptidão para dançar, mas ele pelo menos dançava rock com agilidade nos tempos do colégio.

Jorrie não era ágil; estava mais para entusiasmada. Era magra, destrambelhada, jogava-se por todo lado e seu cabelo não podia ser contido. Mas funcionava bem quando os dois iam para a pista juntos, porque eram gêmeos, e ele podia fazer Jorrie parecer uma dançarina melhor do que de fato era. Na infância, ele tinha o dever de defendê-la da própria impetuosidade sempre que possível. Além disso, dançar com ela lhe dava um breve descanso da bela do baile com quem teve a obrigação de sair. Ele podia escolher, ficava com várias. Melhor assim.

Era espantoso para ele como tinha sido popular com os amores adolescentes, mas não surpreendente, quando pensava bem nisso. Simpático e solidário, ele ouvia as queixas delas e não tentava despi-las violentamente em carros estacionados, embora tenha feito a série obrigatória de agarração pós-dança, assim não iam pensar que ele tinha mau hálito. Quando favores a mais eram oferecidos, inclusive desenganchar o sutiã pontudo com armação e puxar o velcro da cinta-liga, ele declinava com consideração.

— Você ia se odiar de manhã — ele as aconselhava.

E elas teriam se odiado, e chorado ao telefone, e pedido a ele para não contar a ninguém; e também teriam medo de engravidar, como fazia a garotada naquele tempo, antes da pílula. Ou até podiam ter esperanças de uma gravidez, com uma perspectiva de prendê-lo em um casamento prematuro — ele, Martin, o Magnífico! Que partidão!

Ele também nunca contava mentiras presunçosas sobre seus encontros amorosos, como aqueles rapazes inferiores e espinhentos tinham o costume de fazer. Quando o assunto das aventuras da noite anterior era levantado no vestiário masculino frio, sem frescuras e de pintos expostos, ele sorria enigmaticamente e os outros sorriam com malícia, trocavam cotoveladas e socavam seu braço de um jeito fraterno. Ajudava que ele fosse alto e ágil, e um astro na pista de corridas e no campo. O salto em altura era sua especialidade.

Que malandro.

Que cavalheiro.

Jorrie não quer sapatear nos túmulos sozinha, porque não quer fazer nada sozinha. Insistindo nesse ponto, pode importunar Tin a comparecer a essas festinhas lúgubres com ela, embora ele diga que não tem vontade de sair da concha por uma multidão de velhotes falsamente melancólicos mastigando sanduíches de pão sem casca e congratulando-se por ainda estarem vivos. Ele acha o interesse de Jorrie por esses ritos de passagem terminais excessivo e até mórbido, e já disse isso a ela.

— Só estou sendo respeitosa — diz ela, ao que Tin bufa. É uma piada: nenhum dos dois nunca fez do respeito uma prioridade, a não ser para manter as aparências.

— Você só quer tripudiar — responde ele; e é a vez de Jorrie bufar, porque é demasiado correto.

— Acha que damos nos nervos dos outros? — ela costuma perguntar. Uma coisa é ter um *senso de humor fantástico*, outra é *dar nos nervos*.

— Claro que sim — ele respondera. — Nascemos assim! Mas veja o lado bom: você não pode ter muito gosto pelas coisas se não der nos nervos. — Ele não acrescenta que Jorrie não tem muito gosto mesmo; cada vez menos, com o passar do tempo.

— Talvez pudéssemos ter sido psicopatas brilhantes — disse ela certa vez, talvez uma década antes, quando eles mal tinham entrado na casa dos sessenta. — Podíamos ter cometido o crime perfeito, matando um completo estranho aleatoriamente. Empurrando-o de um trem.

— Nunca é tarde demais — comenta Tin. — Mas certamente não está na *minha* lista de desejos. Estou esperando até ter um câncer. Se é para irmos embora, vamos com estilo; levar alguns conosco. Tirar o fardo do planeta. Quer mais torrada?

— Não se atreva a ter um câncer sem mim!

— Não terei. Juro por tudo que é sagrado. A não ser que seja um câncer de próstata.

— Não faça isso — disse Jorrie. — Eu ia me sentir excluída.

— Se eu tiver câncer de próstata, prometo arrumar um transplante de próstata para você, assim pode compartilhar da experiência. Conheço muitos caras que não se importariam de jogar a próstata pela janela agora mesmo. Pelo menos eles teriam uma boa noite de sono: dispensa da maratona de xixi.

Jorrie sorriu.

— Muito obrigada — disse. — Sempre quis ter uma próstata. Mais uma coisa do que reclamar nos anos dourados. Acha que o doador talvez queira se livrar do escroto inteiro?

— Este comentário — disse Tin — carece de fineza. Como era sua intenção. Quer mais café?

Como eram gêmeos, eles podiam ser quem realmente eram quando estavam a sós, coisa que não conseguiam muito bem com outras pessoas. Mesmo quando armam uma fachada, só enganam a quem é de fora, entre eles, são transparentes como peixes guppies, podem ver as entranhas um do outro. Ou é essa a história que eles contam; porém, como Tin tem plena consciência

— por certa vez ter tido um amante que possuía um aquário —, até os guppies têm suas opacidades.

Ele olha com ternura para Jorrie enquanto ela franze o cenho para os obituários com os óculos de leitura de armação vermelha; ou franze o cenho o quanto pode, por conta do botox. Nos últimos anos — nas últimas décadas —, Jorrie desenvolvera a expressão ligeiramente esbugalhada de alguém que passou por correções estéticas demais. Tinha problemas com o cabelo também. Pelo menos ele conseguiu impedi-la de tingi-lo de preto: ficaria morta-viva demais com seu atual tom de pele, que não tem brilho, apesar da base tom de bronzeado e do pó mineral bronze que ela passa com tanta assiduidade, a pobre coitada desiludida.

— A gente tem a idade que sente ter — diz ela com demasiada frequência, enquanto tenta convencer Tin a fazer algum absurdo: aulas de rumba, férias com pintura em aquarela, modismos funestos como *spinning*.

Ele não consegue se imaginar em uma bicicleta ergométrica, vestido com leggings de lycra, zunindo feito um moinho e destruindo ainda mais a virilha enrugada. Não consegue se imaginar em bicicleta nenhuma. Pintura foi uma largada queimada: se fizesse aquilo, por que faria em um grupo de amadores resmungões? Quanto à rumba, é preciso ser capaz de rebolar o cóccix, uma habilidade que ele perdeu mais ou menos na época em que desistiu do sexo.

— Exatamente — responde ele. — Eu sinto que tenho duzentos. Sou mais antigo do que as rochas entre as quais estou sentado.

— Que rochas? Não estou vendo rocha nenhuma. Você está sentado no sofá!

— É uma citação — diz ele. — Uma paráfrase. Walter Pater.

— Ah, você e suas citações! Nem todo mundo vive entre aspas, sabia?

Tin suspira. Jorrie não é uma grande leitora, prefere romances históricos sobre os Tudor e os Bórgia a algo que tenha mais substância. "Como o vampiro, morri muitas vezes", ele cita para si mesmo, embora não queira alarmar a irmã dizendo isso em voz alta; uma Jorrie alarmada sempre dá muito trabalho. Ela não teria medo de vampiros: como é imprudente e curiosa, seria a primeira a entrar na cripta proibida. Mas não ia gostar da ideia de Tin se transformar em um, ou se transformar em qualquer outra coisa que não fosse a ideia que tinha dele.

Enquanto isso, ela se empenha firmemente em se transformar em outra pessoa. Não se equipara aos próprios padrões. Suas únicas superstições têm relação com os rótulos em cosméticos caros. Jorrie realmente acredita nos rótulos enganosos e sedutores — os que preenchem, firmam, desenrugam, o retorno dos orvalhos da juventude, os toques de imortalidade —, mesmo que ela própria tenha trabalhado com publicidade, uma vocação que certamente eliminaria os adjetivos decorativos. Existem tantas coisas na vida sobre as quais ela devia ter juízo mas não tem, a arte da maquiagem é uma delas. Ele precisa ficar lembrando a ela que não pare a aplicação do bronze cintilante no meio do pescoço: senão, a cabeça vai parecer costurada.

A solução conciliatória a respeito do cabelo com que ele enfim concordou é uma faixa branca do lado esquerdo — punk geriátrico, ele cochichou para si mesmo — e com o acréscimo recente de um trecho escarlate cativante. A imagem final é de um gambá alarmado e preso na enchente depois de um encontro com um vidro de ketchup. Ele cruza os dedos por causa daquela mancha cor de sangue e torce para não ser acusado de espancamento de idosos.

Já se foram os tempos em que Jorrie — no passado conhecida pela imagem de cigana sedutora, as estampas africanas em cores vivas e as bijuterias étnicas barulhentas — podia ceder a qualquer capricho da moda que chamasse a sua atenção. Ela perdeu o jeito, embora tenha mantido os hábitos chamativos. *Velha fantasiada de broto*, ele queria dizer a ela de vez em quando, mas não dizia. Em vez disso, ele se fecha em copas e se contém, e só diz isso a respeito de outras mulheres para fazê-la rir.

Em geral, Tin consegue afastá-la dos precipícios mais íngremes e mais mortais. Teve o interlúdio com o piercing no nariz, nos anos 1990: ela pôs a bijuteria fuleira sem avisar e perguntou a ele à queima-roupa o que achava. Ele teve de costurar a própria boca, apesar de ter assentido e murmurado hipocritamente. Jorrie descartou o acessório vulgar ao pegar uma gripe e praticamente arrancar a narina quando o lenço ficou agarrado no piercing.

Depois disso veio a ameaça de um piercing na língua, mas por sorte ela o consultou primeiro. O que ele disse? "Quer que o interior de sua boca pareça a jaqueta de um motoqueiro?" Talvez não: tinha risco demais de ter uma resposta afirmativa. Certamente ele não a teria informado de que alguns homens viam esses badulaques como anúncios para um boquete: talvez isso fosse um incentivo. Um alerta de saúde: "Você pode morrer de septicemia na língua?" Os alertas de saúde não funcionam com Jorrie porque ela os considera um desafio: seu sistema imunológico superior esmagará qualquer micróbio que o mundo invisível jogue para cima dela.

É mais provável que ele tenha dito, "Você ficaria parecendo o Patolino e ia cuspir em todo mundo. Não é atraente, pelos meus padrões. De todo modo, a onda do piercing passou. Agora só os operadores da bolsa fazem isso". Isto pelo menos a fez rir.

É melhor não ter uma reação exagerada com ela. Se pressionar, ela dá o troco. Ele não se esquecera das birras de infância da irmã e das brigas em que ela costumava se meter, debatendo os braços compridos sem efeito nenhum enquanto as outras crianças riam e vaiavam. Ele assistia, sentindo-se quase dilacerado: não conseguia libertá-la, confinado ao lado dos meninos no pátio, como estava.

Assim, ele evita o confronto. A apatia é um método de controle mais eficiente.

Os gêmeos foram batizados de Marjorie e Martin, em uma época em que os pais achavam chique os nomes aliterativos para os filhos e os vestiam com macacõezinhos iguais. Até a mãe deles — que não tinha lá a mente muito afiada — percebeu que não cabia enfiar Martin em um vestido porque ele podia virar um maricas, palavras dela. Então lá estavam eles, com dois anos, com sua roupinha de marinheiro igual e os quepezinhos combinando, de mãos dadas e os olhos estreitos para o sol, com os sorrisos tortos e élficos: o dele torto para a esquerda, o dela para a direita. Não dá para saber se são meninos ou meninas, mas há de se admitir que são encantadores. Atrás deles está o corpo de um homem de farda, era a época da guerra: o pai deles com a parte superior da cabeça cortada da foto, o que em pouco tempo lhe aconteceria na realidade. A mãe costumava chorar baldes com essa foto quando bebia. Ela a via como uma premonição: se tivesse segurado a câmera direito, a cabeça de Weston não teria sido decepada daquele jeito e a explosão fatal nunca teria acontecido.

Vendo seus seres do passado, Jorrie e Tin sentem uma ternura que quase nunca revelam a ninguém no presente. Eles queriam abraçar aqueles diabinhos deliciosos, aqueles ecos amarelados e desbotados. Queriam garantir aos minimarinheiros que, apesar de sua viagem no tempo estar prestes a dar uma guinada para pior e continuar assim por algum tempo, no fim tudo dará certo. Ou quase no fim; e é nesse ponto, sejamos sinceros, que eles estão agora.

Porque, *voilà*, aqui estão eles juntos de novo, o círculo completo. Algumas feridas íntimas, algumas cicatrizes, algumas abrasões, mas ainda de pé. Ainda Jorrie e Tin, que se rebelaram contra os apelidos de Marje e Marv e passaram a usar as últimas sílabas como seus nomes verdadeiros e secretos, que só eles conhecem. Jorrie e Tin, revoltados contra os planos da sociedade para eles: nada de se casar de branco, por exemplo. Jorrie e Tin, que se recusaram a se render.

Mas repito, esta é a história deles. No fundo, Tin se lembra bem de algumas rendições humilhantes, mas satisfatórias, a que ele se sujeitou, nos canteiros noturnos e silvestres de Cherry Beach e em outros lugares, mas sem precisar conspurcar os ouvidos de Jorrie com isso. Pelo menos ele nunca encontrou nenhum dos alunos dele quando, nervoso, vagava pelas veredas à meia-noite. Pelo menos nunca foi assaltado. Pelo menos nunca foi apanhado.

— Tão celestiais — diz Tin, sorrindo para a fotografia, que está emoldurada em carvalho pirogravado e reside na parede da sala de jantar acima do bufê *art déco*, uma pechincha quando Tin adquiriu quarenta anos antes. — Que pena que nosso cabelo escureceu.

— Ah, não sei se concordo — diz Jorrie. — O louro é superestimado.

— Está voltando — diz Tin. — Os anos 1950 estão na moda de novo, não notou? O lance de Marilyn.

Ele não acredita na década de 1950 retratada recentemente nas telas grandes e pequenas. Quando vividos por eles, os anos 1950 pareciam a vida normal, mas agora passaram a ser os velhos tempos: forragem para programas de televisão em que as cores eram erradas — limpas demais, pastel demais — e as crinolinas eram numerosas demais. Na vida real, quase ninguém tinha um rabo de cavalo, e os homens adultos nem sempre usavam ternos feitos sob medida, com o chapéu fedora virado de um jeito jovial e lenços brancos no bolso engomados em triângulos.

Mas eles fumavam cachimbos, embora os cachimbos estivessem sumindo mesmo já naquela época. Nos fins de semana, eles andavam de mocassim e calça jeans — jeans primitivos, mas eram jeans. Eles liam os jornais enquanto sentavam nas espreguiçadeiras Naugahyde com banquinhos combinando, bebendo um Manhattan relaxante e se matando de fumar. Eles lavavam e enceravam amorosamente seus automóveis rabo de peixe, beberrões de gasolina com acessórios cromados demais; cuidavam dos gramados com aparadores manuais. Ou é o que os pais dos amigos dos gêmeos faziam. Tin carregava certa nostalgia no coração pelas espreguiçadeiras bulbosas, os carros letais e brilhantes e os aparadores de grama pesados. Se o próprio pai estivesse vivo, será que as coisas teriam sido melhores para Tin?

Não. As coisas não teriam sido melhores, teriam sido horrorosas. Ele teria de sair para pescar, tirar os peixes da água e assassiná-los enquanto emitia grunhidos masculinos. Arrastar-se para baixo de carros com chaves inglesas, dizendo coisas como "escapamento". Levar um tapa nas costas e ouvir que o pai tinha orgulho dele. Nem em sonhos.

* * *

— Mas a mãe de Ernest Hemingway fazia isso — disse Jorrie.
— Não entendi. Fazia o quê?
— Vestia Ernie de menina.
— É verdade.

Os gêmeos frequentemente revertem a um ponto anterior de uma conversa contínua, embora saibam que não devem fazer isso quando há mais alguém por perto. É irritante; não para eles, que conseguem pegar os fragmentos do outro, mas pode fazer com que os outros se sintam excluídos. Ou — hoje em dia — pode fazer com que os outros sintam que eles perderam um ou outro parafuso.

— E depois ele estourou a própria cabeça — disse Tin. — Coisa que eu, pessoalmente, não pretendo fazer.
— Melhor não — disse Jorrie. — Faria muita sujeira. Salada de miolos pelas paredes. Pule de uma ponte, se for dominado pelo impulso.
— Muitíssimo obrigado — diz Tin. — Eu me lembrarei desta sugestão.
— Disponha.

É assim que eles agem: como em um filme de espertalhões dos anos 1930. Os irmãos Marx. Hepburn e Tracy. Nick e Nora Charles, mas sem a bebedeira de martínis, porque Jorrie e Tin não conseguem mais aguentar. Eles patinam pelas superfícies, frescas, finas e brilhantes; evitam as profundezas. São meio cansativas para Tin, as atuações dos dois. É possível que Jorrie sinta o mesmo, mas ambos entendem que precisam vencer a competição.

...

Tin se transformou em um maricas de qualquer forma, o que os gêmeos alegam considerar uma armadilha hilariante para a mãe dos dois, embora ela estivesse morta quando ele parou de esconder a mariquice. O papel de traidor deveria ter sido o contrário — Jorrie foi a criança travestida, em vista da roupinha de marinheiro —, mas ela nunca conseguiu dar o salto para o lesbianismo porque não gostava muito de outras mulheres. Por que gostaria, considerando a mãe? A Mãe Maeve não só era burra como uma porta, mas, com o tempo e sua tristeza incessante pelo pai explodido, metamorfoseou-se em uma alcoólatra que roubava os cofrinhos de porco dos gêmeos para comprar bebida. Ela também levava para casa imbecis e brutamontes para fins — dizia Tin, quando descrevia esses episódios em jantares festivos, muito mais tarde —, "para fins de *congresso sexual*". Hilário demais! Quando ouviam a porta de casa se abrir, os gêmeos se mandavam para os fundos. Ou se escondiam no porão e subiam a escada de mansinho, quando as coisas ficavam silenciosas, para espionar os andamentos congressionais; ou ouviam às escondidas, se a porta do quarto estivesse fechada.

O que eles sentiam em relação a tudo isso quando eram crianças? Não conseguiam se lembrar direito, porque recobriram a cena primitiva frequentemente repetida com tantas camadas de narrativas mitológicas e descabidas que acabaram ocultando os contornos simples e originais. (Será que o cachorro realmente fugiu com um sutiã grande e preto na boca e enterrou no quintal? Eles tinham cachorro? Édipo decifrou o enigma da Esfinge? Jasão roubou o Velocino de Ouro? São perguntas do mesmo naipe).

Para Tin, o humor anedótico da família havia muito deixara de ser engraçado. A mãe morreu prematuramente, e não foi uma morte boa. Não que alguém possa ter uma morte boa, Tin observa para si mesmo, mas existem graus. Ser atropelada por um caminhão depois do fim do expediente enquanto atravessa a rua fora da faixa, cega por conta das lágrimas, não foi um jeito bom de morrer. Mas foi rápido. E isso significou que a vida deles se livrou dos imbecis e brutamontes quando eles foram para a universidade. *Malum quidem nullum esse sine aliquo bono*, Tin anotou no diário em que escrevia esporadicamente. Há males que vêm para o bem.

Dois dos imbecis tiveram a coragem de aparecer no enterro, o que pode explicar a fixação de Jorrie por funerais. Ela ainda sente que não devia ter deixado os cretinos se safarem daquele jeito: aparecendo ao lado do túmulo, fingindo tristeza, dizendo aos gêmeos que mulher maravilhosa e de bom coração tinha sido a mãe deles, que boa amiga. "Amiga merda nenhuma! Só o que eles queriam era uma trepada fácil!", ela se enfurecera. Devia ter brigado com eles, devia ter feito uma cena. Esmurrado a cara deles.

Para Tin, talvez aqueles homens realmente estivessem tristes. É assim tão fora de cogitação que eles pudessem realmente ter amado a Mãe Maeve, em um, dois ou até três sentidos da palavra? *Amor, voluptas, caritas*. Mas ele guardava para si essa opinião: expressá-la seria por demais irritante para Jorrie, em particular se ele incluísse o latim. Jorrie tinha pouca paciência com qualquer coisa em latim. É uma parte da vida dele que ela nunca conseguiu entender. Por que desperdiçar a vida com um monte de escribas antiquados e esquecidos em uma língua morta? Ele era tão inteligente, tão talentoso, podia ter sido... (Uma

longa lista de coisas que ele podia ter sido, nenhuma delas possível de forma alguma.)
Então é melhor não fazer essa provocação.

"Imbecis e Brutamontes" era uma expressão que eles pegaram do diretor da oitava série, que arengava com a escola toda sobre os perigos de se transformar em imbecis e brutamontes, especialmente se você jogasse bolas de neve com pedras por dentro ou escrevesse obscenidades no quadro-negro. "Imbecis versus Brutamontes" passou a ser, por pouco tempo, uma brincadeira do pátio do recreio inventada por Tin em seu período popular pré-maricas. Era parecido com pique-bandeira e jogava-se apenas do lado dos meninos no pátio. As meninas não podiam ser imbecis e brutamontes, disse Tin: só os meninos, o que deixava Jorrie ressentida.

Foi ela que veio com a ideia de chamar os cavalheiros vêm-e-vão de Mãe Maeve — "ou você pode dizer põe-e-tira", Tin brincaria depois — de Imbecis e Brutamontes. Isso estragou o jogo para Tin; e sem dúvida contribuiu para sua mariquice, ele concluiu posteriormente. "Não coloque a culpa em *mim*", disse Jorrie. "Não era eu que os convidava para casa."

— Querida, não a estou culpando, estou agradecendo a você — disse Tin. — Fico profundamente grato.

O que, na época — depois de ele ter resolvido algumas coisas —, ele realmente estava.

A mãe dos dois não vivia bêbada o tempo todo. As farras aconteciam apenas nos fins de semana, ela era uma secretária mal remunerada e precisava pagar as contas, sendo a pensão de viúva de militar tão irrisória. E amava os gêmeos do jeito dela.

— Pelo menos ela não era violenta demais — dizia Jorrie.
— Embora perdesse a cabeça.
— Na época, todo mundo batia nos filhos. Todo mundo perdia a cabeça.

Na verdade, era um ponto de honra comparar sua parcela de castigos físicos com a de outras crianças, e exagerar. Chinelos, cintos, réguas, escovas de cabelo, raquetes de pingue-pongue: aquelas eram as armas preferidas dos pais. Entristecia os jovens gêmeos que eles não tivessem um pai para administrar as surras, só a ineficiente Mãe Maeve, que eles podiam deixar em prantos fingindo estarem fatalmente feridos, que podiam provocar com relativa impunidade, de quem conseguiam fugir. Eles eram dois e ela, só uma, então eles uniam forças.

— Acho que éramos insensíveis — comentava Jorrie.
— Éramos desobedientes. Respondões. Descontrolados. Mas adoráveis, isso você tem de admitir.
— Nós éramos umas pestes. Pestinhas insensíveis. Não mostrávamos misericórdia — acrescentava Jorrie de vez em quando. Seria isto arrependimento ou presunção?

No auge da adolescência, Jorrie teve uma experiência dolorosa com um dos imbecis — um ataque furtivo do qual Tin não conseguira defendê-la, por estar dormindo na hora. Isso pesava nele. Deve ter estragado a vida da irmã em relação aos homens, embora mais provavelmente a vida dela viesse a ser estragada de qualquer modo. Agora ela lida com esse incidente fazendo piada — "Fui violada por um troll!" —, mas nem sempre conseguiu. Ela ficou muito taciturna com o assunto do estupro no início dos anos 1970, quando tantas mulheres partiram para o ataque, mas agora parece ter superado.

O molestamento não é tudo, na opinião de Tin. Ele próprio nunca foi molestado pelos imbecis, mas seus relacionamentos com homens eram igualmente embaralhados, se não ainda mais. Jorrie disse que ele tinha um problema com o amor: racionalizava demais. Ele disse que Jorrie não racionalizava o suficiente. Isso fora quando o amor ainda era tema de conversa entre os dois.

— Devíamos colocar todos os nossos amantes em um liquidificador — disse Jorrie certa vez. — Misturar todos e tirar a média. — Tin disse que a irmã tinha um jeito brutal de colocar as coisas.

A verdade é que, segundo Tin, os gêmeos nunca amaram ninguém senão um ao outro. Ou não amaram ninguém incondicionalmente. Os outros amores tiveram muitas condições.

— Olha só quem bateu as botas — diz Jorrie agora. — O Metáfora do Pau Grande!

— Este apelido pode ser aplicado a muitos homens — diz Tin. — Mas suponho que queira dizer algum em particular. Estou vendo suas orelhas se contorcendo, então ele deve ser importante para você.

— Você tem três chances para adivinhar — diz Jorrie. — Dica: ele frequentava muito a Riverboat, naquele verão em que eu fazia a contabilidade de lá, voluntariamente, em meio expediente.

— Porque você queria sair com os boêmios — disse Tin. — Tenho uma vaga lembrança. Então, quem é? O cego Sonny Terry?

— Deixa de ser bobo — diz Jorrie. — Ele era decrépito já naquela época.

— Desisto. Nunca fui muito lá, era podre demais para mim. Aqueles cantores folk tinham fetiche em não tomar banho.

— Isso não é verdade — diz Jorrie. — Nem todos. Sei disso de fonte segura. Não é justo você desistir!

— Quem disse que eu era justo? Você é que não foi.

— Você devia conseguir ler meus pensamentos.

— Ah, um desafio. Tudo bem: Gavin Putnam. Aquele pretenso poeta por quem você era tão louca.

— Você sabia o tempo todo!

Tin suspira.

— Ele era tão pouco original, ele e a poesia dele. Um lixo sentimental. Horrivelmente pútrido.

— Os primeiros eram muito bons — diz Jorrie, na defensiva. — Os sonetos, só que não eram sonetos. Aqueles da Dama Obscura.

Tin cometeu um deslize, foi descuidado. Como poderia ter esquecido de que alguns dos primeiros poemas de Gavin Putnam tratavam de Jorrie? Ou era o que ela alegava. Ela ficara emocionada com isso. "Sou uma Musa", anunciara quando apareceu a primeira suíte da Dama Obscura publicada, ou no que passava por publicação entre os poetas: uma revista mimeografada e grampeada que eles próprios produziam e vendiam uns aos outros por um dólar. *A Sujeira*, foi o título que deram, num arremedo de realismo cru.

Tin achava comovente que Jorrie ficasse tão empolgada com esses poemas. Ele não a vira muito naqueles anos. Jorrie, para colocar de um jeito suave, tinha uma vida social hiperativa, devido, sem dúvida, ao entusiasmo com que se atirava na cama de alguém. Ao passo que ele morava em um apartamento de dois quartos no segundo andar de uma barbearia em Dundas e vivia uma crise de identidade sexual silenciosa enquanto se dedicava à tese de doutorado.

Essa tese era um reexame bem sólido, mas sinceramente não muito inspirado, dos epigramas mais puros e mais apresentáveis de Marcial, embora o que realmente o atraíra a Marcial fosse sua atitude pragmática para com o sexo, muito menos complicada que a da época de Tin. Para Marcial, não existiam rodeios românticos, nenhuma idealização da Mulher possuidora de um chamado espiritual superior, Marcial teria morrido de rir disto! E nenhum tabu: todo mundo fazia de tudo com todo mundo. Escravos, meninos, meninas, gays, héteros, pornografia, escatologia, casadas, jovens, de meia-idade, velhos, pela frente, por trás, boca, mão, pau, bonitos, feios e totalmente repulsivos. O sexo era pressuposto, como a comida, e como tal era para ser saboreado quando excelente e ridicularizado quando abaixo dos padrões. Era um entretenimento, como o teatro, e assim podia ser analisado como uma apresentação. A castidade não era a principal virtude, nem para homens nem para mulheres, mas determinadas formas de amizade, generosidade e ternura atingiam pontuação máxima. Seus contemporâneos rotulavam Marcial de excepcionalmente radiante e bonachão, e sua inteligência mordaz e azeda não diminuía em nada essa percepção. Suas críticas não eram dirigidas a indivíduos, alegava ele, mas a tipos; embora Tin tivesse suas dúvidas a respeito disso.

Mas uma tese não gira em torno de por que você aprecia o tema: na academia, como Tin passara a compreender, esse tipo de coisa seria reservado a bate-papo social. Era preciso preparar algo mais específico. A hipótese central de Tin girava em torno das dificuldades da sátira em uma época que os padrões morais compartilhados estavam em falta, como nos tempos de Marcial:

ele se mudou para Roma quando Nero estava no poder. Seria Marcial um verdadeiro sátiro ou apenas um futriqueiro indecente, como alegaram alguns comentaristas? Tin pretendia defender seu herói contra essa acusação: havia muito mais em Marcial, ele diria, do que paus, pedofilia, putas e piadas de peido! Mas, naturalmente, ele não usaria esses termos vernaculares grosseiros em sua tese. E faria as próprias traduções, atualizando a dicção para se ajustar ao calão bem trabalhado de Marcial, embora fossem prudentemente evitados os seus epigramas mais sujos: o tempo deles ainda não chegara.

"Você imita a juventude, Latino, ao tingir o cabelo. *Presto!* Ontem um cisne, agora um corvo. Mas não consegue enganar a ninguém: Prosérpina vê seu cabelo grisalho. E ela arrancará este disfarce estúpido de sua cabeça!" Era esse o tom que procurava nas traduções — contemporâneo, incisivo, não empolado. Ele costumava passar uma semana em um ou dois versos. Mas não faz mais isso, por que faria? Ninguém liga mesmo.

Ele recebera uma bolsa para os estudos de doutorado, embora não fosse grande coisa. Jorrie lhe disse que os clássicos certamente desapareceriam muito em breve, e então como ele ia ganhar a vida? Ele devia ter feito design, porque faria um sucesso de matar. Mas, disse Tin, fazer um sucesso de matar era exatamente o que ele não queria, porque para fazer um sucesso de matar era preciso matar, e ele não tinha instinto assassino.

— O dinheiro manda — disse Jorrie, que, apesar das inclinações boêmias, queria ter muito.

Ela não pretendia dar duro em algum emprego tedioso de faz-tudo que esmaga a alma, sobrecarregada de trabalho, mal paga e uma presa para imbecis e brutamontes, como a mãe fora. Sua visão incipiente envolvia carros chamativos, férias no Caribe e um armário cheio de tecidos que se ajustam no corpo. Ela ainda não havia articulado essa visão, não em voz alta, mas Tin a via chegar.

— Sim — disse Tin. — O dinheiro manda, mas tem um vocabulário limitado. — Marcial podia ter dito isso. Talvez Marcial tenha mesmo dito isso. Ele teria de verificar. *Aureo hamo piscari.* Pescar com um anzol de ouro.

Os barbeiros no térreo do prédio de Tin eram três irmãos italianos idosos e misantropos que não sabiam o que se passava no mundo, só sabiam que ia de mal a pior. A barbearia tinha uma prateleira de revistas masculinas trazendo histórias policiais e fotos de prostitutas com seios enormes, o que supostamente os homens deviam gostar. Essas revistas davam náuseas em Tin — o espectro da Mãe Maeve pairando sordidamente sobre tudo que se relacionasse a sutiãs pretos —, mas ele cortava o cabelo ali mesmo assim, como um gesto de boa vontade, e folheava as revistas enquanto esperava. Na época, não agia de modo abertamente gay, ainda estava decidindo, de qualquer forma; e os barbeiros italianos eram seus senhorios e precisavam ser bajulados.

Porém, ele teve de deixar claro para os barbeiros que Jorrie era sua irmã gêmea, e não uma namorada de caráter frouxo. Apesar do estoque de revistas sórdidas, que eles provavelmente viam como equipamento profissional, os barbeiros eram conservadores com quaisquer condutas não sancionadas em suas acomodações alugadas. Achavam que Tin era um jovem refinado, íntegro e erudito, chamavam-no de O Professor e insistiam em perguntar quando ele se casaria. "Sou pobre demais", dizia Tin. Ou, "Estou esperando pela garota certa". Gestos de aprovação sábios do trio de barbeiros: as duas desculpas eram aceitáveis para eles.

Assim, quando Jorrie chegava nas visitas infrequentes, os barbeiros italianos acenavam para ela pela vitrine e sorriam de seu jeito triste. Que bom que O Professor tinha uma irmã exemplar. Era assim que uma família devia ser.

Quando saiu a edição de *A Sujeira* com a Dama Obscura, Jorrie ficou ansiosa para contar a Tin sobre seu papel de Musa. Galopou escada acima, agitando sua *Sujeira*, ainda quente do mimeógrafo, e se jogou na cadeira de vime.

— Olha só isso! — dissera Jorrie, lançando as páginas grampeadas para ele enquanto jogava o cabelo preto e comprido para trás com uma das mãos.

Tinha um pano de tecido estampado vermelho e ocre em volta da cintura elegante e um colar de — o que eram mesmo? Dentes de boi? — sobre a blusa camponesa de decote redondo. Seus olhos brilhavam, as pulseiras tilintavam.

— Sete poemas! Sobre *mim*!

Ela era tão ingênua. Tão ávida. Se Tin não fosse seu irmão, se fosse hétero, teria corrido; mas para longe dela ou em sua direção? Ela era um tanto apavorante. Queria tudo. Queria todos. Queria experiências. Na visão já enfadada de Tin, experiência é o que você ganha quando não consegue o que quer, mas Jorrie sempre foi mais otimista que ele.

— Você não pode estar *em* um poema — dissera ele, irritado, porque essa paixão dela o preocupava. Ela estava destinada a se machucar: era uma garota desajeitada, não tinha habilidade com instrumentos cortantes. — Poemas são feitos de palavras. Não são caixas. Não são casas. Ninguém está *neles*, na verdade.

— Crítico. Você entendeu o que eu quis dizer.

Tin suspirou e, por insistência dela, sentou-se à mesa pedestal bamba de terceira mão com a caneca de chá que acabara de preparar e leu os poemas.

— Jorrie — disse ele. — Estes poemas não são sobre você.

A alegria no rosto dela se desfez.

— São, sim! Têm de ser! Sem dúvida são meus...

— São só sobre partes de você. — A parte inferior, ele não disse.

— O quê?

Ele soltou outro suspiro.

— Você é mais do que isto. Você é melhor do que isto. — Como colocaria a questão? *Você não é só um pedaço de rabo barato?* Não, magoaria demais. — Ele deixou de fora sua, sua... sua mente.

— É você que não para de falar *mens sana in corpore sano* — disse ela. — Mente sã em um corpo são, os dois juntos. Sei o que está pensando: que só fala de sexo. Mas a *questão* é essa! Eu represento... quer dizer, ela, a Dama Obscura, ela representa uma rejeição saudável e realista do falso, do tênue, do sentimental... é como D. H. Lawrence, é o que ele diz. É o que Gav *ama* em mim! — E assim por diante.

— Então, *in Venus veritas?* — disse Tin.

— Hein?

Ah, Jorrie, pensou ele. Você não entende. Homens assim se cansam de você depois que a têm. Você está prestes a cair. Marcial, VII: 76: *É apenas prazer, não amor.*

Ele tinha razão sobre a queda. Foi rápida e foi dura. Jorrie não entrou em detalhes — ficou aturdida demais —, mas o que ele conseguiu entender na época foi que havia uma namorada com quem ele morava, e ela flagrou Jorrie e o Poeta Realista enquanto eles se exibiam no sacrossanto colchão doméstico.

— Eu não deveria rir — disse Jorrie. — Foi grosseria minha. Mas era uma tremenda farsa! E ela parecia tão chocada! Deve ter parecido crueldade para ela, eu ali rindo. Só que não consegui evitar.

A namorada, cujo nome era Constance ("Que nome fresco!", Jorrie bufou), era a personificação daquela mesma pequenez e do mesmo sentimentalismo tão desprezados pelo Poeteco — essa Constance ficou branca feito um lençol, ainda mais do que já era, e disse alguma coisa sobre o dinheiro do aluguel. Depois se virou e saiu. Nem mesmo pisando firme: fugiu, como um ratinho. O que só mostrava o quanto era medíocre. A própria Jorrie teria puxado os cabelos e dado uns tabefes, no mínimo, segundo alegou.

Ela achava que a partida de Constance devia ser motivo para comemoração — as forças da vitalidade e da vida e as verdades da carne triunfaram sobre as da abstração e estagnação —, mas não foi este o desfecho. Assim que o Poeta Meia-Boca foi barrado dos aposentos da lua-donzela, começou a miar para poder voltar: uivou para seu vaporoso Verdadeiro Amor como um bebê privado do mamilo.

Jorrie não teve tato nenhum com esse excesso de queixumes e remorsos — as palavras *pau mandado* e *frouxo* foram lançadas por ela com o que pode ter sido despreocupação excessiva —, então a expulsão dela era inevitável. Segundo o sr. Poeteco, de repente o imbróglio todo era culpa dela. Ela o havia tentado. Ela o seduzira. Ela era a víbora no pomar.

Havia certa verdade nisso, supôs Tin; Jorrie tinha sido a caçadora, e não a caça. Ainda assim, quando um não quer, dois não brigam. O Lírico Medíocre podia ter dito não.

Para resumir, Jorrie dissera a ele para calar a boca sobre Constance, eles brigaram por causa disso e Jorrie foi jogada no bueiro da vida como uma camisinha usada. Ninguém nunca a tratou desse jeito! Com o próprio coração apertado de pena, Tin tentou distraí-la — um cinema, uma bebida, embora não pudesse pagar por nenhum dos dois —, mas ela não estava disposta a ser apaziguada. Não teve histeria nem lágrimas visíveis, mas veio a depressão, seguida por uma fúria mal dissimulada e fumegante.

Será que ela ia passar dos limites? Ia confrontar o poeta em público, gritar, bater? Estava furiosa o suficiente para tanto. Fizeram dela uma piada cruel, desde que a posição de Musa, antes uma fonte de orgulho e alegria, se tornara um tormento: agora os não-sonetos da Dama Obscura foram consagrados na primeira coletânea fina de Gavin, *Luar pesado*, e zombavam de Jorrie em suas páginas, sarcásticos, afrontosos.

Pior ainda, aqueles poemas acumularam seriedade enquanto Gavin subia a escada da aclamação, recebendo o primeiro do que viria a ser uma série de prêmios menores, mas ainda assim um empurrão na carreira. Aqueles primeiros poemas foram aumentados pelos outros, mas com teor diferente: o amante reconhecia a mera carnalidade, a brutalidade e a volubilidade da Dama Obscura e voltava em busca de seu Verdadeiro Amor de brilho pálido. Mas esse paradigma de olhar frio declinara de perdoar à amante de coração partido, apesar de seus apelos elaborados, sobrecarregados de *bathos* e subsequentemente publicados.

Aqueles últimos poemas não refletiram bem em Jorrie. Ela teve de procurar a palavra *marafona* no *Dicionário de Gírias e Vocábulos Não Convencionais* de Tin. Magoou.

Jorrie entrou em uma versão promíscua de retaliação, colhendo amantes de cada vala e estacionamento que encontrava, como margaridas, depois jogando fora despreocupadamente. Até parece que este comportamento surte algum efeito naqueles que são rejeitados, como Tin sabe por experiência própria: se foi longe assim, eles não se importam com o quanto você se rebaixa para tê-los de volta. Você pode trepar com uma cabra sem cabeça que não faria diferença nenhuma.

Então as rodas das estações giraram e a Aurora de dedos tenros somou trezentos e sessenta e duas manhãs rosadas, depois mais um ano delas, e outro; e a lua do desejo nasceu, se pôs e nasceu novamente, e assim continuou; e o Poeta do Pau Vigoroso sumiu na distância escura e brumosa. Ou assim Tin esperava, pelo bem de Jorrie.

Mas parece que ele não sumira. Basta bater as botas e o sujeito volta imediatamente para os holofotes da memória, pensa Tin. Ele torce para que a sombra persistente de Gavin Putnam venha a se provar acolhedora, supondo-se que seja de fato persistente.

Agora ele diz:

— É verdade, os sonetos da Dama Obscura. Lembro-me deles. O absinto deixa o amargo mais agradável, mas os versos são mais baratos: não há dúvida de que fisgou *você*. Você costumava entrar trôpega no meu enclave na barbearia fedendo a sexo de sarjeta, você fedia como peixe-branco de uma semana. Ficou vesga por aquele babaca o verão todo. Eu mesmo nunca entendi aquilo.

— Porque ele nunca mostraria aquilo a você — diz Jorrie. Ela ri da própria piada. — Aquilo valia a visão. Você teria inveja!

— Só não alegue que você estava apaixonada por ele — diz Tin. — Era tesão sórdido e baixo. Você estava ensandecida pelos hormônios.

Ele entende desse tipo de coisa, passou por paixões semelhantes. Sempre eram cômicas aos olhos dos outros.

Jorrie suspira.

— Ele tinha um corpo ótimo — diz. — Enquanto durou.

— Não importa — diz Tin. — Não pode mais ser um corpo ótimo porque é um cadáver.

Os dois deram uma risadinha.

— Você vai comigo? — pergunta Jorrie. — Ao funeral? Dar uma espiada? — Ela força um ar jovial, mas não engana nenhum dos dois.

— Acho que você não deveria ir. Faria mal a você.

— Por quê? Estou curiosa. Talvez algumas esposas dele estejam lá.

— Você é competitiva demais — diz Tin. — Ainda não consegue acreditar que outra mulher te jogou para fora e você não ficou com a rifa do porco. Seja realista, vocês dois nunca foram destinados um ao outro.

— Ai, eu sei *disso* — diz Jorrie. — Tudo se extinguiu. Quente demais para durar. Eu só quero ver as papadas das esposas. E talvez Aquela Fulana esteja lá. Não seria o máximo?

Ah, francamente, pensa Tin. Não Aquela Fulana! Jorrie ainda está tão obcecada com Constance, a namorada convivente cujo colchão ela profanou, que nem mesmo pronuncia o nome da mulher.

Infelizmente, Constance W. Starr não desapareceu na obscuridade como devia ter ditado sua mediocridade. Ficou obscenamente famosa, embora por um motivo risível: como C. W. Starr, é a autora de uma série de fantasia chamada Alphinland que beira a demência. Alphinland rendeu tanto dinheiro que Gavin, o Poeta de Relativa Penúria, devia estar se revirando na cova décadas antes de realmente morrer. Ele deve ter amaldiçoado o dia em que se permitiu ser desencaminhado pelos estrogênios superaquecidos de Jorrie.

À proporção que a estrela de Starr subia, a de Jorrie caía: ela não brilha mais, não cintila. O festim de C. W. Starr gera filas compridas e alvoroçadas em livrarias no lançamento dos livros, com crianças e adultos, homens e mulheres, vestidos como o infame Milzreth da Mão Vermelha, ou o pálido Skinkrot, O Devorador do Tempo, ou Frenosia das Antenas Fragrantes, a deusa com olhos de inseto e seu *entourage* de mágicas abelhas índigo e esmeralda. Todo esse alarde acontecendo bem diante do nariz de Jorrie, embora ela nunca confessara ter percebido.

Das poucas vezes em que acompanhou Jorrie à Riverboat, Tin tinha uma vaga lembrança da gênese improvável de Alphinland. A saga começou como uma coletânea reles de conto de fadas de espada-e-feitiçaria, publicada em revistas vagabundas do gênero que exibiam nas capas garotas seminuas olhadas com lascívia por Homens Lagartos. Os frequentadores da Riverboat — em particular os poetas — costumavam ridicularizar Constance, mas ele acha que não fazem mais isso. O dinheiro pesca com um anzol de ouro.

É claro que ele leu a série Alphinland, ou partes dela: sentia dever isso a Jorrie. Se ela um dia pedir a opinião crítica dele, ele pode, lealmente, dizer como é ruim. E é claro que Jorrie leu também. Ela foi dominada pela curiosidade ciumenta, não teria conseguido se conter. Mas nenhum dos dois admitiu ter deixado alguma marca na lombada.

Felizmente, pensa Tin, dizem que Constance W. Starr é uma espécie de reclusa; mais ainda desde a morte do marido, um obituário no jornal pelo qual Jorrie passou em silêncio. Em um mundo perfeito, C. W. Starr não apareceria no funeral.

As chances de um mundo perfeito? Uma em um milhão.

∙ ∙ ∙

— Se o funeral desse Putnam vai girar todo em torno de Constance W. Starr — diz Tin —, eu definitivamente me oponho. Porque não será, como você diz, o máximo. Será muito destrutivo para você. O que ele não diz: *Você vai perder, Jorrie. Do mesmo jeito que perdeu da última vez. Ela está num patamar mais alto.*

— Não é por causa dela, eu juro! — diz Jorrie. — Já faz mais de cinquenta anos! Como pode ser por causa dela quando nem mesmo me lembro do *nome* da mulher? E depois, ela era tão franzina! Ela era uma *melequinha* de nada! Eu podia soprá-la ao vento com um *espirro*! — Ela ofega de rir.

Tin reflete. Essa fanfarronice, em Jorrie, é sinal de vulnerabilidade; portanto, ela precisa de apoio.

— Muito bem. Eu vou. — Tin finge relutância. — Mas não tenho um bom pressentimento.

— Enfrente isso como homem — diz Jorrie. A frase é de uma cena de bangue-bangue de matinê que eles costumavam ver quando crianças.

— Onde será o temível evento? — pergunta Tin na manhã do funeral.

É um domingo, único dia em que Jorrie tem permissão para cozinhar. Sua culinária consiste em, principalmente, abrir embalagens de delivery, mas quando ela fica ambiciosa haverá louça quebrada, palavrões e incinerações. Hoje é dia de bagel, graças a Deus. E o café está perfeito porque foi Tin que fez.

— Na Enoch Turner Schoolhouse — diz Jorrie. — Proporciona a agradável atmosfera reminiscente de uma era passada.

— Quem escreveu isso? — diz Tin. — Charles Dickens?
— Eu mesma — diz Jorrie. — Anos atrás. Logo depois de virar autônoma. Eles queriam um tom arcaico.

Ela não foi exatamente autônoma, como Tin se recorda: houve uma guerra civil na agência de publicidade e ela estava do lado derrotado, infelizmente tendo dito aos antagonistas o que realmente pensava deles. Porém, ela conseguiu um acordo considerável que lhe permitiu entrar na especulação imobiliária. Isso sustentou seus objetos de fetiche com os pés e férias de inverno caras e vulgares, até que um dos amantes da era da menopausa deu no pé com as economias dela. Então ela ficou endividada, teve de vender ações em um mercado em baixa e perdeu um pote de ouro, e o que Tin poderia fazer senão lhe oferecer um refúgio? A casa dele é grande para os dois, ou quase: Jorrie ocupa muito espaço.

— Espero que esse lugar não seja um viveiro de *kitsch* — diz Tin.

— E temos escolha?

Depois de vasculhar o armário, Jorrie tira três roupas dos cabides para Tin avaliar. É uma das exigências dele — um de seus pedidos — nos dias em que concorda em acompanhá-la a eventos.

— Qual o veredito? — ela quer saber.

— O rosa-choque não.

— Mas é Chanel... original! — Os dois frequentam lojas de roupas vintage, mas apenas as de luxo. Pelo menos eles conservaram a numeração das roupas: Tin ainda consegue vestir os conjuntos elegantes de três peças dos anos 1930 que exibiu por algumas décadas. Ele tem até uma bengala laqueada.

— Isso não importa — diz ele. — Ninguém vai ler a etiqueta e você não é Jackie Kennedy. Rosa-choque vai chamar atenção indevida.

Jorrie quer chamar atenção indevida: é essa a ideia! Se algumas das esposas de Gavin estiverem lá, especialmente se Aquela Fulana aparecer, Jorrie quer que elas a notem no instante em que entrar. Mas ela cede porque, se não ceder, sabe que Tin não a acompanhará.

— Nem a estola de oncinha falsa.

— Mas está na moda de novo!

— Exatamente. Está na moda demais. Deixa de fazer bico, você parece um camelo.

— Então você vota no cinza. Posso *bocejar*?

— Pode, mas isso não muda a realidade. O cinza tem um corte bonito. Discreto. Quem sabe com uma echarpe?

— Para cobrir meu pescoço magricela?

— Você disse isso, não eu.

— Sempre posso confiar em você — diz Jorrie.

Ela quer dizer: Tin a salva dela mesma, naquelas ocasiões em que aceita os conselhos dele. Quando sair porta afora, ela estará confiante, sabendo que está apresentável. A echarpe que ele escolhe é de um vermelho opaco: vai melhorar a pele.

— Como estou? — pergunta Jorrie, virando-se diante dele.

— Estupenda — diz Tin.

— Adoro quando você mente para mim.

— Não estou mentindo — diz Tin. *Estupenda: que causa espanto ou assombro. Do gerúndio de stupere, ficar espantado.* Mais ou menos isso. Depois de um certo tempo, só uma roupa cinza bem cortada consegue redimir.

Enfim, eles estão prontos para sair.

— Terá de vestir seu casaco mais quente — diz Tin. — Está álgido lá fora.

— Está o quê?

— Está muito frio. Seis negativos, é a máxima prevista. Óculos? — Ele quer que ela seja capaz de ler o programa sozinha, sem importuná-lo para que o faça por ela.

— Sim, sim. Dois.

— Lenço?

— Não se preocupe — diz Jorrie. — Não pretendo chorar. Não por aquele filho da puta!

— Se chorar, não pode usar minha manga — diz Tin.

Ela empina o queixo, a bandeira de luta.

— Não vou precisar. .

Tin insiste em dirigir; estar em um carro com Jorrie ao volante é roleta-russa demais para ele. Às vezes ela se sai bem, mas na semana passada atropelou um guaxinim. Alegou que ele já estava morto, mas Tin duvida. "Nem deveria estar na rua", disse ela, "com um tempo desses."

Eles seguiram com cautela pelas ruas geladas no Peugeot 1995 cuidadosamente conservado de Tin, os pneus guinchando na neve. Ainda não tinham limpado o acumulado do dia anterior, embora tenha sido só uma nevasca, não uma tempestade de gelo como aquela que caiu no Natal. Foi exasperante passar três dias na casa de Cabbagetown sem aquecimento nem luz, porque Jorrie viu a tempestade como uma ofensa pessoal e reclamou da injustiça. Como o clima podia fazer isso com ela?

Tem um estacionamento na área norte da King. Tin teve o cuidado de identificar pela internet, uma vez que a última coisa que precisava era de Jorrie dando informações falsas de trânsito. Mas está surpreendentemente apinhado, vários carros atrás deles tiveram de desistir. Tin arranca Jorrie do banco do carona e a ampara quando ela escorrega no gelo. Por que ele não vetou aqueles sapatos de salto agulha? Ela podia levar um tombo feio e fraturar alguma coisa — um quadril, uma perna —, e se isso acontecesse, Jorrie ficaria presa na cama por meses enquanto ele carregaria bandejas e esvaziaria penicos. Segurando-a firme pelo braço, ele a arrasta pela King Street, depois ao sul pela Trinity.

— Olha só toda essa gente — diz ela. — Mas quem são eles?

É verdade, há uma boa multidão indo para a Enoch Turner Schoolhouse. Muitos são o que é de esperar — a geração velha, como Tin e Jorrie —, mas, estranhamente, há um bom número de jovens. Quem sabe Gavin Putnam agora é um cult da juventude? Que ideia desagradável, pensa Tin.

Jorrie se espreme mais a seu lado, a cabeça girando feito um periscópio.

— Não a estou vendo — ela cochicha. — Ela não está aqui!

— Ela não virá — diz Tin. — Tem medo de que você a chame de Aquela Fulana.

Jorrie ri, mas sem muita sinceridade. Ela não tem um plano, pensa Tin: está atacando às cegas, como sempre faz. Ainda bem que ele veio junto.

Lá dentro, o salão está lotado e excessivamente quente, embora conserve a atmosfera agradável reminiscente de uma era passada. Há uma tagarelice suave, como de uma ave aquática distante. Tin ajuda Jorrie a tirar o casaco, luta para tirar o próprio e se acomoda para o evento.

Jorrie lhe dá uma cotovelada e emite um sussurro chiado:

— Aquela deve ser a viúva, de azul. Merda, ela parece ter uns 12 anos. Gav era um tremendo pervertido. — Tin tenta ver, mas não consegue localizar a provável candidata. Como Jorrie pode saber, se a mulher está de costas?

. . .

Agora faz-se um silêncio: um mestre de cerimônias assumiu o púlpito — um homem mais novo de gola rulê e casaco de tweed, um traje profissional — e dá as boas-vindas a todos a esta celebração da vida e da obra de um de nossos poetas mais celebrados, amados e, se pode colocar desse jeito, relevantes.

Fale por si, pensa Tin: não é relevante para *mim*. Ele se desliga do áudio e volta a mente para o aperfeiçoamento de uma ou duas frases de Marcial. Não publica mais seus esforços porque, ora, por que se dar ao trabalho de tentar?, mas o processo de tradução improvisada é um exercício mental particular que faz o tempo passar agradavelmente em ocasiões em que o tempo precisa passar.

> *Diferente de você, que corteja nossa visão,*
> *Elas evitam uma plateia, as messalinas;*
> *Fodem em segredo atrás de portas e vãos.*
> *Em aposentos fechados, com cortinas;*
> *Até as mais obscenas e vagabundas*
> *Esgueiram-se para o ofício atrás das tumbas.*
> *Aja com mais recato, seja calculista!*
> *Lésbia, acha que é maldade minha?*
> *Trepe como louca! Mas... não seja vista!*

Será Mamãe Gansa demais, as rimas, o ritmo? E então, talvez, ainda mais sucintamente:

> *Por que não imitar a rameira?*
> *Mete, fode, goza, Lésbia!*
> *Só não me dê bandeira!*

Não, isso não vai servir: é mais tolo do que Marcial em seus momentos mais tolos, e sacrifica demais os detalhes. As tumbas do original merecem ser preservadas: muito pode ser dito quando se cita um cemitério. Ele fará outra tentativa mais tarde. Talvez deva dar uma chance para aquele sobre a cereja versus a ameixa...

Jorrie lhe dá uma forte cotovelada.

— Você está caindo de sono! — ela sibila.

Tin desperta sobressaltado. Às pressas, olha o folheto que delineia a ordem dos eventos, com a foto de Gavin numa carranca magistral em sua borda preta. Onde eles estão na cronologia? Já teve a cantoria dos netos? Parece que sim: nem sequer um hino fúnebre, mas, ah, horror dos horrores — "My Way". Quem propôs isso devia ser açoitado, mas, por sorte, Tin estava desligado durante a apresentação.

Agora o filho adulto está lendo, não a Bíblia, mas a obra do próprio e finado trovador: um último poema sobre folhas em uma piscina.

Maria recolhe as folhas mortas.
Terão almas? Será uma delas a minha?
Será ela o Anjo da Morte, com seu cabelo escuro,
Com sua escuridão, a vir me buscar?

Alma errante desvanecida, girando nesta piscina fria,
Adeus cúmplice desta tola, meu corpo,
Onde aportará? Em que praia deserta?
Não passará você de uma folha morta? Ou...

Ah. O poema é inacabado: Gavin morreu enquanto o escrevia. O *pathos* de tudo isso, pensa Tin. Não admira que haja um choro reprimido elevando-se em volta dele como um coaxar de primavera. Ainda assim, se mais refinado, o poema poderia ter dado em algo passável, tirando o roubo mal dissimulado da fala do imperador Adriano à própria alma errante em seus últimos momentos. Mas talvez não *roubo*: *alusão* é como um crítico bem-disposto colocaria. Que Gavin Putnam conhecesse Adriano o suficiente para roubar dele, melhora consideravelmente a visão que Tin tem do versificador falecido. Como poeta, isto é; não como pessoa.

— *Animula, vagula, blandula* — ele recita baixinho. — *Hospes comesque corporis / Quae nunc abibis in loca / Pallidula, rigida, nudula / Nec, ut soles. Dabis iocos...* — Não dá para colocar melhor. Mas muitos tentaram.

Há um interlúdio de meditação silenciosa, durante o qual todos são convidados a fechar os olhos e refletir sobre a rica e recompensadora amizade com o colega e companheiro não mais presente, e sobre o que significa a amizade para eles pessoalmente. Jorrie dá outra cotovelada em Tin. *Que divertido será se lembrar disso depois!*, era o que dizia a cotovelada.

O banquete funerário seguinte, de carne assada, não vai demorar. Um dos cantores folk de menor sucesso da era Riverboat, muito enrugado e com um cavanhaque desgarrado que parece uma centopeia virada de costas, levanta-se para privilegiá-los com uma música daquela época: "Mister Tambourine Man." Opção curiosa, como o próprio sujeito admite antes de cantar. *Mas isto não é para ser triste, né? É uma celebração! E sei que Gav deve estar ouvindo agora mesmo, e está batendo o pé de alegria! Como é que tá aí em cima, amigão? Estamos acenando para você!*

Ruídos sufocados de choro aqui e ali no salão. Me poupe, Tin suspira. Ao lado dele, Jorrie está tremendo. Será de tristeza ou hilaridade? Ele não consegue olhar para ela: se for hilaridade, os dois vão rir e isso pode ser constrangedor, porque Jorrie talvez não consiga parar.

Depois vem uma homenagem, dita por uma jovem criminosamente bonita de pele cor de café, saltos altos e um xale em cores vivas. Ela se apresenta — Naveena qualquer coisa — como estudiosa da obra do poeta. Depois diz que quer contar o fato de que, embora só tenha conhecido o sr. Putnam em seu último dia de vida, a experiência de sua personalidade sensível e seu amor contagiante pela vida foi profundamente comovente, e ela estava muito agradecida à sra. Putnam — Reynolds — por ter possibilitado isso, e embora ela tenha perdido o sr. Putnam, fez uma nova amiga em Reynolds por meio dessa terrível provação pela qual passaram juntas, e ela estava feliz por não ter saído da Flórida no dia em que aconteceu e poder estar presente para Reynolds, e ela tem certeza de que todos no salão se juntarão a ela ao mandar os melhores votos a Reynolds neste momento trágico e difícil e... interrupção trêmula na voz.

— Desculpem-me — diz ela —, queria falar mais, sobre, sabe como é, a poesia, mas eu... — Ela sai às pressas e chorosa do palco.

Que criaturinha tocante.

Tin olha o relógio.

Enfim, o último número musical. É "Fare Thee Well", uma canção folk tradicional que dizem ter sido inspiradora para Gavin Putnam quando ele escrevia a agora famosa primeira coletânea, *Luar pesado*. Um jovem de cabelo acobreado que não pode ter mais de 18 anos sobe ao palco para cantar para eles, acompanhado de duas mulheres com violões.

Fare thee well, my own true love,
And farewell for a while;

*I'm going away, but I'll be back
If I go ten thousand miles.*

Eles sempre farão isso? A promessa de voltar, combinada com o conhecimento certo de que não há retorno possível. O tenor trêmulo do cantor se esvai, seguido por uma saraivada de soluços chorosos e tosses. Tin sente algo se esfregando na manga do paletó.

— Ah, Tin — diz Jorrie.

Ele disse para ela levar um lenço, mas é claro que ela não levou. Ele encontra o próprio lenço e passa à irmã.

Agora há um murmúrio, um farfalhar, um crescendo, um convívio. Haverá um open bar no salão e comes e bebes no West Hall, informam. Há um discreto estouro de passos da manada.

— Onde fica o banheiro? — quer saber Jorrie.

Ela manchou o rosto, como uma amadora: tem maquiagem escorrendo pelas faces. Tin pega o lenço e limpa as manchas pretas o melhor que pode.

— Vai esperar por mim lá fora? — pergunta ela, suplicante.

— Vou também — diz Tin. — Encontrarei você no bar.

— Mas não leve o dia todo — diz Jorrie. — Preciso sair desse galinheiro.

Ela está ficando queixosa: o açúcar no sangue deve estar baixo. No tumulto dos preparativos, eles se esqueceram de almoçar. Ele vai verter algum álcool nela para dar uma levantada rápida e a conduzir aos sanduíches de pão sem casca. Então, depois de uma ou duas fatias de torta de limão, pois o que é uma ocasião fúnebre sem uma torta de limão, eles sairão pela porta.

No banheiro masculino, ele se encontra com Seth MacDonald, professor emérito de línguas antigas em Princeton, celebrado tradutor dos hinos órficos e, como se vê, um velho conhecido de Gavin Putnam. Não profissionalmente, não, mas eles fizeram um cruzeiro pelo Mediterrâneo juntos — "Destaques da Antiguidade" —, onde se deram bem, e trocaram correspondência nos últimos anos. Comiserações são trocadas; Tin faz alguma prevaricação de rotina e inventa um motivo para a própria presença.

— Éramos ambos interessados em Adriano — diz.

— Ah, sim — diz Seth. — Sim. Notei a alusão. Feita com habilidade.

A demora inesperada implica que Jorrie sairá do toalete antes de Tin. Ele nunca deveria tê-la perdido de vista! Ela vai para a cidade com o bronzeado metalizado cintilante, e ainda por cima passou outra coisa: uma camada de flocos dourados, grandes e cintilantes. Ela parece uma bolsa de couro com paetês. Deve ter contrabandeado esses suprimentos na bolsa: retaliação pelo veto ao Chanel rosa-choque. E claro que ela não teria conseguido apreciar todo o efeito da maquiagem no espelho do banheiro, não estaria usando os óculos de leitura.

— O que você... — começa ele. Ela o olha feio: *Não se atreva!* Ela tem razão: agora é tarde demais.

Ele a segura pelo cotovelo.

— Avante, Brigada Ligeira! — diz Tin.

— O quê?

— Vamos beber alguma coisa.

Com um vinho branco barato, mas passável, eles foram para a mesa de comida. Ao se aproximarem do grande grupo que a cercava, Jorrie enrijece.

— Ao lado da terceira esposa, olha só! Ela está ali! — diz. Ela está toda tremendo.

— Quem? — diz Tin, sabendo muito bem da resposta.

É a górgona Aquela Fulana — C. W. Starr em pessoa, reconhecível pelas fotos nos jornais. Uma idosa baixa, de cabelos brancos, com um casaco xadrez desmazelado. Nenhum glitter; na verdade, nenhum sinal de maquiagem nenhuma.

— Ela não me reconhece! — cochicha Jorrie. Agora está borbulhando de alegria. Quem *reconheceria* você, pensa Tin, com essa camada de estuque e escamas de dragão no rosto? — Ela olhou bem para mim! Vamos lá, vamos ouvir a conversa!

— Sombras da bisbilhotice de infância dos dois. Ela o puxa.

— Não, Jorrie — diz ele, como que a um terrier mal adestrado. Mas de nada adianta; ela avança, forçando a trela invisível que ele não consegue soltar do pescoço.

Constance W. Starr tem em uma das mãos um sanduíche de salada de ovos e um copo de água na outra. Parece acossada e desconfiada. À sua direita, deve ser a viúva enlutada, Reynolds Putnam, de azul casto e pérolas. Ela é mesmo muito nova. Não parece aflita, mas o tempo passou desde a verdadeira morte. À direita da sra. Putnam, está Naveena, a atraente jovem devota que desmoronou ao fazer o discurso fúnebre. Parece ter se recuperado inteiramente e está falando.

Mas não sobre Gavin Putnam e a imortalidade de sua verborragia. Enquanto Tin sintoniza em sua fala meio monótona do Meio-Oeste, percebe que ela está radiante sobre a série Alphinland. Constance W. Starr dá uma dentada no sanduíche, provavelmente já ouviu esse tipo de coisa.

— A Maldição de Frenosia — diz Naveena. — Livro Quatro. Aquilo foi tão... com as abelhas, e a Feiticeira Escarlate da Balbúrdia emparedada na colmeia de pedra! É tão...
Há um espaço à esquerda da renomada escritora e Jorrie desliza para lá. Sua mão se fecha no braço de Tin. Projeta a cabeça para a frente, em uma atitude de atenção extasiada. Será que vai bancar a fã?, pergunta-se Tin. O que ela vai aprontar?
— Livro Três — diz Constance W. Starr. — Frenosia aparece primeiro no Livro Três. Não no Livro Quatro. — Ela dá outra dentada e mastiga sem se deixar perturbar.
— Ah, claro, Livro Três — diz Naveena. Solta uma risadinha de nervoso. — E o sr. Putnam disse, ele disse que a senhora o colocou na série. Quando você havia saído da sala, para pegar o chá — diz ela a Reynolds. — Ele me contou.
A expressão de Reynolds endureceu, isto é caçada ilegal em seu território.
— Tem certeza? — diz. — Ele sempre negou especificamente...
— Ele disse que tinha muitas coisas que nunca contou a você — diz Naveena. — Para poupar seus sentimentos. Não queria que você se sentisse excluída porque você não estava em Alphinland.
— É mentira sua! — diz Reynolds. — Ele sempre me contava tudo! Achava que Alphinland era baboseira!
— Na verdade — diz Constance —, coloquei Gavin em Alphinland.
Até então ela não havia reconhecido a presença de Jorrie, mas agora se virava e a olhava diretamente.
— Para mantê-lo a salvo.
— Isto é inadequado — diz Reynolds. — Acho que você devia...

— E o mantive a salvo — diz Constance. — Ele estava em um tonel de vinho. Dormiu por cinquenta anos.

— Ah, eu sabia! — diz Naveena. — Sempre soube que ele estava na série! Em que livro?

Constance não lhe responde. Ainda fala com Jorrie.

— Mas agora o deixei sair. Assim ele pode ir para onde quiser. Não corre mais risco nenhum com você.

Qual é o problema de Constance Starr?, pergunta-se Tin. Gavin Putnam, em risco com Jorrie? Mas foi ele que a rejeitou, ele que a prejudicou. Seria vodca no copo de água?

— O quê? — diz Jorrie. — Está falando comigo? — Ela aperta o braço de Tin, mas não para segurar o riso. Em vez disso, parece assustada.

— Gavin não está naquela merda de livro! Gavin *morreu* — diz Reynolds. Ela começa a chorar. Naveena dá um curto passo em sua direção, mas depois recua.

— Ele estava em risco devido a seu rancor, Marjorie — diz Constance, a voz tranquila. — Combinado com a sua raiva. É um feitiço muito potente, sabia? Como o espírito dele ainda tinha o receptáculo de carne, ele corria riscos.

Ela sabe exatamente quem é Jorrie: apesar dos flocos dourados e do pó cor de bronze, devia saber desde o primeiro minuto.

— É claro que fiquei com raiva, por causa do que ele fez comigo! — diz Jorrie. — Ele me jogou fora, se livrou de mim, como, como uma velha...

— Ah — diz Constance.

Há um momento de petrificação.

— Não tinha percebido isso — diz ela por fim. — Pensei que fosse o contrário. Pensei que você é que o tivesse magoado.

Será isto um confronto?, pensa Tin. São matéria e antimatéria? As duas vão explodir uma à outra?

— Foi o que ele disse? — fala Jorrie. — Merda, faz sentido! *É claro* que ele disse que a culpa era minha!

— Ai, meu Deus — diz Naveena a Jorrie, em voz baixa. — Você é a Dama Obscura! Dos *Sonetos*! Será que poderíamos conversar...

— Este deveria ser um *funeral* — diz Reynolds. — E não uma *conferência*! Gavin ia *detestar* isso!

Nenhuma das outras mulheres mostra qualquer sinal de terem-na ouvido. Ela assoa o nariz, fulmina a todos com os olhos vermelhos, depois vai para o bar.

Constance W. Starr coloca o que resta do sanduíche no copo com água; Jorrie a encara como se ela misturasse uma poção.

— Neste caso, é uma honra libertar você — diz Constance por fim. — Foi um grave mal-entendido.

— O quê? — Jorrie quase grita. — Me libertar do quê? Do que você está falando?

— Da colmeia de pedra — diz Constance. — Onde você ficou aprisionada por tanto tempo, aferroada pelas abelhas índigo. Como um castigo. E para impedir que você ferisse Gavin.

— Ela é a Feiticeira Escarlate da Balbúrdia! — diz Naveena. — Isto é tão perverso! Pode me dizer se... — Constance ainda a ignora.

— Peço desculpas pelas abelhas — diz ela a Jorrie. — Deve ter sido muito doloroso.

Tin segura o cotovelo de Jorrie e tenta puxá-la para trás. Não seria inaudito para ela entrar no modo de birra e dar um chute nas canelas da escritora, ou pelo menos começar a gritar. Ele precisa arrancá-la dali. Eles irão para casa, Tin servirá uma bebida forte para os dois e a acalmará, depois poderão rir dessa história toda.

Mas Jorrie não se mexe, embora solte o braço de Tin.

— Foi muito doloroso — sussurra. — Foi doloroso demais. Tudo foi muito doloroso, a minha vida toda. — Estará ela chorando? Sim: lágrimas de verdade, metálicas, faiscando de bronze e flocos dourados.

— Foi doloroso para mim também — diz Constance.

— Eu sei — diz Jorrie. As duas se olham nos olhos, presas em alguma fusão mental impenetrável.

— Vivemos em dois lugares — diz Constance. — Não existe passado em Alphinland. Não existe tempo. Mas existe tempo aqui, onde estamos agora. Ainda nos resta algum tempo.

— Sim — diz Jorrie. — Está na hora. Também peço desculpas. E a liberto também.

Ela avança um passo. Isto é um abraço?, pensa Tin. Elas estão se abraçando, ou lutando? Há alguma crise? Como ele pode ajudar? Que esquisitice feminina está acontecendo aqui?

Ele se sente idiota. Será que não entendeu nada a respeito de Jorrie, em todas aquelas décadas? Ela tem outras camadas, outros poderes? Dimensões de que nunca suspeitou?

Constance recua.

— Deus a abençoe — diz ela a Jorrie. A pele de pergaminho branco de seu rosto agora cintila de escamas douradas.

A jovem Naveena nem acredita na sorte que tem. De boca entreaberta, está roendo a ponta dos dedos, prendendo a respiração. Está incrustando todos em âmbar, pensa Tin. Como insetos antigos. Preservando-nos para sempre. Em contas de âmbar, em palavras de âmbar. Bem diante de nossos olhos.

LUSUS NATURAE

O que pode ser feito comigo, o que deve ser feito comigo? Eram perguntas iguais. As possibilidades eram limitadas. A família discutiu todas, lúgubre e interminavelmente, sentada à mesa da cozinha à noite, com as persianas fechadas, comendo suas salsichas secas enrugadas e tomando a sopa de batatas. Se eu estivesse em uma de minhas fases de lucidez, estaria sentada com eles, entrando na conversa o melhor que pudesse enquanto procurava os nacos de batata na minha tigela. Se não, estaria no canto mais escuro, miando sozinha e ouvindo as vozes gorjeadas que ninguém mais podia ouvir.

— Ela era uma neném tão adorável — dizia minha mãe.
— Não tinha nada de errado com ela.

Minha mãe se entristecia por ter dado à luz um troço como eu: parecia um opróbrio, uma sentença. O que ela fez de errado?

— Talvez seja uma maldição — disse minha avó. Ela era seca e enrugada como as salsichas, mas nela isto era natural, em vista da idade.

— Ela esteve bem durante anos — disse meu pai. — Foi depois do surto de sarampo, quando ela tinha sete anos. Depois disso.

— E quem nos lançaria uma maldição? — disse minha mãe.

A avó fechou a carranca. Tinha uma longa lista de candidatos. Mesmo assim, não havia ninguém a quem pudesse apontar o dedo. Nossa família sempre foi respeitada, até querida, mais ou menos. Ainda era. Ainda seria, se algo pudesse ser feito comigo. Antes que eu vazasse, por assim dizer.

— O médico falou que é uma doença — disse meu pai. Ele gostava de alegar ser um homem racional. Lia os jornais. Foi ele que insistiu que eu aprendesse a ler e persistiu no encorajamento, apesar de tudo. Mas eu não me aninhava mais na dobra de seu braço. Ele me sentava do outro lado da mesa. Embora esta distância forçada fosse dolorosa, eu entendia os motivos.

— Então por que ele não nos deu algum remédio? — perguntou a mãe.

A avó bufou. Tinha as próprias ideias, que envolviam cogumelos e água estagnada. Certa vez, ela segurou minha cabeça embaixo da água em que estavam de molho roupas sujas, rezando. Foi para expulsar o demônio que ela estava convencida ter entrado por minha boca e se alojado perto de meu osso esterno. Minha mãe disse que ela teve a melhor das intenções, fez de coração.

Dê pão a ela, dissera o médico. *Ela vai querer muito pão. Pão e batatas. Ela vai querer beber sangue. Sangue de galinha servirá, ou de boi. Não a deixe beber demais.* Ele nos disse o nome da doença, que tinha as letras P e R, e não significava nada para nós. Só viu um único caso como o meu antes, dissera ele, olhando em meus olhos amarelos, meus dentes rosados, minhas unhas vermelhas, os pelos pretos e compridos que brotavam do peito e dos braços. Ele queria me levar para a cidade grande, assim outros médicos poderiam me examinar, mas minha família se recusou. "Ela é uma *lusus naturae*", dissera ele.

— O que isto quer dizer? — perguntou minha avó.

— Aberrante por natureza — disse o médico. Ele vinha de longe: nós o havíamos chamado. Nosso próprio médico teria espalhado boatos. — É latim. Como um monstro. — Ele pensou que eu não ouvia, porque estava miando. — Não é culpa de ninguém.

— Ela é um ser humano — disse meu pai. Ele pagou muito caro ao médico para ir embora para sua terra estrangeira e nunca mais voltar.

— Por que Deus fez isso conosco? — disse minha mãe.

— Maldição ou doença, não importa — esta foi minha irmã mais velha. — Seja como for, ninguém vai se casar comigo se descobrirem.

Assenti com a cabeça: era bem verdade. Ela era uma garota bonita e não éramos pobres, éramos quase aristocratas. Sem mim, a vida dela estaria desimpedida.

Durante o dia, eu ficava trancada em meu quarto escuro: eu já era mais do que motivo de aflição. Por mim tudo bem, porque não suportava a luz do sol. À noite, insone, vagava pela casa, ouvindo os roncos dos outros, seus gritos em pesadelos. O gato me fazia companhia. Era a única criatura viva que queria chegar perto de mim. Eu cheirava a sangue, sangue velho e seco: talvez por isso ele agisse como minha sombra, por isso subia em mim e me lambia.

Disseram aos vizinhos que eu tinha uma doença debilitante, uma febre, um delírio. Os vizinhos mandavam ovos e repolhos; de vez em quando visitavam, para esmolar novidades, mas não ficavam ansiosos para me ver: o que quer que fosse, podia ser contagioso.

Foi decidido que eu deveria morrer. Assim, não atrapalharia minha irmã, não iria pairar sobre ela como uma sina.

— Melhor uma feliz do que as duas infelizes — disse minha avó, que passara a prender tranças de alho em volta da minha porta. Concordei com este plano, eu queria ser útil.

O padre foi subornado; além disso, apelamos à compaixão dele. Todo mundo gosta de pensar que faz o bem enquanto embolsa uma boa grana, e nosso sacerdote não era exceção. Ele me disse que Deus tinha me escolhido como uma menina especial, uma espécie de noiva, pode-se dizer. Disse que eu recebera um chamado para fazer sacrifícios. Disse que meus sofrimentos purificariam minha alma. Disse que eu tinha sorte, porque seria inocente a vida toda, nenhum homem ia querer me conspurcar, e depois eu iria direito para o Paraíso.

Ele contou aos vizinhos que eu tinha morrido como uma santa. Fui colocada em exposição em um caixão muito fundo em uma sala muito escura, com um vestido branco e um monte de véu da mesma cor por cima de mim, adequado para uma virgem e útil para ocultar meus bigodes. Fiquei deitada ali por dois dias, embora naturalmente pudesse dar uma volta à noite. Prendia a respiração quando alguém entrava. Vinham na ponta dos pés, falavam aos sussurros, não se aproximavam, ainda tinham medo da minha doença. Para minha mãe, diziam que eu parecia um anjo.

Minha mãe sentou-se na cozinha e chorou como se eu realmente tivesse morrido; até minha irmã conseguiu aparentar abatimento. Meu pai vestiu o terno preto. Minha avó assou bolos. Todos se empanturraram. No terceiro dia, encheram o caixão de palha úmida, levaram de carroça ao cemitério e enterraram, com orações e uma lápide modesta, e três meses depois minha irmã se casou. Foi levada à igreja em uma carruagem, a primeira na história de minha família. Meu caixão foi um degrau na escada de minha irmã.

• • •

Agora que estava morta, eu era mais livre. Ninguém, além de minha mãe, tinha permissão de entrar no quarto, meu antigo quarto, como chamavam. Disseram aos vizinhos que o mantinham como um santuário à minha memória. Penduraram uma foto minha na porta, uma quando eu ainda parecia humana. Não sei como sou agora. Evito espelhos.

No escuro, leio Púchkin, Lord Byron e a poesia de John Keats. Aprendi sobre amor arruinado, despeito e a doçura da morte. Achava esses pensamentos reconfortantes. Minha mãe me levava batatas e pão, minha xícara de sangue, e tirava o urinol. Antigamente, ela escovava meu cabelo, antes de ele cair aos punhados. Tinha o hábito de me abraçar e chorar; mas agora isso estava superado. Ela entrava e saía com a maior rapidez possível. Embora tentasse esconder, ela se ressentia de mim, naturalmente. A duração do sentimento de compaixão por uma pessoa vai até o momento em que você passa a sentir que o sofrimento desta pessoa é um ato de maldade cometido por ela contra você.

À noite, eu percorria a casa, depois o jardim, então a floresta. Não precisava mais ter medo de atrapalhar a vida das pessoas e seu futuro. Quanto a mim, não tinha futuro. Tinha apenas um presente, um presente que mudava — assim me parecia — junto com a lua. Se não fosse pelas crises, as horas de dor e o gorjeio das vozes que não conseguia entender, eu poderia dizer que era feliz.

Minha avó morreu, depois meu pai. O gato ficou idoso. Minha mãe se afundou ainda mais no desespero. "Coitadinha da minha menina", ela dizia, embora eu não fosse mais exatamente uma menina. "Quem vai cuidar de você quando eu me for?"

Só havia uma resposta: teria de ser eu. Comecei a explorar os limites de meu poder. Descobri que tinha mais poder quando não era vista do que quando vista, sobretudo quando parcialmente vista. Eu assustara duas crianças na mata de propósito: mostrara os dentes rosados, a cara peluda, as unhas vermelhas, miara para elas, e elas fugiram aos gritos. Logo, as pessoas começaram a evitar o nosso lado da floresta. Eu espiava por uma janela à noite e provocava histeria em mulheres jovens. "Uma coisa! Eu vi uma coisa!", elas diziam, aos prantos. Então eu era uma coisa. Pensei sobre isso. Em que sentido uma coisa não é uma pessoa?

Um desconhecido fez uma proposta de compra de nossa fazenda. Minha mãe queria vender e ir morar com minha irmã, o marido aristocrata dela e sua família saudável e crescente, cujos retratos tinham sido pintados havia pouco. Ela não suportava mais; mas como poderia me deixar?

— Venda — eu disse a ela. Mas agora minha voz era uma espécie de rosnado. — Vou desocupar o quarto. Tem um lugar em que posso ficar.

Ela ficou agradecida, a pobre alma. Tinha uma ligação comigo, como se tem com uma unha encravada, uma verruga: eu era dela. Mas ficou feliz por se livrar de mim. Cumpriu deveres suficientes para uma vida inteira.

Durante o encaixotamento e a venda de nossa mobília, eu passava os dias dentro de uma meda de feno. Bastava, mas não serviria no inverno. Depois que o pessoal novo se mudou, eu não tive problemas para me livrar deles. Conhecia a casa melhor, as entradas, as saídas. Podia andar por ela no escuro. Virava uma aparição, depois outra; era a mão de unhas vermelhas tocando um rosto à luz da lua; era o som de uma dobradiça enferrujada que eu soltava mesmo a contragosto. Eles deram o fora e rotularam nossa casa de mal-assombrada. Depois a tive só para mim. Eu vivia de batatas roubadas desenterradas ao luar, de ovos surrupiados de galinheiros. De vez em quando afanava uma galinha — bebia o sangue primeiro. Havia cães de guarda, mas embora eles latissem para mim, nunca me atacaram: não sabiam o que eu era. Dentro de nossa casa, eu experimentava um espelho. Diziam que os mortos não podem ver o próprio reflexo, e era verdade; eu não conseguia me ver. Via uma coisa, mas essa coisa não era eu. Não era nada parecida com a menina gentil e bonita que no fundo eu sabia que era.

Mas agora tudo está chegando a um fim. Fiquei visível demais. Foi assim que aconteceu.

Estava colhendo amoras-pretas no crepúsculo, no cruzamento de onde a campina encontra as árvores, e vi duas pessoas se aproximando, de lados opostos. Uma delas era um jovem, a outra, uma garota. A roupa dele era melhor do que a dela. Ele calçava sapatos.

Os dois pareciam furtivos. Eu conhecia aquele jeito — os olhares por cima do ombro, as paradas e os recomeços — porque eu mesma era furtiva. Agachei-me nos arbustos para observar. Eles se agarraram, se entrelaçaram, caíram no chão. Eles miaram, grunhiram, deram gritinhos. Talvez estivessem tendo crises, os dois ao mesmo tempo. Talvez eles fossem — ah, enfim! — seres como eu. Aproximei-me de mansinho para enxergar melhor. Não eram parecidos comigo — não eram peludos, por exemplo, a não ser na cabeça, e eu sabia porque tinham tirado a maior parte das roupas —, mas eu mesma precisei de algum tempo para me desenvolver no que era. Eles devem estar nas fases preliminares, pensei. Sabem que estão mudando, procuraram-se para ter companhia e compartilhar as crises.

Parecia que tinham prazer quando se debatiam, embora de vez em quando se mordessem. Eu sabia como isso podia acontecer. Que consolo seria para mim se também pudesse me juntar a eles! Ao longo dos anos, endureci-me na solidão; agora descobria que essa dureza estava se dissolvendo. Ainda assim, era temerosa demais para me aproximar.

Certo fim de tarde, o jovem adormeceu. A garota o cobriu com a camisa que ele jogara longe e lhe deu um beijo na testa. Depois ela se afastou cautelosamente.

Desvencilhei-me dos arbustos e fui em passos leves até o rapaz. Ali estava ele, dormindo em um oval de relva amassada, como que disposto em uma travessa. Lamento dizer que perdi o controle. Pus as mãos de unhas vermelhas nele. Mordi seu pescoço. Fora desejo ou fome? Como se sabe a diferença? Ele acordou, viu meus dentes rosa, meus olhos amarelos; viu meu vestido preto esvoaçando; me viu fugir. Ele viu para onde.

Ele contou aos outros do vilarejo e começaram a especular. Desenterraram meu caixão e o encontraram vazio, temeram pelo pior. Agora marchavam para esta casa, no crepúsculo, com estacas compridas, tochas. Minha irmã está entre eles, e o marido dela, e o jovem que beijei. Eu pretendia que fosse um beijo.

O que posso dizer a eles, como posso me explicar? Quando os demônios são necessários, alguém sempre será encontrado para prestar esse papel, e no fim dá no mesmo se você se apresenta ou é empurrada. "Sou um ser humano", eu podia dizer. Mas que prova tenho? "Sou uma *lusus naturae*! Levem-me para a cidade! Devo ser estudada!" Não há esperanças. Receio que seja má notícia para o gato. O que fizerem comigo, farão com ele também.

Sou de temperamento clemente, sei que no fundo eles têm boas intenções. Coloquei meu vestido branco do sepultamento, meu véu branco, condizentes com uma virgem. É preciso ter senso de ocasião. O gorjeio de vozes era muito alto: estava na hora de fugir. Vou cair do telhado em chamas como um cometa, arderei como uma fogueira. Eles terão de pronunciar muitos encantamentos sobre minhas cinzas, para terem certeza de que desta vez estarei realmente morta. Depois de um tempo, serei transformada em uma santa às avessas; os ossos de meus dedos serão vendidos como relíquias das trevas. Serei uma lenda, a essa altura.

É possível que no Paraíso eu vá parecer um anjo. Ou talvez os anjos olhem para mim. Que surpresa será para todo mundo! É algo a se desejar.

O NOIVO SECO

O que acontece depois é que o carro dele não pega. A culpa é da frente fria anormal, causada pelo vórtice polar — uma expressão que já gerou muitas piadas on-line de comediantes de stand-up sobre a vagina de suas esposas. Sam se identifica com isso. Antes de enfim cortar relações com ele, Gwyneth tinha o hábito de trocar o lençol para indicar que finalmente estava disposta a lhe ceder algum sexo ralo, aguado e de má vontade numa superfície imaculada. Ela trocava o lençol de novo, logo em seguida, para reforçar a mensagem de que ele, Sam, era um poço de germes, um desperdício pulguento, criador de manchas para a máquina de lavar dela. Ela desistira de fingir — não havia mais os gemidos falsos —, então o ato se dava em um silêncio sinistro, encerrado em uma aura cor-de-rosa e enjoativamente doce de amaciante para tecidos. Penetrava os poros dele, aquele cheiro. Nas circunstâncias, ele até se surpreendia de conseguir cumprir a função, que dirá com entusiasmo. Mas ele nunca deixa de surpreender a si mesmo. Quem sabe o que vai conseguir depois? Ele não sabe.

É assim que o dia começa. No café da manhã, um desastre em si, Gwyneth diz a Sam que o casamento deles acabou. Sam larga o garfo, depois o levanta novamente para empurrar os restos dos ovos mexidos para o lado. Antigamente, Gwyneth fazia os ovos mexidos mais delicados do mundo, então ele só pode concluir que os ovos mexidos desta manhã, duros como solas de sapato, fazem parte do pacote de despejo. Ela não deseja mais agradá-lo: é bem o contrário. Podia ter esperado até ele ter tomado algum café, sabe que ele não consegue se concentrar sem uma dose de cafeína.

— Epa, espere um minutinho — diz ele, mas depois para. Não adianta. Esta não é a jogada de abertura em uma briga, uma súplica por mais atenção ou uma proposta de negociação. Sam já passou por essas três coisas e está familiarizado com as expressões faciais complementares. Gwyneth não está grunhindo, nem fazendo bico, nem tem a testa franzida: seu olhar é glacial, a voz equilibrada. Isto é um decreto.

Sam pensa em protestar: o que ele fez de tão grave, tão fedido, tão podre, tão cancerosamente terminal? Nada no sentido de dinheiro perdido ou manchas de batom ilícitas que ele já não tenha feito. Ele podia criticar o tom de voz que ela usou: por que ela está tão intratável tão de repente? Podia atacar seus valores distorcidos: o que aconteceu com seu senso de humor, o amor pela vida, o equilíbrio moral? Ou ele podia pregar: o perdão é uma virtude! Ou podia adular: como uma mulher gentil, paciente e de bom coração ataca um cara vulnerável e ferido como ele com um porrete psíquico tão brutal? Ou podia prometer se reformar: O que eu preciso fazer? É só me dizer! Ele podia pedir uma segunda chance, mas ela certamente responderia que ele usou todas as segundas chances que tinha. Ele podia dizer que a ama, mas ela diria — como vinha dizendo ultimamente, com uma previsibilidade tediosa — que amor não é só uma palavra, é também os atos.

Ela está sentada à mesa, de frente para ele, blindada para o combate que sem dúvida espera, o cabelo afastado severamente da testa e torcido na nuca como um torniquete, os brincos de ouro retilíneos e o colar barulhento reforçando a dureza metálica de seu decreto. O rosto foi arrumado como preparação para esta cena — a boca da cor de sangue seco, sobrancelhas numa tempestade de nuvens escuras — e os braços estão cruzados sobre os seios antes convidativos: não vai entrar aqui, amigo. O pior é que, por baixo da concha em que se fechou, ela é indiferente a ele. Agora que todo tipo de melodrama foi usado pelos dois, ele enfim a entedia. Ela está contando os minutos, esperando que ele vá embora.

Ele se levanta da mesa. Ela podia ter tido a decência de adiar a entrega do mandado até ele ter se vestido e se barbeado: um homem metido em um pijama de cinco dias está em uma desvantagem deplorável.

— Aonde você vai? — diz ela. — Precisamos discutir os detalhes.

Ele fica tentado a sair com algo ferino e petulante: "Para a rua." "Até parece que você se importa!" "Não é mais da porra da sua conta, é?" Mas isso seria um erro tático.

— Podemos fazer isso mais tarde — diz ele. — A merda judicial. Preciso fazer as malas.

Se o lance dela for um blefe, este seria o momento; mas não, ela não o detém. Nem mesmo diz, "Deixa de ser bobo, Sam! Eu não quis dizer que você precisa ir embora neste minuto! Sente-se e tome um café! Ainda somos amigos!"

Porém, ao que parece, eles não são amigos.

— Como quiser — diz ela com um olhar apático.

Então ele é obrigado a cambalear de forma ignominiosa da cozinha em sua roupa de dormir com carneirinhos pulando uma cerca — um presente de aniversário que ela deu dois anos antes, quando ainda achava que ele era uma graça e divertido — e seus chinelos de lã humilhantes.

Ele sabia que isso ia acontecer, mas não pensou que seria tão cedo. Deveria ter ficado mais atento e largado Gwyneth primeiro. Levar a vantagem. Ou isso teria sido uma desvantagem? Do jeito que está agora, o papel da parte prejudicada pode ser dele, por direito. Ele veste a calça jeans e uma camiseta, joga um monte de coisas em uma bolsa de viagem que tem já há algum tempo, parte de um projeto de navegação que nunca concretizou. Pode voltar para pegar o resto das tralhas depois. O quarto dos dois, que logo será só dela — antes tão carregado de eletricidade sexual, depois a cena de um cabo de guerra me--puxa-para-baixo-eu-te-empurro —, já parece um quarto de hotel que ele está prestes a abandonar. Ele ajudou a escolher aquela deselegante cama de imitação vitoriana? Ajudou; no mínimo deu força enquanto o crime era cometido. Mas não o tecido da cortina, não com aquelas rosas estúpidas. Disso ele não tem culpa nenhuma, pelo menos.

Barbeador, meias, cuecas, camisetas, e assim por diante. Ele segue para o quarto de hóspedes que esteve usando como escritório e coloca na bolsa do computador o laptop, o telefone, um bloco, um bololô de carregadores. Alguns documentos aqui e ali, embora não confie em papel. Carteira, cartões de crédito, passaporte: os coloca em bolsos variados.

Como poderia sair da casa sem que ela o visse — ele e sua retirada abjeta? Torcer um lençol, sair pela janela, de rapel pela parede? Ele não está raciocinando com clareza, está meio vesgo de raiva. Para manter o autocontrole, volta ao jogo mental que costuma fazer consigo mesmo: suponha que ele fosse uma vítima de homicídio, a pasta de dentes seria uma pista? *Avalio que este tubo foi espremido pela última vez 24 horas atrás. A vítima, portanto, ainda estava viva nesse período.* E o iPod? *Vejamos o que ele ouvia pouco antes de a faca de cozinha ser enterrada em seu ouvido. A playlist pode ser um código!* Ou suas medonhas abotoaduras com cabeças de leão e as iniciais, um presente de Natal de Gwyneth de dois anos atrás? *Isto não pode ser dele, um homem de gosto tão exemplar. Devem ser do assassino!*

Mas as abotoaduras eram dele. Eram a imagem que Gwyneth tinha dele logo depois de começarem a namorar: o rei dos animais, o predador vigoroso que brincou um pouco com ela, cravou os dentes nela. Segurou-a, contorcendo-se de desejo, com uma pata em seu pescoço.

Por que é que ele acha relaxante imaginar-se deitado em uma mesa de necrotério enquanto uma legista — invariavelmente uma loura gostosa, mas usando um jaleco por cima dos peitos firmes e práticos de médica — sonda seu cadáver com dedos delicados, mas experientes? *Tão jovem, tão bem-dotado!*, ela estaria pensando. *Que desperdício!* Depois, como uma detevizinha abelhuda e atrevida, ela tenta recriar a vida triste que foi arrancada dele, refazer os passos rebeldes que o levaram a se misturar com uma turba sinistra, provocando o seu trágico fim. *Boa sorte, querida*, ele sorri para ela em silêncio de sua cabeça branca e fria: *Sou um enigma, você nunca vai me entender, nunca vai me classificar. Mas faça aquele negócio com a luva de látex só mais uma vez! Ah, isso!*

Em algumas fantasias, ele se senta porque não está morto, afinal. Gritos! Depois: beijos! Em outras versões ele se senta, embora esteja morto. Globos oculares revirados para a testa, porém mãos ávidas estendendo-se para os botões do jaleco da legista. Este é um cenário diferente.

Mais uma camiseta enfiada no topo da bolsa de viagem: pronto, isso deve bastar. Ele fecha a bolsa, pendura no ombro, pega a mochila do computador com a outra mão e desce a escada de dois em dois degraus, como fazia antes. Trocar o carpete gasto dessa escada não é mais uma preocupação de Sam: seja como for, vantagem dele.

No hall, ele tira do armário a parka de inverno, procura as luvas nos bolsos, o cachecol quente, o gorro de pele de cordeiro. Consegue enxergar Gwyneth, ainda na cozinha, os cotovelos na sofisticada mesa com tampo de vidro obtida por ele, mas que agora seria dela, porque ele não tem intenção nenhuma de brigar por isso. Até porque não pagou exatamente por ela: ele a adquiriu.

Ela o ignora diligentemente. Fez um café para si; o cheiro é delicioso. E uma fatia de torrada, pelo visto. Certamente não está perturbada demais para comer. Ele se ressente disso. Como Gwyneth pode mastigar numa hora dessas? Ele não significou nada para ela?

— Quando verei você? — ela pergunta enquanto ele vai até a porta.

— Eu mando uma mensagem de texto — diz ele. — Aproveite.

Seria isso amargo demais? Sim: o rancor é um erro. Não seja um babaca, Sam, ele se diz. Está perdendo a frieza.

É nesse momento que o carro decide não pegar. A porra do Audi. Ele nunca deveria ter aceitado esse lixo de carro de luxo como acordo de pagamento de um sujeito que devia a ele, embora tenha parecido um ótimo negócio na época.

Lá se foi sua saída triunfal. Ele nem mesmo roncou o motor até a esquina, vrum-vrum e bons ventos o levem, o marinheiro chegando ao alto-mar, e quem precisa das mulheres o jogando na água com blocos de cimento em volta dos tornozelos? Um aceno e lá iria ele, navegar para aventuras sempre novas. Ele tenta a ignição de novo. Clic clac, mortinha. Sua respiração vira fumaça no ar gelado, as pontas dos dedos empalidecem, os lóbulos das orelhas ficam dormentes, e ele telefona para o atendimento mecânico de costume para ir até lá dar uma carga na bateria. Só o que consegue é uma gravação: um representante estará em breve com ele, mas alertam que, devido às condições climáticas adversas, o tempo médio de espera é de duas horas, por favor permaneça na linha porque valorizamos verdadeiramente seu problema. Depois vem uma música animada. *Congele as bolas*, diz a letra que não é cantada, *porque graças ao vórtice polar, estamos atolados de trabalho por aqui. Tenha juízo. Compre um aquecedor portátil. Vai tomar no seu cu.*

Então ele se arrasta de volta à casa. Que bom que ainda tem uma chave, embora *Trocar a fechadura, sem dúvida*, seja uma prioridade na lista de Gwyneth. Ela é uma mulher que faz listas.

— Por que você voltou? — diz ela.

Um sorriso envergonhado e cativante: talvez ela possa fazer a gentileza de ver se o próprio carro dá a partida, depois, quem sabe, ela possa fazer uma chupeta para ele? Por assim dizer, ele acrescenta para si em silêncio. Não se importaria de dar uma chupeta em Gwyneth para ver se consegue reconquistá-la, pelo menos por tempo suficiente para faturar a paixão da reconciliação, mas não será desta vez.

— Se não, terei de esperar aqui até que mandem um reboque — diz ele, com o que torce para ser um sorriso despreocupado. — Pode levar horas. Pode levar... posso ficar o dia todo aqui. Você não ia querer isso.

Ela não quer. Ela solta um longo suspiro sofrido — um carro que não pega é mais um item do pergaminho de irresponsabilidades dele, que se desenrola interminavelmente — e começa a se proteger com casaco de inverno, luvas, cachecol e botas. Ele a ouve arregaçar mangas invisíveis: *Vamos resolver isso*. Limpar seus arranhões, tirar a poeira, polir para que ele brilhe como novo — antes, esse tipo de coisa era o passatempo preferido dela. Se existe alguém que poderia consertá-lo, esse alguém é ela.

Mas ela não conseguiu.

Quando eles começaram a namorar, depois de ela ter entrado na loja de Sam à procura de um par para um feio cocker spaniel Staffordshire de porcelana que havia herdado, Gwyneth o achou quase irresistível: arrojado, emocionante, mas divertido, como um personagem coadjuvante de um musical dos anos 1950. Um gângster cômico adorável, mau, mas no fundo confiável. Talvez nenhum homem tenha dado a atenção que ele dera a ela — aquele exame tátil detalhado, como se ela fosse uma xícara de chá valiosa. Ou talvez ela não tenha percebido as cantadas dos homens no passado porque esteve ocupada demais com os pais doentes para dedicar muito tempo aos homens ou permitir que eles dedicassem a ela. Não é que Gwyneth não fosse bonita — ela era, de um jeito de camafeu —, mas parecia não ter ideia do que podia fazer com isso. Teve alguns namorados, é verdade, mas eles foram uns frouxos patéticos, pelo que ele sabia.

Mas, no dia do cocker spaniel de porcelana, ela estava pronta para a ação. Não devia ser tão aberta com homens desconhecidos, isto é, ele. Não devia ter dado tantas informações voluntariamente. Os pais mortos, a herança: o bastante para largar o emprego de professora, começar a curtir a vida. Mas como? Entra Sam, na deixa, conhecedor de Staffordshire e sorrindo para ela com lascívia educada e elogiosa. Ele sabia entreter, um talento de poucos. E ele ficava feliz em compartilhar.

Sam fora relativamente franco com ela; ou melhor, não tinha mentido por inteiro. Dissera que sua renda vinha do antiquário, o que era uma meia verdade. Não falou de onde vinha o resto. Contara que estava nos negócios sozinho — verdade —, mas que tinha um sócio, o que também era verdade. O que ela viu nele foi um homem de ação excitante, um mágico sexual; o que ele viu nela foi uma fachada respeitável por trás da qual ele podia se esconder por algum tempo. Seria bom parar de viver em hotéis ou acampar nos fundos da loja, então era oportuno que ela já fosse dona de uma casa, com um quarto para ele, quando estivesse lá. E à medida que as coisas se acalmavam, ele estava lá cada vez menos. O trabalho envolvia muitas viagens, ele dissera. Para ver antiguidades.

Ele não pode dizer que não desfrutou da conveniência de estar casado com ela, no início. O mimo. O conforto.

Ele não era um completo babaca. Convencera-se a se casar, até acreditou que daria certo. Ele não era mais nenhum jovem, talvez devesse casar e se acomodar. E daí que ela não tivesse uma aparência de gostosona? As gostosonas podiam ser egocêntricas; eram exigentes e volúveis. Gwyneth não era sedutora a ponto de não valorizar o que conseguia. Certa vez, ele se deitou com ela nua na cama e a cobriu com cédulas de cem dólares: inebriante para uma boa garota como Gwyneth, e que afrodisíaco! Mas a falta periódica dessas cédulas, cada vez mais séria, e depois de ela ter descoberto sobre essa falta — na primeira vez, ele teve azar e recorreu a ela em busca de um empréstimo

—, tinha o efeito contrário. Estreitava os olhos, fazia seus mamilos encolherem a passas, secava Gwyneth como a uma ameixa. Justo quando ele podia ter se valido de uma gota de solidariedade e conforto, *bum*! Era trancado na geladeira virtual, apesar dos grandes olhos azuis.

Sam dependeu deles a vida toda, de seus grandes olhos azuis. Olhos redondos e francos. Olhos de vigarista. "Você parece uma boneca", disse uma mulher a respeito dos seus olhos. "E sou igualmente frágil", respondera ele, vitorioso. Encarando aqueles olhos, que mulher teria coragem de não acreditar na desculpa que ele dispusesse diante dela como um cachecol de seda de grife vendido por um camelô?

Mas os grandes olhos azuis dele encolhiam, ele estava convencido disso; ou seria o rosto que estava aumentando? Qualquer que fosse a causa, a proporção entre os olhos e o rosto estava mudando, como aquela entre os ombros e a barriga. Ele ainda pode fazer o lance do olho azul; ainda funciona, na maior parte do tempo; não com os homens, é claro. Os homens sabem quando outros homens estão de papo furado. O truque com as mulheres é olhar fixamente a boca. Um dos truques.

Ele e Gwyneth não tinham filhos, então a espera na fila do divórcio não seria demasiada. Depois de passarem pelas formalidades, Sam ficará perdido de novo. Vagando pelo mundo como um caracol, com a casa nas costas, e talvez seja assim que ele se sinta mais confortável. Vai assoviar uma música alegre. Vai perambular. Terá o próprio cheiro de novo.

O carro de Gwyneth pega sem problema nenhum. Ela desliga o motor, olha-o como uma bovina pela janela, uma testemunha presunçosa das manobras dos dedos congelados dele com os cabos da chupeta, na esperança de ele vir a se eletrocutar. Não tem tanta sorte: ele faz um sinal para ela ligar o motor e a corrente flui do carro dela para o dele. Sam tem mobilidade de novo. Sorrisos tensos são trocados. Ele vai devagar para a rua gelada, acena para ela. Mas ela já deu as costas.

A vaga de estacionamento atrás do prédio está desocupada pela primeira vez na vida. A loja fica na Queen Street West, justo onde a onda da gentrificação bate na praia deserta da degradação. De um lado, cafeterias e clubes noturnos da moda; do outro, casas de penhores e lojas de roupas baratas, a mercadoria amarelando em manequins rachados. *Metrazzle*, proclama o letreiro. Na vitrine está disposto um conjunto de jantar em teca dos anos 1950, complementado por um aparelho de som em madeira cor de mel. O vinil voltou: algum garoto com pais ricos vai achar esse aparelho irresistível.

A Metrazzle ainda não está aberta. Sam passa pelas várias trancas. O sócio já está ali, nos fundos, envolvido na ocupação de sempre, isto é, falsificação de móveis. Não, *aprimoramento* de móveis. O nome dele é Ned, ou ele atende por Ned; o esquema dele, ou um deles, é penoso. Ele é o doutor botox da madeira, só que faz parecer envelhecida, e não mais nova. O ar é salpicado de serragem e fede a stain.

Sam coloca a bolsa de viagem em uma cadeira Eames de aço vintage.

— Está uma merda lá fora — diz ele.

Ned levanta a cabeça do martelo e do formão; está acrescentando umas novas rachaduras falsas.

— E vem mais por aí — diz ele. — Está caindo em Chicago agora. Fecharam o aeroporto.

— Quando vai chegar? — pergunta Sam.

— Mais tarde. — Tap tap, faz o formão.

— Acho que são as mudanças climáticas — diz Sam.

É o que dizem as pessoas, é como costumam falar, *Nós enfurecemos Deus*. E coisas do tipo, não há merda nenhuma que alguém possa fazer a respeito, então por que falar no assunto? Curta enquanto durar. Curta se pode. Mas hoje ele nem tem muita vontade de curtir. O que Gwyneth fez com ele está o afundando, o puxa para baixo. Tem um ponto gelado no meio dele em algum lugar.

— Merda de neve, estou de saco cheio — diz ele.

Tap tap tap. Pausa.

— A patroa te botou pra fora?

— Eu fui embora — diz Sam, com a indiferença que consegue invocar. — Estava me preparando para isso.

— Questão de tempo — diz Ned. — Acontece.

Sam valoriza a aceitação consistente de Ned do que ele deve suspeitar ser uma forte alteração da verdade.

— É — diz ele. — É triste. Ela está mal com tudo isso. Mas vai ficar bem. Não é o caso de ela ficar na rua, ela não vai passar fome.

— É verdade, é verdade — diz Ned.

Ele tem tantas tatuagens nos braços que parece um estofado. Nunca fala muito, cumpriu pena na prisão e concluiu, corretamente, que boca fechada não atrai lâminas. Gosta de seu trabalho e é grato por ele, o que é bom para Sam, porque ele não ia colocar isso em risco fazendo perguntas. Por outro lado, guarda informações que chegam como um extrativista de dados e as vomita com exatidão quando necessário.

Sam arranca dele a notícia de que um cliente passou por ali na véspera, no fim da tarde, ninguém que Ned tivesse visto antes, um homem com uma jaqueta de couro cara. Ele examinou todas as mesas. O engraçado é que saiu na nevasca, mas tem gente que gosta de desafios. Ninguém mais na loja, o que não surpreende. A bela reprodução de mesa Directoire foi o objeto de interesse do sujeito: ele perguntou pelo preço, disse que ia pensar no assunto. Queria que reservasse por dois dias, deixou um depósito de cem dólares. Em espécie, não cartão. No envelope lacrado ao lado da caixa registradora. O nome está dentro.

Ned volta ao formão. Sam vai ao balcão, abre despreocupadamente o envelope. Nele, com o dinheiro — em notas de vinte —, tem uma folha de papel, que ele pega. Não há nada escrito ali além de um endereço e um número. Ele não está enganando Ned, mas eles operam com base em um princípio de negação máxima: pressuponha que tudo está grampeado, é o lema de Sam. Ele olha o número escrito a lápis, que é 56, arquiva no cérebro, amassa o papel, mete no bolso. Na primeira privada que encontrar, vai jogar pela descarga.

— Acho que vou ao leilão — diz ele. — Ver o que posso pegar.

— Boa sorte nessa — diz Ned.

O leilão é de unidades de depósito. Sam comparece a dois ou três destes por semana, como muitos no setor de antiguidades — fazem a ronda pelos depósitos que cercam esta cidade e as vizinhas, localizados em um ou outro centro comercial num descampado. Sam está cadastrado em um servidor de e-mail que manda mensagens automaticamente informando sobre todos os leilões futuros na província, classificados por código postal. Só comparece àqueles a seu alcance, nada mais distante que uma viagem de duas horas de carro. Qualquer coisa mais longe e os retornos já não justificariam o investimento, ou pelo menos não em média. Mas os arrematantes de sorte já ganharam fortunas: quem sabe quando um autêntico mestre da antiguidade pode aparecer, oculto pela poeira e o verniz, ou uma caixa de cartas de amor de uma celebridade morta ao amante secreto, ou um estoque de bijuterias que se revelam joias autênticas? Havia pouco tempo estavam na moda reality shows que alegavam pegar as pessoas no momento em que elas abriam o espaço, depois Bingo!, alguma descoberta espetacular e transformadora, com Oh! e Ah! para todo lado.

Isso nunca aconteceu com Sam. Ainda assim, tem algo de empolgante em vencer um leilão, receber a chave de uma unidade trancada e abrir a porta. Esperando tesouros, já que o lixo que estiver ali dentro deve ter sido considerado tesouro, ou as pessoas não se dariam ao trabalho de guardá-lo.

— Devo voltar lá pelas quatro — diz Sam.

Ele sempre diz a Ned a hora de chegada: faz parte daquele pequeno enredo que ele não consegue deixar de rodar. *Ele disse que voltaria às quatro. Não, ele não parecia aborrecido com nada. Talvez estivesse ansioso. Perguntou sobre um desconhecido que esteve na loja. Jaqueta de couro. Interessado em mesas.*

— Me avisa por mensagem quando for pra mandar o furgão — diz Ned.

— Vamos torcer para que tenha alguma coisa que valha o envio.

As unidades precisam ser esvaziadas em 24 horas, não se pode simplesmente deixar o lixo ali, se você não o quiser. Você ganhou, é dono. Os caras do depósito não anseiam pela despesa de levar o seu lixo recém-comprado até a caçamba.

A história com que Sam e Ned concordam tacitamente é de que Sam pesca algum móvel decente para Ned aprimorar. E ele está pescando isso, por que não estaria? Sam tem esperanças de pontuar mais no quesito mobiliário do que no sortimento de sucatas com que voltou da última vez: um violão quebrado, uma mesa de bridge dobrável só com três pernas, um urso de pelúcia gigantesco de um estande de parque de diversões, um jogo de Crokinole de madeira. O jogo era a única coisa com algum valor: algumas pessoas colecionam jogos antigos.

— Dirija com segurança — diz Ned.

Ele me enviou a mensagem sobre o furgão. Isso foi às 14h36, sei porque olhei o relógio, o art déco bem ali, está vendo? Funciona perfeitamente. Depois, sei lá, ele simplesmente sumiu.

Ele tinha algum inimigo?

Eu só trabalho aqui.

Mas ele disse... é, ele me disse que teve uma briga com a mulher dele. Que se chama Gwyneth. Não a conheço muito bem. No café da manhã, deu o fora nela. Eu sabia que isso ia acontecer. Ela limita o estilo dele, nunca deu espaço suficiente pro cara. É, ciumenta, possessiva, ele me contou. Pensava que o sol brilhava da bunda dele, nada que vinha dele bastava. Se ela algum dia foi... violenta? Não, ele nunca me disse isso. A não ser pela vez em que jogou uma garrafa de vinho nele, mas estava vazia. Só que às vezes elas surtam, essas mulheres. Perdem a cabeça. Piram.

Ele se entretém com o próprio cadáver sendo encontrado. Nu ou vestido? Do lado de dentro ou de fora? Faca ou pistola? Sozinho?

Desta vez o carro pega, o que Sam considera um bom presságio. Ele serpenteia para a via expressa Gardiner, que talvez ainda não tenha caído — não, não caiu, talvez Deus exista mesmo —, depois segue para oeste. O endereço no envelope era de um guarda-móveis em Mississauga, não muito longe. O trânsito está podre. O que tem o inverno que leva as pessoas a dirigirem como se tivessem pés no lugar das mãos?

Ele chega ao local cedo, estaciona o carro, vai até o escritório principal, registra-se. Tudo como sempre. Agora terá de zanzar até o início do leilão. Detesta esses blocos de espaço-tempo morto. Procura mensagens no telefone. Uma coisa ou outra, isso e aquilo. E Gwyneth, que escreveu: *Reunião amanhã? Vamos encerrar isso.* Ele não responde, mas também não deleta. Ela que espere. Ele gostaria de dar um pulo no lado de fora para fumar, mas resiste à tentação, depois de ter parado oficialmente cinco meses atrás pela quarta vez.

Mais dois caras chegam, não é nenhuma multidão. O comparecimento baixo é bom, reduz a concorrência, mantém os lances decentes. Frio demais para os turistas: não existe atmosfera de antiguidades de verão, nenhum reality show de sucesso na TV. Só um bando de gente medíocre, impaciente e agasalhada, parada de mão no bolso, ou olhando os relógios e telefones.

Agora mais dois negociantes, que ele conhece: Sam os cumprimenta com a cabeça, eles respondem da mesma forma. Ele fez negócios com os dois, coisas que arrematou que não cabiam em seu nicho, mas cabiam no deles. Sam não negocia muita coisa vitoriana, é grande demais para apartamentos. Nem muita coisa de guerra, bulboso e marrom demais. Gosta das peças com linhas mais limpas. Mais leves. Menos portentosas.

O leiloeiro chega cinco minutos atrasado com um café para viagem e um saco de donuts, lança um olhar irritado para o comparecimento fraco e liga o microfone portátil — que ele nem precisa, não é um jogo de futebol, mas muito provavelmente faz com que se sinta importante. Hoje são sete unidades de depósito no bloco, sete donos que não se dão ao trabalho de aparecer. Sam dá lances em cinco, vence quatro, deixa o quinto escapar porque é mais plausível assim. Aquele que ele realmente quer é o segundo, o número 56 — era esse o número no envelope, é onde a carga secreta terá sido escondida —, mas ele sempre busca várias unidades.

Depois que o evento acaba propriamente, ele se acerta com o leiloeiro, que lhe entrega as chaves das quatro unidades.

— As coisas precisam sair em 24 horas — diz o homem.

— Limpe tudo, são as regras.

Sam faz que sim com a cabeça; conhece as regras, mas não tem sentido dizer isso. O cara é um babaca, em treinamento para carcereiro, político ou algum outro cargo de ditador autoproclamado. Se não fosse babaca, teria oferecido um donut a Sam — tá na cara que o sujeito não vai comer o saco inteiro, e faria bem a ele perder algum peso —, mas o ato filantrópico não acontece.

Sam atravessa a rua até um shopping próximo, de gola erguida contra o vento crescente, o cachecol até o queixo, compra um café e seu próprio saco de donuts — com cobertura de chocolate — e volta para examinar as aquisições à vontade. Gosta de esperar até que os outros participantes tenham ido embora, não quer ninguém olhando por cima de seu ombro. Deixará o número 56 para o final; a essa altura, todo mundo já terá partido.

A primeira unidade tem uma pilha alta de caixas de papelão. Sam olha algumas por dentro: merda, principalmente livros. Ele não sabe avaliar livros, então vai fazer negócio com um cara que sabe, um especialista em livros. Se houver alguma coisa de valor, Sam leva uma grana. Exemplares autografados às vezes são bons, segundo o cara; por outro lado, às vezes não, se ninguém conhece o autor. Escritores mortos às vezes são bons, mas nem sempre; precisam ser famosos além de mortos. Os livros de arte em geral são bons, dependendo do estado. Muitas vezes são raros.

A unidade seguinte não tem nada além de uma scooter velha, um daqueles triciclos italianos leves. Ela não é útil para Sam, mas será para alguém. Pode ir para desmanche, no mínimo. Ele não se demora. Não tem sentido congelar o saco: essas unidades não têm aquecimento e a temperatura está caindo.

Ele encontra a unidade seguinte, coloca a chave na fechadura. A terceira dá sorte: e se for uma arca do tesouro? Ele ainda consegue ficar empolgado com a possibilidade, embora saiba que é como acreditar na fada dos dentes. Ele rola a porta para cima, acende a luz.

Bem na frente está um vestido de noiva branco com uma saia que parece um sino imenso e mangas grandes e bufantes. É envolto por um saco plástico transparente, como se tivesse acabado de sair da loja. Nem parece ter sido usado. Tem um par de sapatos de cetim brancos que parecem novos, metidos no fundo do saco. Tem luvas com botões até os cotovelos alfinetadas nas mangas. São sinistras: ressaltam a ausência de uma cabeça; mas tem um véu branco, ele agora vê, enrolado nos ombros do vestido como uma estola, com flores artificiais e pérolas falsas presas a ele.

Quem colocaria um vestido de noiva em um guarda-móveis?, pergunta-se Sam. As mulheres não fazem isso. Talvez guardem em um armário, um baú ou coisa assim, mas não em um depósito. Onde Gwyneth guarda o vestido de noiva dela, por falar nisso? Ele não sabe. Mas não é um vestido tão sofisticado como este. Eles não fizeram nada ostentoso, não foi um casamento em uma igreja grande: Gwyneth disse que aquilo era para os pais, e os dela tinham morrido, como os de Sam, ou assim ele dissera a ela. Não fazia sentido deixar a mãe dele encher Gwyneth sobre os altos e baixos engraçados e os altos e baixos não tão engraçados de sua vida anterior, só a confundiria. Ela teria tido de escolher entre duas realidades, a dele e a da mãe, e uma situação dessas era tóxica demais para um clima amoroso.

Então eles só cumpriram a rotina do cartório, depois Sam levou Gwyneth para uma lua de mel dos sonhos nas ilhas Cayman. Entrar no mar, sair do mar, rolar na areia, olhar a lua. Flores na mesa de café da manhã. Pôr do sol, de mãos dadas no bar, enchê-la de frozen daiquiri, era o que Gwyneth gostava de beber. Sexo de manhã, beijá-la de baixo para cima como uma lesma em uma alface, começando pelos dedos dos pés.

Ah, Sam! Isso é tão... nunca pensei que...
É só relaxar. Só isso. Coloque sua mão aqui.

Não foi difícil arcar com tudo. Ele podia pagar na época, as praias, os daiquiris. Tinha grana. A maré do dinheiro tem altos e baixos, como é de sua natureza, mas ele acredita em gastar enquanto se tem. Foi quando cobriu Gwyneth com notas de cem dólares — na lua de mel deles? Não, isso ele fez depois.

Ele empurra de lado a saia do vestido de noiva. É rígida, farfalha, estala. Tem mais coisas de casamento ali: uma mesinha de cabeceira e nela um imenso buquê, amarrado com fita de cetim cor-de-rosa. Principalmente rosas, mas as flores estão secas feito osso. Por outro lado, atrás da saia branca, tem outra mesa de cabeceira igual, com um bolo gigantesco, embaixo de uma daquelas tampas abobadadas que vendem nas padarias. Tem glacê branco, com rosas brancas e cor-de-rosa feitas de açúcar, e uma noivinha e um noivinho no alto. Não foi cortado.

Sam está ficando com uma sensação muito esquisita. Espreme-se pelo vestido. Se o que estiver pensando for o certo, deve haver algum champanhe. Sempre tem champanhe nos casamentos. E lá está, três engradados fechados. É um milagre que não tenham congelado e estourado. Ao lado há várias caixas de flûtes para champanhe, também fechadas: de vidro, não de plástico, de boa qualidade. Algumas caixas com porcelana chinesa branca e uma caixa grande com guardanapos brancos, de pano, não de papel. Alguém guardou todo o casamento aqui. Um baita casamento.

Atrás das caixas de papelão tem alguma bagagem — malas novas, um jogo completo, de cor vermelho-cereja.

E atrás disso, no canto mais distante e mais escuro, está o noivo.

— Merda — diz Sam em voz alta.

Sua respiração sai em uma nuvem branca por causa do frio; que talvez seja o responsável pela ausência de cheiro. Agora que ele nota, na verdade há um leve odor, adocicado — mas pode ser do bolo — e meio parecido com o de meias sujas, com um toque de ração de cachorro que ficou exposta tempo demais.

Sam enrola o cachecol no nariz. Sente uma leve náusea. Isto é loucura. Quem deixou o noivo aqui deve ser uma doida perigosa, alguma fetichista doente. Ele precisa sair agora. Precisa chamar a polícia. Não, não deve fazer isso. Não quer que eles vejam sua última unidade, o número 56 — aquela que ele ainda não abriu.

O noivo veste o uniforme completo: o fraque preto e formal, a camisa branca, a gravata, um cravo embranquecido na lapela. Tem alguma cartola? Não que Sam consiga ver, mas ele imagina que esteja em algum lugar — nas malas, ele aposta —, porque quem fez isso queria o cenário completo.

A não ser pela noiva: não há noiva nenhuma ali.

O rosto do homem está ressecado, como se o cara tivesse secado feito uma múmia. Está encerrado em várias camadas de plástico transparente; sacos para roupas, talvez, como o do vestido. Sim, eles têm zíper: passaram cuidadosamente uma fita adesiva pelas costuras. Ali dentro das camadas transparentes, o noivo tem um ar instável, como se estivesse embaixo d'água. Os olhos estão fechados, e Sam fica agradecido por isso. Como foi que fecharam? Os olhos dos cadáveres não ficam sempre abertos? Cola instantânea? Fita adesiva? Ele tem a estranha sensação de que este homem é familiar, como alguém que ele conhece, mas isso não pode ser verdade.

Sam recua com cautela e sai do depósito, fecha a porta, tranca. Depois fica parado na frente, segurando a chave. Que merda vai fazer agora? Com o noivo seco. Não pode deixar o sujeito ali, trancado na unidade. Ele comprou este casamento, é dele, é o responsável pela remoção. Não pode pedir a Ned para mandar o furgão para isso, a não ser que o próprio Ned dirija — ele pode confiar que Ned não falaria nada. Mas Ned nunca dirige o furgão, eles contratam um serviço de frete.

E supondo que ele peça a Ned para alugar um furgão de outro lugar e dirigir até ali, e supondo que ele espere a chegada de Ned, parado na frente da unidade porque não quer mais ninguém mexendo nisso; supondo que ele fique bem ali, congelando no que logo será o escuro, e depois supondo que eles carreguem todo o casamento no furgão e levem até a loja — supondo tudo isso, e depois? Eles levam o coitado do babaca murcho para um campo em algum lugar e o enterram? Jogam no lago Ontario, andando até a margem de gelo, que pode rachar e eles afundam, sem chances? Mesmo que conseguissem fazer isso, ele certamente ia boiar. *Noivo mumificado intriga investigadores. Circunstâncias suspeitas cercam membro anormal do casamento. Surpresa nupcial: ela se casou com um zumbi.*

Deixar de comunicar um cadáver: não é um crime? Pior, o cara deve ter sido assassinado. Você não se vê envolto em várias camadas de plástico com fita adesiva nos zíperes, vestido em trajes formais e elegantes de casamento sem ter sido assassinado primeiro.

Enquanto Sam analisa as opções, uma mulher alta vira a esquina. Está com um daqueles casacos de pele de carneiro com a lã por dentro, o capuz cobre o cabelo louro. Ela está quase correndo. Agora alcançou Sam. Parece ansiosa, embora tente esconder.

Então, ele pensa. A noiva que faltava.

Ela segura seu braço.

— Com licença — diz. — Você comprou agora o conteúdo desta unidade? No leilão?

Ele sorri para ela, abre bem os grandes olhos azuis. Baixa os olhos à sua boca, sobe de novo. Ela tem mais ou menos a altura dele. Forte o bastante para ter carregado o noivo sozinha para dentro da unidade, mesmo que ainda não estivesse murcho.

— Eu mesmo — diz ele. — Me declaro culpado.

— Mas ainda não abriu?

Aqui está o momento decisivo. Ele pode lhe entregar a chave, dizer *Vi a confusão que você criou, arrume você mesma*. Ele pode dizer *Sim, abri e estou chamando a polícia*. Ele pode dizer, *Dei uma olhada rápida, parece um casamento. O seu?*

— Não — diz ele. — Ainda não. Comprei outras também. Estava a ponto de abrir esta.

— Não importa quanto você pagou, eu pago o dobro — diz ela. — Eu não queria vender, mas houve um engano, o cheque se perdeu na correspondência e eu estava viajando a negócios, não recebi a notificação a tempo. Depois peguei o primeiro avião que consegui, mas fiquei presa em Chicago por seis horas por causa da tempestade. Nevou *tanto*! E depois o trânsito do aeroporto estava horrível! — Ela termina com um risinho de nervoso. Deve ter ensaiado isso: sai dela em uma longa frase, como uma fita de telégrafo.

— Soube da tempestade — diz ele. — Em Chicago. Foi bem feia. Lamento saber que se atrasou. — Ele não responde à proposta financeira. Paira no ar entre ele, como o hálito dos dois.

— Depois a tempestade está vindo para cá — diz ela. — Uma nevasca séria. Elas sempre vão para o leste. Se não quiser ficar preso aqui, precisa pegar a estrada. Vou apressar isso para nós... pagarei em dinheiro.

— Obrigado — diz ele. — Estou pensando. O que tem aí, afinal? Deve ser algo de valor, para ser tão importante para você.

Ele fica curioso para saber o que ela dirá.

— Só coisas da família — diz ela. — Coisas que herdei. Sabe como é, cristais, porcelana, da minha avó. Algumas joias falsas. De valor sentimental. Não vai conseguir vender por grande coisa.

— Coisas de família? — diz ele. — Algum móvel?

— Só móveis pequenos — ela responde. — Não são de qualidade. Móveis velhos. Não é nada que alguém vá querer.

— Mas é com isso que eu negocio — diz ele. — Móveis velhos. Tenho um antiquário. Em geral, as pessoas não sabem o valor do que têm. Antes de aceitar sua proposta, queria dar uma olhada. — Ele baixa os olhos para a boca da mulher de novo.

— Pago o triplo — diz ela. Agora está tremendo. — Está frio demais para olhar esta unidade agora! Por que não saímos daqui antes que caia a tempestade? Podemos beber alguma coisa e, não sei, jantar ou coisa assim? Podemos conversar.

Ela sorri para ele, um sorriso insinuante. Um fio do cabelo caiu em seu rosto, é soprado pela boca; ela o coloca atrás da orelha, devagar, depois baixa os olhos, na direção do cinto dele. Ela está aumentando as apostas.

— Tudo bem — diz ele. — Me parece bom. Você pode me falar mais dos móveis. Mas suponha que eu aceite sua proposta, esta unidade precisa ser desocupada em 24 horas. Ou eles entrarão e farão isso por conta própria, e não vão devolver meu depósito pela limpeza.

— Ah, vou cuidar para que seja esvaziada. — Ela passa a mão no braço dele. — Mas vou precisar da chave.

— Não tem pressa — diz Sam. — Ainda não determinamos o preço.

Ela o olha, agora sem sorrir. Ela sabe que ele sabe.

Sam devia parar de brincar. Devia pegar o dinheiro e dar no pé. Mas está se divertindo tanto. Uma assassina de verdade, dando em cima dele! É tenso, é imprudente, é erótico. Já tem algum tempo que ele não se sente tão vivo. Será que ela vai tentar envenenar sua bebida? Levá-lo para um canto escuro, sacar um canivete, atacar sua jugular? Terá ele rapidez suficiente para segurar a mão dela? Ele quer revelar seu conhecimento em um lugar seguro, cercado de gente. Quer olhar em seu rosto enquanto ela percebe que ele a pegou pelo pescoço, por assim dizer. Quer ouvir a história que ela contará. Ou as histórias: ela deve ter mais de uma. Ele teria.

— Saindo daqui, vire à direita — diz ele. — No próximo sinal, atravesse. Tem um hotel... o Silver Knight. — Ele conhece os bares de hotel próximos de todos os depósitos onde participa de leilões. — Encontrarei você no bar. Pegue uma mesa. Preciso ver minha outra unidade. — Ele quase diz, "Aproveite e reserve um quarto, porque nós dois sabemos do que tudo isso se trata", mas seria apressar as coisas.

— O Silver Knight — diz ela. — Tem um cavaleiro prateado na frente? Cavalgando para o resgate? — Ela tenta dar leveza.

De novo o riso, meio esbaforido. Sam não corresponde. Em vez disso, opta por uma testa franzida e reprovadora. *Não pense que pode me enfeitiçar para sair dessa, moça. Estou aqui para lucrar.*

— Não tem como errar — diz ele.

Ela vai fugir dele? Deixá-lo com o fiasco? Ninguém saberia como localizá-la, a não ser que ela tenha cometido o erro de usar um nome verdadeiro quando alugou a unidade. É um risco deixá-la fora de vista, mas um que ele precisa correr. Ele tem noventa e nove por cento de certeza de que ela estará sentada no bar do Silver Knight quando ele chegar lá.

Ele manda uma mensagem de texto a Ned: *Merda de trânsito. Merda de nevasca. Vamos deixar pra amanhã. Boa noite.* Ele tem o forte impulso de tirar o cartão SIM do telefone e metê-lo no bolso do paletó do noivo seco, mas resiste. Mas vai ficar off-line: não totalmente no escuro, mas no cinza.

Sei lá, seu polícia, vai dizer Ned. *Ele me mandou uma mensagem do depósito. Talvez lá pelas quatro. Na hora ele estava bem. Devia vir para a loja de manhã, depois íamos pegar o furgão e esvaziar as unidades. Depois disso, nada.*

Que cara seco de fraque? Sério? Tá de sacanagem! Sei lá.

Uma coisa de cada vez. Primeiro, ele abre a Unidade 56. Tudo está como deveria, vários móveis, de qualidade boa, o tipo de coisa que pode revender na Metrazzle. Cadeira de balanço, pinho, Quebec. Duas mesas de canto, anos 1950, parecem de mogno, pés palito ebanizados. Entre elas, uma mesa *Arts and Crafts*. Os sacos brancos e lacrados estão nas três gavetas da direita. Na verdade, é perfeito. Máxima negação. Não há uma linha que os rastreie para Sam. *Não sei como isso veio parar aqui! Arrematei a unidade em um leilão, meu lance foi vencedor, poderia ter sido qualquer um. Estou tão surpreso quanto vocês! Não, eu não abri as gavetas antes porque levei de volta à loja, por que abriria? Eu vendo antiguidades, não coisas em gavetas.*

Depois, o destino final compra a mesa, mais provavelmente na segunda-feira, e acabou-se. Ele é só a caixa de correio, é só o entregador.

Ned também não vai abrir as gavetas. Ele tem um senso muito bem desenvolvido de que gavetas devem ficar fechadas.

Sam pode deixar a carga em segurança onde está: ninguém vai se incomodar com esta unidade trancada antes do meio-dia de amanhã. Ele e seu furgão estarão a caminho muito antes disto.

Ele olha o telefone: uma nova mensagem, de Gwyneth. *Eu estava errada, por favor, volte, podemos resolver isso conversando.* Ele tem uma onda de nostalgia: o familiar, o aconchegante, o seguro; o seguro o bastante. É bom saber o que espera por ele. Mas não responde. Precisa deste período de tempo de queda livre em que está prestes a entrar. Qualquer coisa pode acontecer dentro dele.

Quando Sam entra no bar do Silver Knight, ela está lá esperando. Até pegou uma mesa. Ele se anima com a aquiescência imediata. Ela é menor, agora sem o casaco, com o tipo de roupa que uma mulher assim deve vestir: preta, para uma viúva, para uma aranha. Combina bem com o cabelo louro acinzentado. Os olhos são castanhos, os cílios longos.

Ela sorri quando ele se senta de frente para ela, mas não sorri demais: um leve sorriso melancólico. Diante dela há uma taça de vinho branco, praticamente intocada. Ele pede o mesmo. Há uma pausa. Quem vai falar primeiro? Todo o cabelo na nuca de Sam está arrepiado em alerta. Na tela plana no alto da parede atrás da cabeça da mulher, a nevasca rola em silêncio para eles como uma imensa onda de confete.

— Vamos ficar presos aqui — diz ela.

— Bebamos a isso — diz Sam, abrindo os grandes olhos azuis. Ele faz o olhar direto, levanta a taça. O que ela pode fazer além de levantar a dela?

É, é ele mesmo, não há dúvida. Eu estava no bar naquela noite, na noite da nevasca. Ele estava com uma loura gostosa de vestido preto, eles pareciam se entender muito bem, sacou? Não parecia que iam embora. Quer apostar que vão encontrá-la em um monte de neve quando derreter tudo?

— Então, você viu — diz ela.

— É, eu vi — responde Sam. — Quem era ele? O que aconteceu? — Ele torce para que ela não se desmanche em lágrimas: isso o decepcionaria. Mas não, ela se limita a um queixo trêmulo, uma mordida no lábio.

— Foi horrível — diz. — Foi um erro. Não era para ele morrer.

— Mas morreu — diz Sam em uma voz gentil. — Essas coisas acontecem.

— Ah, sim. Acontecem. Não sei como contar, é tão...

— Confie em mim — diz Sam. Ela não confia, mas vai fingir.

— Ele gostava de ser... Clyde gostava de ser asfixiado. Eu nem gostava disso. Mas eu o amava, estava apaixonada, então queria fazer o que ele quisesse.

— Claro. — Sam queria que ela não tivesse dado um nome ao noivo mumificado: *Clyde* é idiota.

Teria preferido que o sujeito ficasse anônimo. É evidente para Sam que ela está mentindo, mas até que ponto? Apesar das próprias mentiras, ele prefere ficar em algum lugar próximo da verdade, se for possível — implica menos a inventar, menos trabalho para se lembrar —, então talvez parte da história seja verdade.

— E — diz ela — então ele estava.

— Então ele estava o quê? — diz Sam.

— Então ele estava morto. Com os espasmos, pensei que só fosse, sabe como é... como ele costumava fazer. Mas foi longe demais. Depois eu não sabia o que fazer. Foi na véspera do nosso casamento, passei meses planejando tudo! Contei a todo mundo que ele me deixou um bilhete, que tinha sumido, tinha fugido de mim, me largado. Fiquei tão chateada! Tudo estava sendo entregue, o vestido, o bolo, tudo isso, e eu, bom, pode parecer estranho, mas eu o vesti, com o cravo na lapela e tudo, ele ficou tão bonito. Depois guardei tudo no depósito. Não estava raciocinando com clareza. Eu estava ansiando tanto pelo casamento; guardar todas as partes dele era como ter o casamento mesmo assim.

— Você mesma o colocou lá? Com o bolo e tudo?

— Sim — diz ela. — Não foi assim tão difícil. Usei um carrinho de carga. Sabe, para deslocar caixas pesadas, móveis e essas coisas.

— Isso foi engenhoso — diz Sam. — Você é uma garota inteligente.

— Obrigada.

— É uma história e tanto — diz Sam. — Não é muita gente que vai acreditar nela.

Ela baixa os olhos para a mesa.

— Eu sei — diz em voz baixa. Depois levanta a cabeça. — Mas você acredita, não é?

— Não sou de acreditar em histórias — diz Sam. — Mas, digamos que acredite nessa, por enquanto.

Talvez ele arranque a verdade dela depois. Ou talvez não.

— Obrigada — ela repete. — Você não vai contar? — O sorriso trêmulo, a mordida no lábio. Ela está carregando a atuação. O que ela realmente fez? Bateu na cabeça dele com uma garrafa de champanhe? Injetou uma overdose nele? Quanto dinheiro estava envolvido, e de que forma? Tinha de ser dinheiro. Ela estava limpando a conta bancária do coitado e ele descobriu?

— Vamos — diz Sam. — O elevador fica à esquerda.

O quarto está às escuras, a não ser pela luz fraca que vem da rua. O barulho do trânsito é abafado, o que tem dele. A neve chegou pra valer; bate suavemente na janela como um exército de camundongos camicase pequenininhos, tentando entrar à força.

Segurá-la nos braços — não, empurrá-la para baixo com os próprios braços — foi a coisa mais eletrizante que ele já fez. Ela zumbe com o perigo, como um fio de alta tensão. Ela é uma tomada exposta; ela é a soma da ignorância dele, de tudo que ele não entende e nunca entenderá. No minuto em que ele soltar uma das mãos dela, poderá morrer. No minuto em que der as costas. Estará ele agora correndo para salvar a própria pele? O hálito forte dela o perseguindo?

— Devíamos ficar juntos — ela está dizendo. — Devíamos ficar juntos para sempre.

Foi isso que ela disse ao outro? A seu duplo triste e mumificado? Ele agarra seu cabelo, morde-a na boca. Ele ainda está à frente, ganhando dela. Mais rápido!

Ninguém sabe onde ele está.

SONHEI COM ZENIA DE DENTES BEM VERMELHOS

— Sonhei com Zenia esta noite – diz Charis.
— Com quem? — pergunta Tony.
— Ah, merda! — diz Roz.

Ouida, a cadela preta e branca de raça misteriosa de Charis, tinha acabado de meter as patas sujas na frente do casaco novo de Roz. O casaco é laranja, talvez não tenha sido a melhor escolha. Charis alega que Ouida tem poderes especiais de percepção e que as manchas das patas são mensagens. O que Ouida está tentando me dizer?, pergunta-se Roz. Você parece uma abóbora?

É outono. As três andam pelas folhas secas na ravina, na caminhada semanal. É um pacto que elas fizeram: mais exercícios para melhorar as taxas de autofagia celular. Roz leu sobre isso em uma das revistas de saúde na sala de espera do dentista: pedaços de suas células devoram os pedaços que estão doentes ou morrendo. Dizem que esse canibalismo intracelular ajuda a pessoa a viver mais.

— Como assim, "merda"? — diz Charis. Com o rosto branco enrugado e comprido e o cabelo branco crespo e comprido, ela parece mais do que nunca uma ovelha. Ou uma cabra angorá, pensa Tony, que prefere o específico ao genérico. Aquele olhar para dentro, ruminante.

— Eu não me referia a seu sonho — diz Roz. — Era a Ouida. Senta, Ouida!

— Ouida gosta de você — diz Charis com carinho.

— Senta, Ouida! — diz Roz com a mesma irritação. Ouida corre para longe dela.

— Ela tem tanta energia! — diz Charis. Era dona de um cachorro só há três meses e cada coisa irritante que a vira-lata fazia era mais do que adorável. Até parecia que tinha dado à luz a cadela.

— Incrível! — diz Tony, que às vezes faz eco a suas alunas.

Agora é uma professora emérita, mas ainda dá aulas em uma matéria de pós-graduação, "Tecnologias Primitivas de Guerra". Havia pouco tempo tinham terminado de estudar as bombas de escorpiões, sempre populares, e agora chegavam aos arcos curtos e compostos de Átila, o Huno, com seus reforços de osso.

— Zenia! I-na-cre-di-tá-vel! Ela saiu de uma sepultura?

Ela espia Charis pelos óculos redondos. Na época dos seus vinte anos, Tony parecia uma fada. Ainda parece, mas uma fada prensada. Mais para o papel.

— Quando foi que ela morreu? — diz Roz. — Perdi a conta. Não é terrível?

— Logo depois de 1989 — diz Tony. — Ou 1990. Quando o Muro de Berlim veio abaixo. Comprei um pedaço.

— Acha que é verdadeiro? — diz Roz. — As pessoas estavam quebrando cimento de tudo na época! É como lascas da Vera Cruz, ou ossos de dedos de santos, ou... ou Rolex falsos.

— É um memento — diz Tony. — Não precisa ser verdadeiro.

— O tempo não é o mesmo nos sonhos — diz Charis, que gosta de ler sobre o que passa pela cabeça quando não está acordada, embora às vezes, segundo pensa Roz, seja difícil saber a diferença. — Nos sonhos, ninguém está morto, na verdade. É o que aquele homem que... ele diz, nos sonhos o tempo é sempre o Agora.

— Isso não é muito reconfortante — diz Tony, que gosta que as coisas fiquem em suas categorias. Canetas em um pote, lápis no outro. Legumes do lado direito do prato, carne do lado esquerdo. Os vivos aqui, os mortos para lá. Osmose demais, oscilação demais, podem dar vertigem.

— Que roupa ela usava? — pergunta Roz.

Zenia se vestia de forma deslumbrante quando era viva. Preferia cores exuberantes, como sépia e ameixa. Tinha glamour, enquanto Roz, quando muito, tinha classe.

— Couro — diz Tony. — Com um chicote de cabo prateado.

— Só uma espécie de mortalha — diz Charis. — Era branca.

— Não consigo vê-la de branco. — Esta é Roz.

— Não usamos uma mortalha — diz Tony. — Na cremação. Escolhemos um dos vestidos dela, lembra? Parecia um vestido de festa. Escuro. — Zenia, de trás para a frente, era Ainez, um nome que parecia espanhol. Sem dúvida havia um elemento espanhol em Zenia: como cantora, ela teria sido contralto.

— Vocês duas tomaram essa decisão — diz Roz. — Eu a teria vestido com um saco. — Ela propusera a ideia do saco, mas Charis defendera vestimentas adequadas: caso contrário, Zenia podia se ressentir e vagar por aí.

— Tudo bem, talvez não tenha sido uma mortalha — diz Charis —, parecia uma camisola. Meio esvoaçante.

— Ela brilhava? — questiona Tony com interesse. — Como ectoplasma?

— E os sapatos? — pergunta Roz.

No passado, os sapatos foram uma parte importante da vida de Roz — sapatos caros com saltos altos —, mas os joanetes e calos impossibilitam o uso deles agora. Mas os calçados para caminhar também podem ser bonitos. Ela podia comprar aquele novo, que separa todos os dedos. Fazem a pessoa parecer um sapo, mas são fabricados para dar conforto.

— Claro, na verdade estava de gaze pintada — diz Tony.
— Enfiam isso no nariz deles.
— Mas de que diabos você está falando? — diz Roz.
— Os pés não eram importantes — diz Charis. — A *questão* era que...
— Acho que ela pingava sangue pelos caninos — diz Tony. Esse seria o tipo de exagero que Zenia cometeria. Lentes de contato vermelhas, silvos, garras, a coisa toda.

Charis devia parar de ver filmes de vampiro à noite. Faz mal; ela é muito impressionável. Tony e Roz pensam assim, então vão à casa de Charis nas noites de vampiro para que ela pelo menos não veja os filmes sozinha. Charis prepara chá de hortelã e pipoca para todas, e elas se sentam no sofá como adolescentes, enchendo a boca de pipoca, dando um punhado ocasional a Ouida. Grudam na tela quando a música fica sinistra, os olhos ficam vermelhos ou amarelos, os dentes caninos crescem e o sangue jorra como molho de pizza em tudo que está à vista. Sempre que os lobos se fazem ouvir, Ouida uiva.

Por que as três desfrutam dessas atividades adolescentes? É algum substituto macabro para o sexo minguado? Na meia-idade, parece que elas jogaram fora toda a maturidade, a experiência e sabedoria que acumularam como milhas aéreas; jogaram fora, em favor de um desperdício de tempo ensopado de adrenalina, mastigando manteiga e sal com queijo. Depois dessas curiosas orgias, Tony passa dias catando fios de cabelo branco nos cardigãs — alguns são pelos de Ouida, alguns fios de Charis. "Teve uma boa noite?", West pergunta, e Tony diz que elas só tiveram uma longa conversa tediosa de mulheres, como sempre. Ela não quer que West se sinta excluído.

As coisas estão saindo do controle: Tony se pega transmitindo esta opinião pelo menos uma vez por dia. O clima enlouquecido. A política cruel e cheia de ódio. A miríade de arranha-céus envidraçados subindo como espelhos tridimensionais ou máquinas de cerco. A coleta de lixo municipal: quem consegue entender todas aquelas lixeiras de cores diferentes? Onde colocar os recipientes de plástico transparente para comida e por que o número pequeno no fundo da embalagem não é um guia confiável?

E os vampiros. Antigamente sabíamos em que pé estávamos com eles — fedorentos, cruéis, mortos-vivos —, mas agora existem vampiros virtuosos e vampiros desonrosos, e vampiros sensuais e vampiros cintilantes, e nenhuma das antigas regras sobre eles vale mais. Antigamente podíamos confiar no alho, no sol nascente e nos crucifixos. Podíamos nos livrar de vampiros de uma vez por todas. Mas não é mais assim.

— Na verdade, não eram bem os caninos — diz Charis. — Embora os dentes dela fossem meio pontudos, pensando bem agora. E rosados. Ouida, pare com isso!

Agora Ouida está correndo em volta e latindo, ficar na ravina sem coleira a deixa elétrica. Ouida gosta de farejar embaixo de troncos caídos e de se esconder atrás de arbustos, se esquivando do momento da recaptura e ocultando o seu — como se chama mesmo? Charis reprova vulgaridades como *merda*. Roz propôs cocô, mas Charis rejeitou, achou infantil demais. Seus produtos do canal alimentar?, sugerira Tony. Não, isso parece intelectual e frio demais, disse Charis. Suas Dádivas para a Terra.

Esconder suas Dádivas para a Terra, então, enquanto Charis hesita atrás dela, segurando um saco plástico descartável (esses sacos quase nunca são usados por Charis porque, em geral, ela não consegue localizar as Dádivas) e chamando fraquinho de tempos em tempos, como está fazendo no momento:

— Ouida! Ouida! Vem! Seja boazinha!

— Então, lá estava ela — diz Tony. — Zenia. Em seu sonho. E o que aconteceu?

— Você vai achar idiotice — diz Charis. — Mas tanto faz. Ela não estava ameaçando nem nada. Na verdade, parecia amistosa. Tinha uma mensagem para mim. O que ela disse foi, Billy está voltando.

— As notícias devem viajar mais devagar no além — diz Tony —, porque Billy já voltou, não é mesmo?

— Não *voltou* exatamente — diz Charis, toda empertigada.

— Quer dizer, nós não... ele só é meu vizinho.

— O que já é perto demais para ser um consolo — diz Roz.

— Simplesmente não entendo por que você resolveu alugar para aquele caloteiro.

Muito tempo atrás, quando eram todas muito mais novas, Zenia tinha roubado um homem de cada uma delas. De Tony, ela roubou West, que pensou melhor — ou esta é a versão oficial de Tony para si mesma — e está enraizado e a salvo na casa de Tony, brincando com seu sistema eletrônico de música e ensurdecendo a cada minuto que passa. De Roz, ela roubou Mitch, não exatamente uma proeza, porque ele nunca conseguiu manter as calças no lugar; mas depois de esvaziar não só seus bolsos como também o que Charis chamava de sua integridade física, Zenia o largou e ele se afogou no lago Ontario. Estava com um colete salva-vidas e fez parecer que foi um acidente de veleiro, mas Roz sabia a verdade.

Agora ela já superou isso, ou o máximo que uma mulher pode superar, e tem um marido muito mais gentil chamado Sam, que trabalha em um banco mercantil e é mais apropriado, com um senso de humor muito melhor. Ainda assim, é uma cicatriz. E magoa as crianças; essa é a parte que ela não consegue perdoar, apesar do psiquiatra que ela procurou numa tentativa de superar tudo. Mas nem existe gradação de perdão a uma pessoa que não está mais viva.

De Charis, Zenia roubou Billy. Esse talvez tenha sido o roubo mais cruel, pensam Tony e Roz, porque Charis era por demais crédula e indefesa, e deixou Zenia entrar em sua vida porque Zenia estava com problemas. Era uma mulher que sofria maus-tratos, tinha câncer e precisava que alguém cuidasse dela, ou essa foi a história que ela contou — uma invencionice desavergonhada em cada detalhe. Charis e Billy moravam na ilha na época, em uma casinha que parecia um chalé. Criavam galinhas. Billy construiu o galinheiro ele mesmo; sendo um trapaceiro, ele não tinha exatamente um emprego fixo.

Não havia tanto espaço assim no chalé para Zenia, mas Charis abriu espaço, foi hospitaleira e queria compartilhar, como faziam as pessoas na ilha daqueles tempos, e também nas comunidades de trapaceiros. Tinha uma macieira; Charis fazia tortas de maçã e também assava outros pratos, com os ovos. Ela era tão feliz, e ainda estava grávida. E antes que se desse conta, Billy e Zenia tinham ido embora juntos e todas as galinhas esta-

vam mortas. Eles cortaram o pescoço delas com a faca de pão. Foi uma maldade muito grande.
Por que Zenia fez isso? Tudo isso? Por que gatos comem passarinhos?, foi a resposta nada útil de Roz. Tony achava que era um exercício de poder. Charis estava certa de existir um motivo, incorporado em algum lugar nos mecanismos do universo, mas não sabia o que poderia ser.
Roz e Tony acabaram cada uma com um homem em casa, apesar dos melhores esforços de destruição de Zenia, mas Charis, não. Foi por isso que ela nunca chegou a encontrar um desfecho, era a teoria de Roz. Não conseguiu encontrar ninguém tão avoado, era a de Tony. Mas, menos de um mês atrás, quem apareceu senão aquele picareta há muito perdido do Billy, e o que Charis fez senão alugar a ele a outra metade do sobrado? É o suficiente para dar vontade de arrancar os cabelos pelas raízes mínimas e grisalhas, pensa Roz, que ainda cuida do dela no salão de duas em duas semanas. Uma bela cor de nogueira, não muito berrante. A pele pode parecer pálida se você exagerar na cor.

O sobrado de Charis é outra história. Primos distantes nunca deveriam morrer, pensa Tony; ou, se morressem, nunca deveriam deixar seu dinheiro para tolas boazinhas como Charis.
Porque agora que Charis não é mais uma ex-hippie amadora na criação de galinhas, vivendo de pão dormido e ração para gatos e Deus sabe o que mais em um chalé de verão com isolamento térmico ruim na ilha, enfrentando uma velhice cada vez mais empobrecida e talvez hipotérmica, lutando com uma burocrata de Ottawa em forma de filha que tenta fazê-la se mudar para uma instituição; porque Charis não é mais uma loura boni-

tinha em treinamento, mas vale uma boa grana, Billy voltou para sua vida como que teletransportado.

A prima distante nem deixou uma fortuna régia, só o suficiente para que Charis pudesse sair da ilha. Estava ficando sofisticada demais para ela, disse Charis, com as reurbanizações e uma gente esnobe se mudando para lá, e ela não se sentia mais realmente aceita no lugar. O bastante para evitar o destino na instituição e o pão dormido. O bastante para comprar uma casa.

Charis podia ter escolhido uma casa térrea, mas talvez perdesse o controle das coisas de vez em quando — era como a própria Charis colocava, levando Tony a dizer "Não brinca!" privadamente a Roz por telefone —, e o conceito era que ela moraria em uma metade do sobrado e alugaria a outra a alguém que fosse, bem, melhor com as ferramentas do que ela, e cobraria um aluguel mais baixo dessa pessoa em troca da manutenção e dos reparos. O escambo de habilidades era muito menos mercenário do que cobrar o valor de mercado do aluguel, Roz e Tony não concordavam?

Elas não concordavam, mas Charis tinha deixado seus conselhos de lado e colocou um anúncio no Craigslist, com (Tony pensa) talvez uma descrição um tanto excessiva de si e seus gostos, todos os quais (Roz pensa) totalizando um convite aberto a um cretino inescrupuloso como Billy. E, *presto*, de repente lá estava ele.

Ouida não gostava de Billy. Rosnava para ele. O que servia de algum conforto, porque agora Charis dava mais atenção às opiniões de Ouida do que às de qualquer outro, inclusive as das duas amigas mais antigas.

Foram Tony e Roz que deram Ouida a Charis. Agora que Charis está morando em Parkdale — um local que se gentrificava rapidamente, diz Roz, que fica de olho nos preços de imóveis. Charis se dará bem no longo prazo, mas a gentrificação está longe de se completar e nunca se sabe o que se pode encontrar na rua, sem falar nos traficantes de drogas. Além disso, diz Tony, Charis é tão inocente; ela não tem instinto para identificar emboscadas. E ela não gosta de dirigir; prefere vagar a pé pelos lugares mais silvestres da cidade, ravinas e High Park e tal, comunicando-se com os espíritos das plantas. Ou é a porcaria que ela pensa fazer, diz Roz, e vamos torcer para ela não decidir que a Fada da Hera Venenosa é sua nova grande amiga.

Nenhuma delas quer ler sobre Charis nos jornais. "Idosa assaltada embaixo da ponte." "Excêntrica inofensiva encontrada espancada." Um cachorro é uma proteção e Ouida é mestiça de terrier, talvez com alguma coisa de border collie, uma cadela esperta, elas concluíram enquanto preenchiam a papelada do abrigo de cães. E com algum adestramento...

Bom, disse Tony depois de Ouida estar instalada há um mês. O plano tinha um elo fraco: Charis não seria capaz de adestrar nem uma banana.

— Mas Ouida é fiel — disse Roz. — Eu apostaria em Ouida numa situação de aperto. Ela sabe rosnar.

— Ela rosna para mosquitos — disse Tony num tom sombrio. Como historiadora, ela não tem fé nos chamados resultados previsíveis.

Ouida recebeu seu nome de uma romancista autorreferente do século XIX; era uma amante dedicada dos cães, então que nome melhor para o novo bicho de estimação de Charis?, disse Tony, que deu o nome. Roz e Tony suspeitavam de que Charis às vezes pensasse que Ouida, a cadela, na verdade fosse realmente

Ouida a romancista autorreferente, porque Charis acredita em reciclagem, não só de garrafas e plásticos, mas também de entidades paranormais. Certa vez ela disse, na defensiva, que o primeiro-ministro Mackenzie King se convencera de que a mãe morta tinha reencarnado em seu terrier irlandês, e na época ninguém achou isso estranho. Tony se conteve e não comentou que ninguém acharia estranho na época porque ninguém soube na época. Mas acharam muito estranho depois.

Depois de chegar em casa da caminhada das três, Roz liga para Tony pelo celular.

— O que vamos fazer? — pergunta.

— A respeito de Zenia?

— De Billy. O homem é um psicopata. Ele assassinou todas aquelas galinhas!

— Matar galinhas é um serviço de utilidade pública — diz Tony. — Alguém precisa fazer isso ou seremos soterrados por elas.

— Tony. É sério.

— O que podemos fazer? — diz Tony. — Ela não é menor de idade, não somos a mãe dela. Ela já está ficando com aquela cara de bobalhona aluada.

— Talvez eu contrate um detetive. Para saber da ficha de Billy. Antes que ele a enterre no jardim.

— Aquela casa não tem jardim — diz Tony. — Só um pátio. Ele teria que usar o porão. Vigie a loja de material de construção, para ver se ele compra algumas picaretas.

— Charis é nossa amiga! — diz Roz. — Não faça piada com isso!

— Eu sei — diz Tony. — Desculpe. Só faço piadas quando não sei o que fazer.

— Eu também não sei o que fazer.

— Reze para Ouida — diz Tony. — Ela é nossa última linha de defesa.

As caminhadas costumeiras aconteciam aos sábados, mas aquilo era uma crise, então Roz marca um almoço para quarta-feira. As três estavam acostumadas a comer na Toxique, desde os tempos de Zenia. A Queen Street West agora é mais descolada: mais cabelos verdes, mais couro preto, mais lojas de quadrinhos. Agora as cadeias de lojas de roupas de classe média se mudaram para lá, embora ainda existam alguns estúdios de tatuagem e lojinhas residuais, e a sex shop Condom Shack persiste. Mas o Toxique já se foi há muito tempo. Roz se conforma com o Queen Mother Café. Um lugar meio velho e caído, mas confortável, como as três amigas.

Ou como as três costumavam ser. Hoje, porém, Charis está pouco à vontade. Fica remexendo no pad thai vegetariano e olhando pela janela, onde Ouida espera com impaciência, amarrada a um bicicletário.

— Quando será a próxima noite de vampiro? — pergunta Roz.

Ela acaba de vir do dentista e tem dificuldades para comer devido à anestesia. Os dentes vão seguir o rumo dos saltos altos, e pelos mesmos motivos: esfarelando-se doloridos. E o preço! É como despejar dinheiro em sua boca aberta. A vantagem é que a odontologia hoje é muito mais agradável do que no passado. Em lugar de se contorcer e xingar, Roz coloca os óculos escuros e fones de ouvido e escuta música New Age, levada por uma onda de sedativos e analgésicos.

— Bom — diz Charis —, o caso é que a noite de vampiro foi ontem. — Ela parece se sentir culpada.

— E você não contou para a gente? — diz Tony. — Nós teríamos ido. Aposto que você teve pesadelos com Zenia.

— Isso foi na noite anterior — diz Charis. — Zenia apareceu e se sentou na beira da minha cama e me disse para ter cuidado com uma pessoa... não sei qual o nome. Parecia uma mulher. Um nome marciano, sabe, começava com Y. Dessa vez, ela vestia peles.

— Que tipo de peles? — quer saber Tony. Está imaginando de carcaju.

— Não sei — responde Charis. — Era preta e branca.

— Credo — diz Roz. — E depois você viu um filme de vampiro sozinha! Isso foi uma irresponsabilidade!

— Eu não — diz Charis, e agora ela fica rosada — vi sozinha.

— Ah, merda — diz Roz. — Não o Billy!

— Vocês transaram? — pergunta Tony. É uma pergunta invasiva, mas ela e Roz precisam saber exatamente em que pé está o inimigo.

— Não! — diz Charis, agitada. — Foi só um programa de amigos! Nós conversamos! E agora me sinto muito melhor, porque como se pode perdoar uma pessoa se ela não está lá?

— Ele colocou o braço em volta de você? — diz Roz, sentindo-se a própria mãe. Não, a avó.

Charis se esquiva dessa.

— Billy acha que devemos abrir uma pousada urbana — diz ela. — Como investimento. Elas têm futuro. Em metade do sobrado. Ele faria as reformas, depois eu entraria com o dinheiro.

— E ele estaria encarregado do dinheiro, não é? — diz Roz.

— O nome que Zenia te disse. Não seria por acaso Yllib? — diz Tony. Zenia sempre foi boa em códigos, enigmas e reflexões.

— Confie em mim: esqueça isso! — diz Roz. — Billy é um sumidouro. Vai te limpar e te deixar lisa.

— O que Ouida tem a dizer a respeito dele? — pergunta Tony.

— Ouida é meio ciumenta, tenho de admitir — diz Charis. — Eu tive de... tive de sequestrá-la. — Agora ela está definitivamente vermelha.

— Trancou Ouida no armário, é o que acho — diz Tony a Roz por telefone.

— Isso é horrível — diz Roz.

Elas elaboram um sistema de telefonemas: Charis receberá duas ligações por dia, uma de cada uma delas, para monitorar a situação. Mas Charis para de atender ao telefone.

Passam-se três dias. Então Tony recebe uma mensagem de texto: *Preciso conversar. Venham por favor. Desculpe.* É de Charis.

Tony busca Roz, ou melhor, Roz busca Tony, em seu Prius. Quando elas chegam à casa, Charis está sentada à mesa da cozinha. Esteve chorando. Mas, pelo menos, ainda está viva.

— Que houve, querida? — diz Roz. Não existem sinais de violência; talvez aquele imbecil do Billy tenha embolsado as economias da vida de Charis.

Tony olha para Ouida. Está sentada ao lado de Charis, com as orelhas em pé, a língua de fora. Tem alguma coisa no pelo de seu peito. Molho de pizza?

— Billy está no hospital — diz Charis. — Ouida o mordeu. — Ela começa a fungar.

Boa cadelinha, Ouida, pensa Tony.

— Vou fazer um chá de hortelã para nós — diz Roz. — Por que Ouida...?

— Bom, nós íamos, sabe... no quarto. E Ouida ficou latindo, então tive que trancá-la no armário do hall de cima. E então, pouco antes de... eu simplesmente tinha de saber, então disse, "Billy, quem matou minhas galinhas?" Porque, naquela época, Zenia me disse que foi Billy que fez isso, mas eu nunca soube no que acreditar, porque Zenia era uma tremenda mentirosa e eu simplesmente não conseguia... com alguém que tinha feito aquilo. E Billy falou, "Foi Zenia, ela cortou a garganta delas, eu tentei impedi-la". Então Ouida começa a latir alto de verdade, como se alguma coisa a estivesse machucando, e tive de ver qual era o problema, e quando abri a porta do armário ela disparou para fora, pulou na cama e mordeu Billy. Ele gritou muito, tinha sangue nos lençóis, foi...

— Dá para tirar a mancha com água gelada — diz Roz.

— Na perna? — pergunta Tony.

— Não exatamente — diz Charis. — Ele estava sem roupa nenhuma, senão tenho certeza de que Ouida não teria... mas estão operando Billy. Eu me sinto mal com isso. Disse a eles no hospital, depois que o levaram para a emergência... disse que fui eu que o mordi, era uma coisa sexual de que Billy gostava e foi longe demais. Eles foram muito gentis, disseram que essas coisas acontecem. Detestei mentir, mas eles podiam, sabe, levar Ouida daqui. Foi muito estressante! Mas pelo menos agora eu sei a resposta.

— Que resposta? — pergunta Roz. — Resposta a quê?

Charis diz que está tudo muito claro: Zenia tinha voltado nos sonhos para avisá-la sobre Billy, que era o assassino das galinhas o tempo todo. Mas Charis foi idiota demais para entender — queria acreditar no melhor de Billy, e foi tão bom no começo que ele tivesse voltado a sua vida, era como o término de um círculo ou coisa assim, então Zenia teve de dar o passo seguinte e reencarnar no corpo de Ouida —, por isso ela estava usando peles no segundo sonho, e naturalmente ficou irritada quando ouviu Billy colocar nela a culpa por algo que ela não fez.

Na verdade, diz Charis, talvez as intenções de Zenia tenham sido boas o tempo todo. Talvez ela tenha roubado Billy para proteger Charis de uma maçã podre como ele. Talvez tenha roubado West para dar uma lição de vida a Tony sobre, bom, apreciação de música ou coisa assim, e talvez tenha roubado Mitch para abrir caminho para um marido muito melhor para Roz, o Sam. Talvez Zenia fosse como o alter ego secreto de cada uma delas, fazendo coisas que elas não teriam condições de fazer sozinhas. Quando se via por este ângulo...

E foi assim que Tony e Roz concordaram em ver a questão, pelo menos quando estavam com Charis, porque Charis ficava mais feliz desse jeito. Exigiu certo esforço fingir que uma cadela preta e branca de porte médio que limpa as patas em seu casaco e faz cocô atrás de troncos era Zenia, mas elas não precisavam fingir o tempo todo: Zenia ia e vinha, imprevisível como sempre, e só Charis sabia quando Zenia estava presente dentro de Ouida e quando não estava.

Billy soltou ruídos ameaçadores falando em processar Charis pelos ferimentos, mas Roz acabou com isso: ela o vence no tribunal quando quiser, Roz disse a ele. Graças a uma extensa pesquisa feita pelo detetive contratado, ela tem todos os detalhes de sua carreira depenando senhoras, em esquemas de pirâmide e roubo de identidade. E se ele acha que pode usar Ouida como arma para chantagem, deve repensar, porque é a palavra dele contra a de Charis, e em quem você acha que um júri vai acreditar?

Então Billy foi para outro lugar, para nunca mais ser visto, e agora um jovial encanador aposentado mora na outra metade do sobrado de Charis. É viúvo, e Roz e Tony têm esperanças nele. Está reformando o banheiro, o que é um começo. Ouida o aprova e tenta se espremer embaixo da pia quando ele está ali com a chave inglesa, o lambe sempre que pode e flerta com ele sem a menor vergonha na cara.

A MÃO DO MORTO TE AMA

....

A mão do morto te ama começou como uma brincadeira. Ou foi mais como um desafio. Ele devia ter sido mais cuidadoso, mas o fato era que ele estava fumando maconha demais e bebendo o que havia de mais vagabundo naquela época, então não foi inteiramente responsável. Não devia ser considerado responsável. Não devia ficar preso às cláusulas da merda do contrato. Era suas algemas nos tornozelos: o contrato. Ele jamais vai se livrar do contrato porque não tem nenhuma data de vigência. Devia ter incluído uma cláusula de validade, como nas caixas de leite, nos potes de iogurte, nos vidros de maionese; mas o que sabia sobre contratos na época? Ele tinha 22 anos.

Precisava do dinheiro.

E era tão pouco dinheiro. Foi um péssimo acordo. Ele foi explorado. Como os três podem ter tirado proveito dele desse jeito? Mas eles se recusam a admitir a injustiça. Só citam a porra do contrato, com aquelas assinaturas inegáveis, inclusive a dele, então ele tem de aguentar e abrir a carteira. No início ele resistiu a pagar, até que Irena contratou um advogado; agora os três tinham advogados como os cães têm pulgas. Irena deveria dar um desconto a ele, em vista da intimidade que os dois tiveram no passado, mas não, Irena tem um coração de asfalto,

mais duro, mais seco e esturricado pelo sol a cada ano que passa.
O dinheiro a estragou.

O dinheiro *dele*, uma vez que foi graças a ele que Irena e os outros dois enriqueceram o suficiente para pagar pelos advogados. E advogados de alto quilate, tão bons quanto os dele; mas ele não quer entrar em uma competição de rosnados, mordidas e rasgos entre advogados. O cliente sempre é o café da manhã da hiena: arrancam pedaços seus, mordiscam como um bando de furões, de ratos, de piranhas, até você ser reduzido a um trapo, um tendão, a unha de um dedo do pé.

Então ele teve de pagar, uma década depois da outra; porque, como eles apontaram corretamente, ele não teria chance nenhuma em um tribunal. Ele assinou aquele contrato dos infernos. Assinou com sangue vermelho e quente.

Na época do contrato, os quatro eram estudantes. Não eram exatamente paupérrimos ou não teriam conseguido a chamada educação de nível superior, estariam tirando gelo das ruas ou ateando fogo a hambúrgueres em troca de um salário mínimo, ou fazendo programa na noite em espeluncas que fediam a vômito, pelo menos Irena faria isso. Embora não fossem paupérrimos, não tinham muito dinheiro sobrando. Sobreviviam dos ganhos de trabalhos de verão e empréstimos relutantes de parentes e, no caso de Irena, uma bolsa de estudos sovina.

Eles se conheceram em uma cervejaria barata, um grupo dado a piadas sarcásticas, lamúrias e fanfarronice — não Irena, claro, que nunca fazia essas coisas. Mais parecia uma mãe exemplar, pagando a conta quando os outros estavam bêbados demais para lembrar onde tinham colocado os trocados ou duros demais para ter algum, mas ela não deixava de cobrar o dinheiro depois. Os quatro descobriram uma necessidade em comum de gastar menos em acomodações, então alugaram uma casa juntos, bem perto da universidade.

Era o início dos anos 1960, uma época em que era possível ser estudante e alugar uma casa naquele bairro, mesmo que fosse uma casa vitoriana geminada de tijolinhos, estreita, de telhado pontudo, com três andares, sufocante no verão, gelada no inverno, arruinada, fedendo a mijo, com o papel de parede descascando, o piso torto, radiador barulhento, infestada de roedores e crivada de baratas. Isso foi antes de essas casas se transformarem em Prédios Históricos restaurados, valendo um braço e um rim, com placas afixadas por idiotas sem nada melhor a fazer além de andar por aí pregando placas em imóveis pretensiosos e caros demais.

O prédio dele — o prédio em que o malfadado contrato foi assinado — também tem uma placa, que diz — surpresa!

— que ele morou ali no passado. Ele sabe que morou ali no passado, não precisa ser lembrado. Não precisa ler o próprio nome, *Jack Dace, 1963-64*, como se tivesse vivido a porra de um ano só, com letras miúdas abaixo que dizem, Neste prédio foi escrito o Clássico Internacional do Terror, A MÃO DO MORTO TE AMA.

Não sou um palerma! Sei de tudo isso!, ele quer gritar para a placa oval e esmaltada em azul e branco. Devia se esquecer, devia se esquecer de todo o episódio o máximo possível, mas não consegue, porque está acorrentado a sua perna. Ele não consegue deixar de espiar sempre que está na cidade atrás de algum festival de cinema, literatura, quadrinhos, monstros ou outra coisa. Por um lado, é um lembrete de sua idiotice ao assinar o contrato; por outro, é pateticamente satisfatório ler aquelas três palavras: *Clássico Internacional do Terror*. Ele é obcecado por ela, aquela placa. Apesar de tudo, é um tributo a sua maior realização na vida. Tal como é.

Talvez venha a ser isso que estará escrito em sua lápide: A MÃO DO MORTO TE AMA, CLÁSSICO INTERNACIONAL DO TERROR. Talvez as fãs adolescentes núbeis, com maquiagem gótica nos olhos e suturas tatuadas no pescoço, como a criatura de Frankenstein, e linhas pontilhadas cercando os pulsos com instruções CORTE AQUI, visitarão sua sepultura e lhe deixarão tributos de rosas murchas e ossos de frango embranquecidos. Elas já mandam coisas assim e ele nem morreu ainda.

Às vezes elas espreitam os eventos a que ele comparece — mesas-redondas em que esperam que ele fale sobre o valor inerente de "gêneros" ou retrospectivas dos vários filmes resultantes de sua obra magna — vestidas com mortalhas esfarrapadas, o rosto pintado de um verde nauseante, carregando envelopes que contêm fotos delas mesmas nuas, e/ou com cordas pretas no pescoço e a língua de fora, e/ou saquinhos com tufos de seus pelos pubianos e ofertas de boquetes espetaculares a serem realizados por elas mesmas usando dentes de vampiro — arrojado isso, e ele nunca aceitou um desses boquetes. Mas não resistiu a outros agrados. Como poderia?

Mas é sempre um risco, um risco para seu ego. E se ele falhar na cama, ou melhor — porque essas meninas gostam de um estimulante com desconforto moderado —, no chão, contra uma parede, ou em uma cadeira com cordas e nós? E se elas disserem "Pensei que você seria diferente" enquanto ajeitam a calcinha de couro, vestem as meias arrastão e corrigem as feridas purulentas coladas diante do espelho do banheiro? Sabe-se que isso acontece, mais frequentemente à medida que a idade o atrofia e o hábito envelhece.

"Você estragou minha ferida" — elas até disseram coisas assim. Pior, disseram essas coisas a sério, sem ironia. Fazendo beicinho. Acusatórias. Desdenhosas. Então, é melhor guardar distância dessas garotas, deixar que venerem seus decadentes poderes satânicos de longe. De todo modo, essas meninas estão ficando cada vez mais novas, então é difícil conversar com elas nos momentos em que esperam que ele fale. Na maior parte do tempo ele não faz ideia do que vai sair da boca das garotas, quando não for a língua. Elas têm todo um novo vocabulário. Em alguns dias, ele pensa que esteve enterrado por cem anos.

Quem poderia ter previsto para ele essa estranha forma de sucesso? Quando todo mundo que o conhecia o achava um traste, inclusive ele. *A mão do morto te ama* deve ter sido pura inspiração, de alguma musa cafona, de coração partido, pulguenta; porque ele escreveu esse livro direto, sem nenhuma das paradas, nenhum dos recomeços e dos rabiscos habituais, as páginas amassadas, os arremessos ao cesto de lixo, as crises de letargia e desespero que costumavam impedir que terminasse alguma coisa. Ele se sentou e datilografou, oito ou nove páginas por dia, na velha Remington que tinha comprado em uma casa de penhores. Que estranho se lembrar de máquinas de escrever, com teclas emperradas, fitas torcidas e o papel-carbono manchando as cópias. Ele levou talvez umas três semanas. Um mês, no máximo.

É claro que ele não sabia que viria a ser um Clássico Internacional do Terror. Não tinha descido dois lances de escada só de cueca e gritado na cozinha, "Acabo de escrever um Clássico Internacional do Terror!" E, se tivesse feito isso, os outros três teriam se limitado a rir, sentados à mesa de fórmica, tomando seu café instantâneo e comendo os cozidos decorados que Irena costumava preparar para eles, usando muito arroz, macarrão, cebola e latas de atum e de sopa de cogumelo, porque esses ingredientes eram baratos e nutritivos. Irena era ótima em *nutrição*. Valorize cada centavo, esse era o lance dela.

Os quatro depositavam o dinheiro semanal para a comida na vaquinha do jantar, um pote de vidro no formato de um porco, mas Irena contribuía cada vez menos porque era ela quem cozinhava. A culinária, as compras, o pagamento das contas de consumo da casa, como luz e aquecimento — Irena gostava de fazer tudo isso. Antigamente, as mulheres gostavam desses papéis e os homens gostavam dessa parte também. Ele mesmo desfrutara de ouvir os sermões, que devia comer mais, não dava para negar. Pelo acordo, os outros três, inclusive ele, deviam lavar a louça, embora ele não pudesse dizer que isso acontecesse com regularidade, ou não no caso dele.

Para cozinhar, Irena vestia um avental. Tinha o aplique de uma torta, e ele tinha de admitir que ela ficava bem naquele avental, em parte porque era amarrado na cintura, assim era possível ver que Irena tinha cintura. A cintura costumava se ocultar em camadas de roupas grossas de tricô ou lã que ela usava para se manter aquecida. Roupas cinza-escuro, roupas pretas, como de uma freira laica.

Ter cintura significava que ela também tinha um traseiro e uns peitos visíveis, e Jack não conseguia deixar de imaginar como seria Irena sem nenhuma daquelas roupas pesadas e ásperas nem o avental. E com o cabelo solto, o cabelo louro que ela mantinha enrolado na nuca. Ela parecia deleitável e atenciosa, roliça e submissa; passivamente acolhedora, como uma garrafa de água recém-aquecida, coberta de veludo cor-de-rosa. Irena podia tê-lo enganado e enganou: ele achava que ela teria um coração mole, um coração de travesseiro de penas. Ele a idealizava. Que imbecil.

De todo modo, se ele entrasse na cozinha que cheirava a macarrão com atum e dissesse que tinha acabado de escrever um Clássico Internacional do Terror, os três só teriam rido, porque não o levavam a sério na época e não o levam a sério agora.

Jack morava no último andar. O sótão. Era o pior lugar. Fervia no verão, congelava no inverno. Os vapores subiam até lá: vapores da cozinha, vapores de meias sujas nos andares abaixo, fedores do banheiro — todos os bafos flutuavam para o sótão. Não havia nada que pudesse fazer em retaliação ao calor, ao frio e aos cheiros, exceto bater o pé no chão; mas isso só incomodava Irena, que ficava bem abaixo, e ele não queria irritá-la porque queria se enfiar na calcinha dela.

Era preta, como ele teve a breve oportunidade de descobrir. Na época ele achava calcinha preta sexy, sexy de um jeito vulgar, como nas revistas policiais sujas e baratas. Ele não estava familiarizado com as cores de calcinhas da vida real, tirando o rosa e o branco, aquelas que as namoradas no colegial usavam, apesar de nem conseguir dar uma boa olhada nas calcinhas no escuro frustrante de carros estacionados. Agora percebia que a escolha do preto por Irena não era para provocar, mas pragmática: o preto que ela usava era um preto barato, desprovido de renda ou qualquer característica que incitasse a vontade de tirá-la, e tinha sido escolhido não para exibir o corpo, mas para esconder a sujeira e economizar nas lavagens.

Fazer sexo com Irena era como fazer sexo com uma chapa de waffle, ele costumava brincar consigo mesmo posteriormente, mas isso foi depois que as consequências distorceram seu olhar retrospectivo e revestiram Irena de metal.

Irena não era a única no segundo andar. Jaffrey também morava ali, motivo de ciúmes inquietantes para Jack: com que facilidade Jaffrey andava pelo corredor com suas meias de lã fedidas até a porta de Irena, babando de desejo doentio, sem ser visto, sem ser ouvido, quando o próprio Jack estava morto para o mundo no cubículo do sótão. Mas o quarto de Jaffrey ficava acima da cozinha anexa revestida de alcatrão, com isolamento insuficiente e subcutaneamente encardida, que se projetava dos fundos da casa, assim não havia teto sobre a cabeça de Jaffrey em que alguém pudesse bater o pé.

Rod, da mesma forma, estava fora do alcance das batidas, e Jack também suspeitava que ele tinha ideias de trepar com Irena. O quarto dele ficava no térreo, no que originalmente tinha sido a sala de jantar. Eles taparam as portas duplas de painéis de vidro fosco que levavam ao que era a sala de visitas e agora era uma espécie de antro de ópio, embora não tivessem ópio nenhum, só algumas almofadas marrons antiquadas, um carpete marrom cor de vômito de cachorro, com batatas fritas e fragmentos de amendoim grudados, e uma espreguiçadeira quebrada que fedia ao enjoativo e doce Old Sailor Port, o vinho preferido, bebido ironicamente por estudantes de filosofia porque não custava quase nada.

Era nessa sala de visitas que eles se reuniam e faziam as festas, mas nem era grande o bastante para isso, então as festas se derramavam para o corredor estreito, subiam a escada e entravam pela cozinha, os convidados se autossegregando entre quem bebia e quem fumava maconha — os maconheiros não eram hippies porque isso ainda não tinha acontecido, mas um vestígio de coisas por vir, um grupo sarnento, constrangido e quase beatnik que andava com músicos de jazz e gostava de seu jeito marginalmente progressista. Nessa época, ele, Jack Dace, agora merecedor de uma placa e reverenciado autor de um Clássico Internacional do Terror, ficava feliz que seu quarto fosse o do último andar da casa, separado da turba e da fedentina de álcool, cigarro e maconha, e às vezes de vômito, porque as pessoas não sabiam quando parar.

Com um quarto só dele, um quarto no alto, ele podia oferecer um refúgio temporário a alguma garota bonita, fatigada, cansada do mundo, sofisticada, vestida de gola rulê preta e com muito delineador nos olhos, que ele podia seduzir escada acima a seu *boudoir* tomado de jornais e à cama com colcha indiana, com a promessa de uma conversa artística sobre a arte de escrever, as agonias e os tormentos da criação, a necessidade de integridade, as tentações do comercialismo, a nobreza de resistir a tais tentações, e assim por diante. Uma promessa oferecida com uma sugestão de autozombaria, caso a garota pensasse que ele era pomposo, convencido e cheio de si. O que era mesmo, porque nessa idade a pessoa precisa ser assim para sair da cama de manhã e sustentar a fé no próprio potencial ilusório pelas 12 horas seguintes de estado de vigília.

Mas uma sedução de sucesso de uma garota dessas nunca acontecia realmente e, se acontecesse, teria acabado com as chances dele com Irena, que dava sinais mínimos de talvez ceder. Irena não bebia nem fumava maconha, embora circulasse limpando o lixo daqueles que o faziam, e tomava nota mentalmente de quem fazia o que com quem, e lembrava-se de tudo pela manhã. Ela nunca dizia isso com tantas palavras, era discreta, mas dava para saber pelo que evitava falar.

Depois que *A mão do morto te ama* foi publicado com tanta aclamação — não, aclamação não, porque esse tipo de livro não obtinha nada que se possa chamar de aclamação, não na época; só muito mais tarde, quando o pulp e o gênero fincaram pé e depois uma cabeça de ponte nas praias da legitimidade literária —, depois que o livro foi adaptado para o cinema, então esse tipo de sedução passou a ser muito mais fácil para ele. Depois de alcançar fama, pelo menos como escritor comercial, um escritor comercial com grandes vendas em brochura e capas com letras douradas em relevo. Ele não podia mais usar o truque da Arte; em compensação, algumas garotas gostavam do macabro, ou assim elas diziam. Gostavam dele mesmo na época, antes que o gótico virasse moda. Talvez as lembrasse de sua vida interior. Mas talvez elas só tivessem esperança de ele colocá-las nos filmes.

Ah, Jack, Jack, diz ele a si mesmo, vendo os olhos empapuçados no espelho, passando os dedos no cabelo ralo na parte de trás da cabeça, encolhendo a barriga, embora não conseguisse segurar por muito tempo. Você é um desastre. Você é um engodo. Você é tão solitário. Ah, Jack seja esperto, Jack seja legal, Jack pule por cima do seu castiçal antes tão confiável, Jack com seu dom à improvisação de qualquer papo furado. Antigamente você era tão cheio de energia. Era tão confiante. Tão jovem.

A história do contrato começou de um jeito enervante. Foi em um dia do final de março, os gramados com amontoados de cinza e neve porosa se derretendo, o ar gelado e úmido, os ânimos irritadiços. Foi na hora do almoço. Os três colegas de moradia de Jack sentavam à mesa de fórmica da cozinha — vermelha, com espirais peroladas e pernas cromadas — mastigando as sobras que Irena costumava servir de almoço, porque ela não gostava de desperdiçar comida. Ele próprio tinha dormido demais, e não era de espantar: tiveram uma festa na noite anterior, uma festa incomumente ruim e tediosa em que, graças a Jaffrey — que gostava de discorrer longamente sobre autores estrangeiros impenetráveis —, Nietzsche e Camus entraram em discussão, o que era má sorte para Jack, porque o que ele sabia de qualquer um deles caberia em um saleiro. Mas ele se saía aceitavelmente bem com Kafka, que escrevera o divisor de águas em que o cara vira um inseto, que era como ele mesmo se sentia na maioria das manhãs. Algum sádico levara um frasco de álcool de laboratório para a festa da noite anterior e o misturou com suco de uva e vodca e, ensandecido com o zumbido de exibição literária competitiva, ele, Jack Dace, bebeu demais daquilo e vomitou de joelhos. Isso, além do que ele esteve fumando, que muito provavelmente estava batizado com pó de mico.

Então ele não estava com humor para discutir logo de cara o assunto levantado impiedosamente por Irena enquanto comiam o resto de macarrão com atum.

— Você está com três meses de aluguel atrasado — disse ela. Antes que ele sequer tivesse a chance de beber seu café instantâneo.

— Meu Deus — disse ele. — Olhe para isso, minhas mãos estão tremendo. Eu fiquei muito doido ontem à noite! — Por que ela não podia ser mais compreensiva e acolhedora, porra? Até um comentário perspicaz teria amenizado as coisas. "Você me parece péssimo", por exemplo.

— Não mude de assunto — disse Irena. — Como deve saber, nós temos sido obrigados a pagar sua parte; caso contrário, seremos todos despejados. Mas isso precisa parar. Ou você encontra algum jeito de pagar ou terá de ir embora. Vamos precisar alugar seu quarto a alguém que realmente pague.

Jack arriou na mesa.

— Eu sei, eu sei. Meu Deus. Desculpa. Eu vou pagar, só preciso de mais um tempo.

— Tempo para o quê? — disse Jaffrey com um sorriso irônico de incredulidade. — Tempo absoluto ou tempo relativo? Interior ou mensurável? Euclidiano ou kantiano? — Era cedo demais para ele começar com o bizantino jogo de palavras do Manual de Filosofia. Ele era esse tipo de babaca.

— Alguém tem uma aspirina? — disse Jack.

Foi uma jogada fraca, mas a única a que ele conseguiu recorrer. Estava de fato com uma dor de cabeça medonha. Irena se levantou para pegar um analgésico. Não conseguia resistir ao impulso de bancar a enfermeira.

— Quanto tempo? — disse Rod. Ele tinha puxado seu caderninho marrom-esverdeado, aquele em que fazia os cálculos matemáticos: era o contador do empreendimento conjunto deles.

— Há semanas que você precisa de mais tempo — disse Irena. — Na verdade, meses. — Ela pegou duas aspirinas na mesa e um copo de água. — Tem Alka-Seltzer também — acrescentou.

— Meu romance — disse Jack, embora nunca tivesse usado essa desculpa. — Preciso de tempo, juro... estou quase terminando.

Isso era uma inverdade. Na realidade, ele estava empacado no capítulo três. Tinha delineado os personagens: quatro pessoas — quatro estudantes atraentes e cheios de hormônios — morando em uma casa geminada vitoriana de três andares e pontuda perto da universidade, pronunciando frases enigmáticas sobre suas psiques e fornicando muito, mas não conseguia passar daí porque não sabia o que mais eles podiam fazer.

— Vou arrumar um emprego — disse ele debilmente.

— Em quê, por exemplo? — disse a Irena de coração de obsidiana. — Tem água tônica, se quiser um pouco.

— Talvez você possa vender enciclopédias — disse Rod, e os três riram.

Sabia-se que vender enciclopédias era o último recurso dos fracos, dos ineptos e desesperados; além disso, a ideia dele, de Jack Dace, realmente vendendo alguma coisa a alguém era engraçada para o trio. A visão que tinham era de que Jack era um fodido e azarado de quem os cachorros de rua fugiam porque sentiam o cheiro do fracasso nele como cocô de gato. Ultimamente, os três nem permitiam que ele enxugasse os pratos porque ele deixara muitos caírem no chão. Ele fazia de propósito, porque era útil ser considerado inepto quando se tratava de divisão de tarefas, mas agora a coisa funcionava contra ele.

— Por que não vende ações de seu romance? — disse Rod. Ele fazia economia; jogava na bolsa de valores com o dinheiro que sobrava e não se saía mal nisso, e era assim que pagava a porra do próprio aluguel. Isso o tornava presunçoso e insuportável quando se tratava de dinheiro, características que ele retém desde então.

— Tudo bem, eu topo — disse Jack.

A essa altura, era um faz de conta. Os três faziam a vontade dele — dando um tempo, fingindo reconhecer seu alegado talento, abrindo-lhe um caminho para a retidão fiscal, embora apenas teórica. Essa foi a história deles depois, que eles conspiraram para lhe dar um empurrão, levá-lo a crer que eles acreditavam nele, dar-lhe alguma validação. Então, ele realmente poderia levantar o rabo e fazer alguma coisa, apesar de eles não esperarem por isso. Não era culpa deles que tenha dado certo, e de forma tão espetacular.

Foi Rod quem redigiu o contrato. O aluguel de três meses mais um — os três que Jack não pagou no passado e aquele que estava para vencer. Em troca, os rendimentos de seu romance ainda por ser concluído eram divididos por quatro, com um quarto para cada um deles, inclusive Jack. Seria um reforço negativo se não houvesse vantagem nenhuma para o próprio Jack. Sem nada a ganhar, talvez não tivesse energia para terminar a coisa, disse Rod, que acreditava no *Homo economicus*. Ele riu nesse ponto, porque achava que Jack não concluiria o livro.

Será que Jack teria assinado o contrato se não estivesse com uma ressaca tão violenta? Talvez. Não queria ser despejado. Não queria parar na rua ou, pior, voltar à sala de jogos dos pais em Don Mills, sitiado pelas mãos torcidas e pelos assados da mãe, e pelos sermões cheios de muxoxos do pai. Então concordou com cada termo, assinou, soltou um suspiro de alívio e, por insistência de Irena, comeu algumas garfadas do macarrão, porque era melhor colocar alguma coisa no estômago, e subiu para tirar um cochilo.

Mas daí ele tinha de escrever aquela merda.

Nenhuma esperança para os quatro personagens que moravam na casa geminada vitoriana. Estava claro que eles iam se recusar a tirar as bundas paralisadas das cadeiras de terceira mão da cozinha em que seus ânus agora estavam presos como ventosas de um polvo coletivo, nem que ele ateasse fogo em seus pés. Jack teria de experimentar outra coisa, algo muito diferente; e rápido, porque escrever o romance — qualquer romance — virou questão de dignidade. Não podia permitir que

Jaffrey e Rod continuassem a rir da cara dele; não suportava mais a expressão de pena e desdém nos lindos olhos azuis de Irena.

Por favor, por favor, ele rezou ao ar gelado e cheio de fumaça. Ajude-me! Qualquer coisa, o que for! Qualquer coisa que eu vá vender!

E assim foi feito o pacto com o diabo.

E ali, de súbito, brilhando diante dele como um cogumelo fosforescente, estava a visão de *A mão*, totalmente formada: só precisava escrevê-lo mais ou menos, ou assim ele contaria tempos depois nos talk shows. De onde saiu *A mão do morto te ama*? Quem sabe? Do desespero. De sob a cama. Dos pesadelos infantis. Mais provavelmente dos gibis sanguinolentos em preto e branco que ele costumava afanar da loja da esquina quando tinha 12 anos: pedaços isolados de corpos ressequidos e autopropulsores eram uma característica constante neles.

O enredo era simples. Violet, uma garota linda, mas de coração frio, que guardava certa semelhança com Irena, mas uma Irena de cintura ainda mais fina e peitos mais volumosos, abandonara o noivo apaixonado, William, um jovem bonito e sensível com pelo menos 15 centímetros de altura a mais que Jack, mas com a mesma cor de cabelo. Ela fez isso por motivos crassos: seu outro pretendente, Alf, um sósia de Jaffrey na questão da aparência, era podre de rico.

Violet fez o seu ato de abandono da forma mais humilhante possível. O certinho William tinha um encontro com Violet e chegara à casa moderadamente grande dela para buscá-la. Mas Alf chegou ali antes dele, e William pegou Violet e Alf em um corpo a corpo indecente e tórrido na cadeira de balanço da varanda. Pior ainda, Alf tinha a mão na saia de Violet, uma liberdade que William jamais tentara, o trouxa.

Indignado e chocado, William desafiou furiosamente os dois, mas isso não o levou a lugar nenhum. Depois de atirar com desdém o buquê de margaridas e rosas-silvestres na mão de William na calçada, junto com a aliança de noivado de ouro puro que tinha lhe custado dois meses de salário na editora de enciclopédias, Violet afastou-se a passos firmes com seus sapatos vermelhos e audaciosos de saltos altos. Ela e Alf partiram no Alfa Romeo conversível prata de Alf, um veículo que ele comprara por capricho porque combinava com seu nome: ele podia bancar esses gestos extravagantes. A gargalhada de escárnio dos dois ecoou nos ouvidos do pobre William; e, para piorar, a aliança rolou pela rua e caiu tilintando bueiro abaixo.

William ficou mortalmente ferido. Seus sonhos foram espatifados, a imagem que tinha da mulher perfeita ruiu. Seguiu abatido até a sua hospedaria barata, mas limpa, onde escreveu seu testamento: queria a mão direita decepada e enterrada em separado do corpo, ao lado do banco do parque onde ele e Violet passaram tantos fins de tarde idílicos em carícias e beijos abraçando-se ternamente. Depois deu um tiro na cabeça com um revólver herdado do falecido pai — William era órfão — e usado pelo pai, heroicamente, na Segunda Guerra Mundial. Esse detalhe conferia um tom de nobreza simbólica, Jack constatou.

A senhoria de Jack, uma viúva boazinha com sotaque europeu e intuição de cigana, entendeu que o desejo dele de ter a mão decepada teria de ser honrado. De fato, ela entrou furtivamente no salão do funeral à noite e cortou ela própria o apêndice com um arco de serra da bancada da oficina do finado marido, uma cena que, no filme — nos dois filmes, o original e o *remake* —, permitiu que sombras nefastas e um brilho sinistro fossem emitidos pela mão. Esse brilho provocou um choque e tanto na senhoria, mas ela prosseguiu. Depois enterrou a mão ao lado do banco do parque, bem fundo, para que não fosse desenterrada por gambás. Colocou seu crucifixo por cima; porque, sendo do Velho Mundo, era supersticiosa.

Como a vaca insensível que era, Violet esnobou o funeral e não soube da mão decepada. Ninguém sabia disso, só a senhoria, que logo depois se mudou para a Croácia, onde virou freira para expurgar da alma o ato possivelmente satânico que cometera.

O tempo passou. Violet agora era noiva de Alf. O casamento exuberante estava sendo planejado. Violet se sentia meio culpada por William e tinha certa pena dele, mas em geral só pensava nele de passagem. Estava ocupada demais experimentando roupas novas e caras e exibindo vários objetos de diamante e safira oferecidos pelo grosseiro Alf, cujo lema era que o caminho para o coração de uma mulher era pelas joias: na mosca, no caso de Violet.

Jack embromou com a parte seguinte da história. Deveria ele manter a Mão escondida até a hora do casamento? Deveria escondê-la na longa cauda de cetim do vestido de noiva e a fazer seguir Violet pelo altar para aparecer de repente e causar uma cena justo quando ela dissesse o *sim*? Não, testemunhas demais. Todos iam persegui-la pela igreja como um macaco fugitivo, e o efeito seria burlesco, não apavorante. Melhor deixar que ela pegasse Violet sozinha; e, se possível, em estado de nudez.

. . .

Várias semanas antes do casamento, uma criança que brincava no parque viu o crucifixo da dona da hospedaria brilhando no sol, pegou e levou para casa, anulando, assim, seu papel protetor. (No filme — no primeiro, não no *remake* — essa cena era acompanhada de uma trilha sonora sinistra e retrô. No *remake*, a criança foi substituída por um cachorro que levou a bugiganga religiosa ao dono que, sem ser versado em nenhum tipo de folclore útil, atirou o crucifixo em uma moita.)

Então, na noite da lua cheia seguinte, subindo pela terra ao lado do banco do parque, apareceu a mão de William, como um caranguejo sai da areia ou um narciso brota com mutações. Estava em estado lastimável: marrom, murcha e ressequida, de unhas compridas. Ela saiu de fininho do parque e entrou em um bueiro, reaparecendo com a aliança de ouro friamente descartada no dedo.

A Mão tateou e correu pelo caminho até a casa de Violet, escalou a trepadeira e passou pela janela do quarto, onde se escondeu atrás das elegantes orlas de estampa floral da penteadeira e a olhou de banda enquanto ela tirava a roupa. A Mão enxergava? Não, porque não tinha olhos. Mas tinha uma espécie de visão sem ver, porque era animada pelo espírito de William. Ou por parte desse espírito: e não a melhor parte dele.

(O crítico freudiano velho na sessão especial da Associação de Linguagem Moderna dedicada à *Mão do morto*, uns 13 ou 15 anos atrás, disse que a Mão significava o Retorno do Recalcado. A crítica junguiana discordou da interpretação, citando muitos exemplos de mãos decepadas nos mitos e na magia: a Mão, disse ela, era um eco da Mão da Glória, cortada do cadáver de um criminoso enforcado e conservada, depois iluminada com a incorporação de velas nos dedos, há muito usada em feitiços de invasão de casas. Era conhecida na França como *main de gloire*, dando assim seu nome à mandrágora, ou *mandrake*. O especialista freudiano disse que essa informação folclórica era ao mesmo tempo obsoleta e irrelevante. Vozes se elevaram. Jack, o convidado de honra, pediu licença e foi fumar; isso foi quando ele ainda fumava e não tinha recebido o ultimato do cardiologista de parar de fumar ou morrer.)

Enquanto a Mão espiava atrás da penteadeira, Violet se despiu de toda a sua roupa, depois divertiu-se no chuveiro, deixando a porta do banheiro da suíte entreaberta, permitindo que a Mão e o leitor tivessem uma visão tentadora. Uma suntuosidade rosada, uma voluptuosidade curvilínea, assim era descrita. Jack exagerou nesta parte, agora sabe disso, mas os caras de 22 anos vibram com esses detalhes. (O diretor do primeiro filme rodou a cena do chuveiro como uma homenagem a *Psicose*, de Alfred Hitchcock, tudo muito apropriado, porque a primeira Violet foi interpretada por SueEllen Blake, uma semideusa loura que era um misto de Janet Leigh e Tippi Hedren, e que Jack perseguiu incansavelmente só para terminar decepcionado: SueEllen tinha o narcisismo de apreciar os presentes e atos de veneração preliminares, mas não gostava do sexo *per se* e detestava ter a maquiagem borrada.)

Em seus tempos de estudante, Irena não era de se maquiar, provavelmente porque custava dinheiro, mas o efeito era de uma delicadeza fresca, sem adornos e honesta em si, como uma ostra sem a concha. Ela também não deixava manchas bege e vermelhas nos travesseiros. (Jack passou a valorizar isso agora.)

A Mão, vendo Violet ensaboar várias partes do corpo, mal conseguia se conter. Mas não escolheu esse momento para tentar a mão, por assim dizer. Esperou pacientemente enquanto um adjetivo após outro era aplicado a Violet. Mão, leitor e Violet admiraram o corpo de Violet enquanto ela o enxugava com delicadeza e passava loção aromática de um jeito provocante em suas superfícies impecáveis e cremosas. Depois deslizou para dentro de um vestido justo de paetês dourados, delineou a boca exuberante com batom rubi, fechou um colar cintilante no pescoço sinuoso e asfixiável, passou uma pele branca inestimável pelos ombros macios e convidativos e deixou o quarto com um rebolado de cair o queixo. A Mão, é claro, não tinha queixo para ficar caído, mas sofreu da frustração erótica à sua maneira, expressada nas duas versões para o cinema por um ataque de contorções verdadeiramente repulsivas.

Depois de Violet sair do quarto, a Mão vasculhou a escrivaninha. Descobriu seu bloco de papel cor-de-rosa característico, com as iniciais gravadas. Depois, com a caneta-tinteiro prateada de Violet, escreveu um bilhete, usando a letra do finado William que, não é preciso dizer, seria lembrada.

Eu te amarei para sempre, minha querida Violet. Mesmo depois da morte. Para sempre seu, William.

A Mão colocou o bilhete no travesseiro de Violet junto com uma rosa vermelha que tinha retirado do buquê na penteadeira. O buquê era fresco, porque Alf do Alfa Romeo enviava uma dúzia de rosas vermelhas a Violet todo dia.

Em seguida, a Mão correu para o closet de Violet e se escondeu em uma caixa de sapatos para esperar a evolução dos acontecimentos. Os sapatos naquela caixa eram os saltos altos vermelhos e audaciosos que Violet usara ao rejeitar insensivelmente William, e o simbolismo não passou despercebido pela Mão. Ela correu os dedos secos de unhas compridas pelos sapatos vermelhos de um jeito ao mesmo tempo exultante e fetichista. (Essa cena foi alvo de muitas análises em artigos acadêmicos, a maioria franceses, mas também em espanhol. Os artigos trataram o filme — o original, não o *remake*, desprezado com desdém por cineastas europeus — como um exemplo tardio do neossurrealismo puritano americano. Jack não dava a mínima para isso: simplesmente queria a mão morta tirando sarro com um par de sapatos sensuais. Mas está disposto a admitir que pode equivaler à mesma coisa.)

A Mão passou horas esperando na caixa de sapato. Não se importava com a espera: não havia mais nada que quisesse fazer. No filme (o original, não o *remake*), de vez em quando tamborilava os dedos, indicando impaciência, mas isso foi pensado depois, acrescentado a pedido do diretor — Stanislaus Ludz, um maluco que se achava uma espécie de Mozart do terror e que, mais tarde, pularia de um rebocador —, que achava que ver a mão em uma caixa sem fazer absolutamente nada não transmitia nenhum suspense.

Nos dois filmes, a ação corta e volta entre a Mão na caixa de sapatos e Violet e Alf em uma boate, dançando de rosto colado e batendo coxa, com Alf passando os dedos pelo pescoço adornado de joias de Violet de um jeito possessivo enquanto sussurra "Logo você será minha". Jack não escreveu a cena da boate no livro, mas teria escrito, se tivesse pensado nela; e ele pensou quando escrevia o roteiro — os dois roteiros —, então dá quase no mesmo.

Após muita dança, apalpação e espera em uma caixa, Violet voltou ao quarto, depois de beber várias taças de champanhe com closes no pescoço engolindo, e se jogou na cama sem sequer olhar o bilhete de amor cuidadosamente escrito no travesseiro. Violet tinha dois travesseiros, e o bilhete e a rosa estavam no outro, por isso ela não viu o bilhete, ou foi furada pelos espinhos da rosa.

Que emoções a Mão tinha, agora que mais uma vez fora ignorada: tristeza ou raiva, ou um pouco de cada coisa? É complicado saber quando se trata de uma simples Mão.

De maneira furtiva, ela saiu do closet e usou a colcha despreocupadamente jogada para subir até Violet, com a camisola de renda, deitada em um sono despenteado. A Mão ia estrangulá-la? Seus dedos macabros hesitaram perto do pescoço — gritos das plateias no cinema nesse momento —, mas não, ela ainda a amava. Começou a acariciar seu cabelo, carinhosamente, com desejo, demoradamente; depois, incapaz de se conter, acariciou o rosto.

Isso acordou Violet que, no quarto sombrio iluminado pela lua, encontrou algo parecido com uma aranha imensa de cinco pernas no travesseiro. Mais gritos, desta vez de Violet. A Mão, assustada, foge, e quando Violet, balbuciando de medo, consegue acender a luminária na mesa de cabeceira, a Mão já estava escondida embaixo da cama e não era vista em lugar nenhum.

Aos prantos, Violet telefonou para Alf e gaguejou palavras incoerentes, como uma mulher faz nessas circunstâncias, e Alf, másculo, tranquilizou-a dizendo que ela devia ter tido um pesadelo. Reconfortada, ela desligou o telefone e se preparou para apagar a luz. Mas então, o que chama a sua atenção senão a rosa, e depois o bilhete, escrito na letra inconfundível, e antes amada, de William?

Olhos arregalados, um arquejar apavorado. Isto não pode estar acontecendo! Sem se atrever a continuar no quarto por tempo suficiente para voltar a ligar para Alf, Violet se tranca no banheiro, onde passa uma noite inquieta encolhida na banheira, coberta inadequadamente por toalhas. (No livro, ela tem algumas lembranças torturantes de William, mas foi decidido não mostrar essa parte em nenhum dos filmes, e assim seu lugar foi tomado por um episódio de choro reprimido angustiado e roer de unhas.)

Pela manhã, Violet volta cautelosamente para um quarto tomado da alegre luz solar. Não vê nenhum bilhete cor-de-rosa, a Mão deu sumiço nele. A rosa estava novamente no vaso de sempre.

Respira fundo. Suspira de alívio. Só um pesadelo, afinal. Todavia, Violet tem medo e lança olhares nervosos para trás enquanto ela e suas coxas cobertas por uma saia cara se prepararam para ir almoçar com Alf.

Agora a Mão se ocupava mais uma vez. Folheou o diário de Violet e treinou a falsificação de sua letra. Roubou várias folhas do bloco cor-de-rosa e escreveu à caneta uma carta de amor ardente e obscena a outro homem, propondo um encontro antes do casamento em seu local de costume, um hotel decadente frequentado por prostitutas nos arredores da cidade, vizinho de uma loja de carpetes por atacado. "Querido, sei que é um risco, mas não consigo ficar longe de você", dizia. Fazia observações depreciativas sobre Alf e seu desempenho inadequado na cama, com referência particular ao tamanho do pênis. O bilhete concluía antevendo as delícias reservadas depois que o rico Alf estivesse casado com Violet e, em seguida, descartado. Um pouco de antimônio no martíni seria o bastante, dizia o bilhete, antes de concluir com um parágrafo de intenso desejo pelo momento em que a enguia elétrica do amante inventado deslizaria mais uma vez para o ninho molhado e palpitante de algas marinhas de Violet.

(Não se pode usar esses eufemismos atualmente, seria preciso dar nome aos bois; naquela época, porém, havia um limite de palavras impublicáveis que era possível publicar. Jack lamenta a suspensão daqueles velhos tabus: eles estimulavam metáforas inventivas. Com os jovens escritores agora é P e B o tempo todo, o que ele, pessoalmente, acha tedioso. Será que está ficando velho? Não: objetivamente falando, é tedioso.)

O falso amante se chamava Roland. Existia um Roland verdadeiro que tinha sido um antigo admirador de Violet, embora malsucedido. Violet preferira o lindo William a ele, e não é de espantar, porque Roland não era só um economista de fazer qualquer um bocejar, mas um cretino mesquinho, desalmado e insensível, como Rod com seu caderninho marrom-esverdeado. Ele era um pinto mole, um pau no cu, um cabeça de piroca...

Isso ficou com assonâncias demais, então Jack apagou. Depois entrou em um devaneio induzido por cafeína: por que o membro masculino era usado como ofensa? Nenhum homem detestava o próprio pintopirocapau, era bem o contrário. Talvez fosse uma afronta que qualquer outro homem tivesse um. Devia ser essa a verdade. Ele devia rever essa tese para fins de exibição na próxima festa na casa, quando o pugilato intelectual ficasse enfadonho demais.

Assim é a procrastinação. Jack tinha páginas a datilografar antes de dormir. Tinha sangue a derramar.

— Trouxe uma sopa para você — diz Irena, que subiu a escada em silêncio até o ninho de Jack. Ela coloca um prato e uma tigela na mesa de bridge que Jack usava como escrivaninha. A sopa era de cogumelo e tinha bolachas.

— Obrigado — disse Jack.

Isto ultrapassava o quesito nutrição. Ele pensou em agarrar o tronco de avental de Irena, vencendo-a com um movimento vital impetuoso e urgente e prendendo-a no chão, onde ela desfaleceria, rendendo-se. Mas agora não era hora para isso:

Roland precisava ser massacrado, Alf, destruído, Violet, morta de medo. Questão de prioridades.

Nos dias que se seguiram, Jack teve de voltar aos originais e inserir Roland mais para o início, agora que ele era necessário na trama. Quando pediu uma tesoura e fita adesiva, Irena rapidamente lhe forneceu: qualquer coisa que parecesse avançar no projeto do romance despertava novas demonstrações de gentileza da parte dela.

A Mão meteu a carta fraudulenta a Roland no meio da lingerie cintilante de Violet. Depois, escreveu um bilhete anônimo em outra folha do bloco cor-de-rosa — *Alf, você é um otário. Ela está traindo você, olhe nas calcinhas dela, segunda gaveta da cômoda* —, depois desceu a parede coberta de trepadeiras e atravessou a cidade até a cobertura de luxo de Alf, onde subiu ao terraço pelo poço do elevador, segurando o bilhete anônimo entre os dedos mínimo e anelar. Passou o bilhete por baixo da porta, voltou à casa de Violet e se escondeu em um vaso de filodendro.

Violet voltou do almoço e — um toque esperto aqui, pensou Jack — experimentava o vestido de noiva com a ajudante de costureira gorducha, bajuladora e cômica quando entrou de rompante um Alf de rosto vermelho, que lançou acusações loucas e passou a retirar calcinhas e sutiãs das gavetas de Violet. Será que ele enlouqueceu? Não! Porque olha — ali estava a carta fogosa, no bloco da própria Violet, na letra da própria Violet!

Chorando de um jeito comovente, Violet — por quem os espectadores a essa altura sentiam solidariedade — protestou que ela nunca, jamais escrevera uma coisa dessas, não via Roland havia... bom, havia muito tempo. Depois contou a história da noite anterior e o bilhete de amor assustador que ela encontrou no travesseiro.

Agora estava claro que os dois eram vítimas de um embuste cruel, perpetrado sem dúvida por aquele rato canalha e ciumento, Roland, que tentava separá-los para ter Violet para si. Alf jurou que chegaria ao fundo dessa história: confrontaria Roland e o obrigaria a confessar, quanto mais cedo, melhor.

Violet suplicou que ele não fizesse nada precipitado, o que, porém, só fez Alf desconfiar dela. Por que tentava defender Roland de sua fúria justificada? Se ela não estava dizendo a verdade, ele ia torcer o lindo pescocinho dela, rosnou Alf, e, aliás, onde estava aquele bilhete que ela alegou ter encontrado no travesseiro? Ela estava mentindo? Ele pegou a chorosa Violet pelo pescoço, beijou-a com brutalidade, depois jogou-a violentamente na cama. A essa altura, o leitor e Violet começavam a temer que Alf fosse um desequilibrado. O Anjo do Estupro com suas asas escarlate pairava no ar, mas Alf se satisfez com alguns palavrões e com o arremesso de seu mais recente buquê de rosas no chão, onde o vaso se quebrou de um modo que deu a junguianos e freudianos muito combustível para pensar depois.

Assim que Alf saiu intempestivamente, Violet encontrou outro bilhete na penteadeira, onde minutos antes não havia bilhete nenhum: *Você não pertencerá a ninguém, só a mim. A morte não pode nos separar. Cuidado com seu pescoço. Eternamente seu, William.*

A boca de Violet se abriu e se fechou como a de uma garoupa encalhada na areia. Ela ficou além do grito. Quem escreveu esses bilhetes estava na casa com ela naquele momento! E ela estava totalmente só, a costureira tinha ido embora. Era horrível demais!

∙ ∙ ∙

Quanto mais horrível ficava, mais rápido Jack escrevia. Ele engoliu café instantâneo e pacotes de amendoim, e só tirava algumas horas de sono por noite. Irena, fascinada com a energia maníaca dele, levava-lhe pratos de macarrão para ajudar nos esforços criativos. Ela chegou ao ponto de lavar a roupa suja de Jack, arrumar seu quarto e trocar os lençóis.

Foi logo depois da troca dos lençóis que Jack conseguiu levá-la para cama. Ou foi ela que conseguiu levá-lo? Ele nunca teve certeza. De todo modo, foi na cama dele que os dois acabaram, e ele não se importou muito com o modo pelo qual chegaram ali.

Ele ansiava por um acontecimento desses havia muito tempo, tinha fantasiado com isso, tinha montado estratégias; mas agora que a oportunidade aparecera, foi rápido na execução e não deu atenção ao pós-fato: não murmurou nenhuma palavra de carinho e dormiu de esgotamento logo depois. Ele admite que isso não foi lá muito educado. Mas havia motivos: ele era jovem, estava exausto, tinha muita coisa na cabeça. Suas energias eram necessárias em outro lugar, porque ele estava quase no desfecho de *A mão do morto te ama*.

Alf, em uma fúria insana, estava prestes a espancar Roland até virar patê. Logo em seguida, coberto de sangue, ele cambaleou até o Alfa Romeo, onde a Mão estava escondida no estofamento de couro customizado e tentou estrangulá-lo por trás. Isso levou Alf a perder o controle do carro e colidir contra um viaduto, incinerando-se todo no processo. A Mão, embora gravemente chamuscada, conseguiu sair se arrastando dos destroços e capengar até a casa de Violet.

A infeliz mulher acabara de ser informada pela polícia do assassinato de Roland e também do acidente fatal. Emocionalmente, estava um trapo. O médico lhe administrou um sedativo e Violet deixava-se levar por um sono irresistível quando viu, cheia de bolhas, cicatrizes e carbonizada, a Mão incansável arrastando-se dolorosa, mas implacavelmente, na direção dela pelo travesseiro...

— Sobre o que está escrevendo? — perguntou Irena do travesseiro de Jack, ou de um deles.

Ele agora tinha dois, o segundo fornecido por Irena. Suas visitas ao cubículo do sótão se tornaram um hábito. Às vezes ela levava chocolate e, com uma frequência cada vez maior, passava a noite ali, mas suas ancas não eram magras e a antiquada cama de casal de Jack era estreita. Até então ela se satisfizera em se lançar no papel de serva da grandeza — até se ofereceu para redatilografar os originais, por ser uma datilógrafa rápida e eficiente, ao contrário de Jack —, mas ele rechaçou as ofertas. Esta era a primeira vez que perguntava sobre a natureza do projeto dele, mas Irena supunha que ele estivesse fazendo Literatura; não sabia que ele estava urdindo uma história de terror barata e sórdida sobre a mão mumificada de um morto.

— O materialismo de nossa era moderna, de uma perspectiva existencial — disse Jack. — Inspirado em *O lobo da estepe*. (*O lobo da estepe!* Como pôde dizer isso?, pensa Jack agora. Mas é perdoável: *O lobo da estepe* ainda não tinha alcançado a popularidade vulgar que se aproximava dele.) Esta resposta não era exatamente uma mentira, mas, embora contivesse certa verdade, era muito forçada.

Irena ficou satisfeita. Deu-lhe um beijo de leve, colocou a calcinha preta e barata, seguida pelo pulôver e a saia de tweed, e desceu a escada para esquentar umas sobras de almôndegas para a refeição coletiva do meio-dia.

No devido tempo, Jack terminou o último capítulo e dormiu 12 horas seguidas, sem sonhar com nada. Depois voltou a atenção à venda dos originais, porque, se não mostrasse algum entusiasmo nos esforços para compensar os aluguéis passados e futuros que devia, ainda podia se ver ignominiosamente despejado. Mas ninguém podia dizer que ele não era perseverante. Trabalhou muito na datilografia — Irena era testemunha, ele cobriu as páginas —, assim talvez conseguisse uns pontinhos dos companheiros de casa por tentar.

Havia várias editoras em Nova York especializadas em terror, então Jack comprou alguns envelopes pardos e enviou originais pelo correio a três delas. Antes do que esperava — na realidade, ele não esperava nada —, recebeu uma resposta concisa. O livro fora aceito. Ofereceram um adiantamento. Era um adiantamento modesto, mas suficiente para cobrir o aluguel devido, sobrando para pagar pelo resto de seu semestre.

Tinha até o bastante para uma festa de comemoração, que Jack promoveu, Irena auxiliando. Todos lhe deram os parabéns e quiseram saber quando a obra-prima apareceria e quem estava publicando. Jack se esquivou dessas perguntas, fumou um pouco de maconha, bebeu *Old Sailor Port* e ponche de vodca demais e vomitou os bolinhos de queijo preparados por Irena em homenagem ao talento dele. Ele não ansiava pela publicação do próprio livro: gatos demais sairiam do saco e os companheiros de casa certamente se reconheceriam nas distorções de espelhos que Jack inadvertidamente inseriu na história. Para falar a verdade, ele nem acreditava que o livro um dia veria a luz do dia.

Depois de recuperado da festa, com as obrigações cumpridas e o diploma quase obtido, Jack estava livre para tocar o resto da vida, que por acaso envolvia a publicidade. Ele tinha facilidade com adjetivos e advérbios, segundo lhe disseram, o que vinha a calhar depois que aprendesse o básico. Embora os quatro companheiros tivessem desistido da casa e encontrado domicílios separados, ele ainda via Irena, que decidira fazer a faculdade de direito. O sexo com ela era uma revelação contínua para ele. A primeira vez foi extasiante para Jack, para não dizer jubilante, e os encontros repetidos mantiveram o padrão, apesar dos parâmetros tradicionais de Irena, com o homem por cima. Ela era uma mulher de poucas palavras, o que ele apreciava — mais palavras para ele —, mas Jack não teria se importado com uma ou duas frases de como ele se saía, sem ter nada com que comparar o próprio desempenho. Ela não devia gemer mais? Ele se contentava com o olhar azul dela, que achava indecifrável. Adoração? Certamente ele esperava que sim.

Embora fosse evidente, pela destreza, que Irena tinha os meios para fazer comparações, ela teve o tato de não fazer, outra coisa que ele apreciava. Ela não era o primeiro amor dele — esta tinha sido Linda, uma morena de rabo de cavalo no segundo ano —, mas era o primeiro sexo de Jack. Gostasse ou não, Irena era um marco. Então, seja como for, ela existe em uma gruta mental consagrada só a ela: a Santa Irena do Orgasmo Sagrado. Uma santa do pau oco, como se revelou. Mas ainda estava na cabeça dele, colocada no ato de retirar a pragmática calcinha preta, as coxas de um branco incandescente, os olhos baixos, mas astutos, a boca entreaberta em um sorriso enigmático. Essa imagem é bem diferente da última imagem da bruxa dura e ávida que embolsava seus cheques duas vezes por ano. Ele não consegue fundir as duas.

Nos meses que se seguiram, Irena comprou para ele um conjunto de tigelas e uma lixeira de cozinha porque disse que ele precisava — tradução, *ela* precisava dos objetos para fazer o jantar para os dois na casa dele —, e ela limpou o banheiro, mais de uma vez. Não só ela se mudava fisicamente para a vida de Jack, como começava a se impor. Reprovava seu emprego na publicidade, achava que ele devia começar uma segunda obra de arte, e, a propósito, a primeira obra de arte — que ela estava ansiosa para ler — não seria publicada logo? Enquanto isso, *A mão do morto te ama* se escondia e Jack torcia para que o editor esquecesse os originais em um táxi.

Mas não teve tanta sorte; porque, como a mão decepada do título, *A mão do morto te ama* colocou as garras na superfície e fez sua estreia nas prateleiras de lojas de conveniência da nação. A essa altura, Jack tinha alguma mobília, inclusive um pufe e um bom sistema de som, e também três ternos, com gravatas para combinar. Arrependia-se de ter usado o nome verdadeiro no livro em lugar de um pseudônimo: será que os novos empregadores pensariam que ele era um pervertido demente por ter escrito aquele troço? Só o que ele podia fazer era baixar a cabeça e torcer para ninguém perceber.

Mais uma vez, não teve sorte. Houve uma briga gélida com Irena quando ela descobriu que a obra-prima na verdade tinha sido publicada e ele não lhe contara. Depois vieram mais palavras duras quando ela leu o livro e viu que tipo de obra-prima era — um desperdício do talento dele, comercial demais, e um ato desavergonhado de rebaixamento, muito inferior a ele —, e os personagens eram retratos mal disfarçados dos três antigos companheiros de casa, inclusive ela mesma.

— Então é isso que você realmente pensa de nós! — disse ela.

— Mas Violet é linda! — ele protestou. — Mas o herói a ama!

Não serviu para quebrar o gelo. O amor da mão mumificada — embora devotado — não era de forma alguma lisonjeiro, segundo Irena.

O golpe derradeiro veio depois, quando ela estava xeretando a correspondência dele enquanto Jack estava fora — ele nunca deveria ter lhe dado uma chave do apartamento — e percebeu que ele ficava com os cheques dos royalties em vez de dividir com os companheiros acionistas. Ele não estava honrando o contrato dos quatro! Ele era um escritor de merda, um amante de merda e um trapaceiro em forma de ser humano, disse ela. Ela entraria em contato com Jaffrey e Rod imediatamente, e podia imaginar o que eles teriam a dizer sobre isso.

— Mas — disse Jack. — Esqueci da história do contrato. Não é um contrato de verdade, era só uma brincadeira, só uma espécie de...

— É um contrato de verdade — disse Irena, fria. A essa altura, ela entendia muito de contratos de verdade. — Uma prova de intencionalidade.

— Tudo bem. Eu ia fazer a divisão. Não tive tempo para isso ainda.

— É papo furado e você sabe disso.

— Desde quando você lê pensamentos? Acha que sabe tudo a meu respeito. Só porque estou trepando com você...

— Não vou tolerar esse linguajar — disse Irena, que era uma puritana quando se tratava das palavras, mas não em outras situações.

— Como quer que eu chame? Você bem que gosta quando faço. Tudo bem, só porque estou metendo minha cenoura na sua bem visitada...

Ploc, ploc, ploc. Atravessando a sala, saindo pela porta. Bam! Ele ficou feliz ou triste com isso?

Seguiu-se uma carta do advogado coletivo dos três acionistas irados. Exigências. Ameaças. Depois, por parte de Jack, capitulação. Ele fora apanhado em flagrante. Como Irena alegou, houve realmente intencionalidade.

Jack ficou aborrecido com a partida de Irena — mais aborrecido do que conseguia admitir. Fez algumas tentativas de consertar o estrago. O que ele fizera?, perguntou a ela. Por que ela o estava rejeitando?

Sem sorte. Ela fez uma avaliação dele, fez as contas, achou-o insuficiente e não, ela não queria discutir isso; e não, não havia outra pessoa; e não, ela não daria outra chance aos dois. Tinha uma coisa que Jack podia fazer — já deveria ter feito, ela disse —, mas o fato de ele não saber do que se tratava meramente ressaltava por que ela fora embora.

O que ela queria?, ele suplicou, mas debilmente. Por que ela não podia dizer? Ela não ia dizer. Era frustrante.

Ele afogou as mágoas, mas as mágoas, como outras coisas afogadas, tinham o hábito de boiar quando menos se esperava.

O lado positivo disso é que *A mão do morto te ama* foi um sucesso em seu gênero, embora este gênero fosse desprezado pelos *literati* sérios. Como coloca o editor de Jack, "Sim, é uma merda, mas é uma merda boa". Ainda melhor, houve a oferta de um acordo para o cinema, e quem mais adequado que Jack para escrever o roteiro? E depois para produzir uma sequência de *A mão do morto te ama*, ou, de todo modo, outra merda boa?

Jack largou o emprego na publicidade e se dedicou a viver da caneta. Ou melhor, a viver da Remington, logo substituída por uma IBM Selectric, com a esfera saltitante que deixava trocar a tipologia. Era muito legal! A vida de escriba tinha seus altos e baixos. A bem da verdade, ele nunca chegou aos pés do sucesso do primeiro livro, que ainda é o único pelo qual é conhecido e proporciona o grosso de sua renda; uma renda que, graças àquele contrato da juventude, é três vezes menor do que deveria ser. O que o irrita. E que, com o passar do tempo e com ele achando ainda mais difícil produzir verbosidades, irrita cada vez mais. *A mão do morto* foi o grande lance dele; não seria capaz de repeti-lo agora. Pior ainda, Jack está na idade em que escritores mais jovens, mais doentes e mais violentos o estão paternalizando e desprezando. *A mão do morto*, tá, foi tipo seminal, mas é insípido pelos padrões de hoje. Violet, por exemplo, não tem os intestinos arrancados. Não tem nenhuma tortura, ninguém tem o fígado frito numa panela, não tem nenhum estupro. Então, que diversão há nele?

Provavelmente eles conservam o respeito de cabelo espigado e piercing no nariz pelo filme, e não pelo livro — o filme original, não o *remake*. O *remake* foi mais bem realizado, tudo bem, tipo assim, se é o que você quer. Tem valores técnicos melhores, tem — sei lá — efeitos especiais melhores; mas não tem frescor, não tem aquela energia primitiva e crua. Era bem cuidado demais, acanhado demais, faltava a ele o...

Este é o convidado especial desta noite: Jack Dace, o grande veterano do terror. O que acha do filme, sr. Dace? O segundo, a porcaria, o fracasso. Ah. O roteiro foi seu? Nossa, quem diria? Ninguém nesta mesa-redonda era nascido na época, não é verdade, caras? Haha, sim, Marsha, sei que você não é um cara, mas você é um cara honorário. Você tem mais bolas que metade dos caras na plateia! Não é verdade? Risos desmiolados.

Será que ele algum dia foi esse insolente, esse fedelho? Sim. Ele foi.

Na semana anterior, ele recebeu uma proposta para uma minissérie de TV, ligada a um videogame; as duas formas infelizmente sujeitas ao contrato original dividido por quatro, segundo seu advogado. Também teve um simpósio inteiro — em Austin, no Texas, lar dos nerds *supercool* — dedicado a Jack Dace e sua obra, sua obra completa, especialmente a *A mão do morto te ama*. Essa atividade renovada e o bombardeio das redes sociais que a acompanha vão gerar mais vendas do livro, e mais ganhos, e mais de tudo — mas que porra! —, tem de ser dividido por quatro. Esse é seu último suspiro, seu último urra!, e ele não consegue desfrutar; só poderá desfrutar de um quarto. A divisão por quatro é sumamente injusta e já durou demais. Alguém precisa ceder, alguém tem de sair. Ou vários alguéns.

Qual é a melhor maneira de fazer com que isso pareça natural?

Ele acompanhou todos os três, mas não tinha alternativas. Os advogados deles cuidaram disso.

Rod teve um casamento breve com Irena, mas acabou há muito tempo. Está aposentado de seu cargo em uma firma de corretagem internacional e mora em Sarasota, na Flórida, onde se envolveu em comunidades de balé e teatro como consultor financeiro voluntário.

Jaffrey — que também teve um breve casamento com Irena, mas depois de Rod — está em Chicago, depois de adaptar à política municipal seus talentos no debate filosófico. Catorze anos atrás, quase foi condenado por suborno, mas escapou do tiro e seguiu a vida atuando nos bastidores como marqueteiro e consultor de candidatos.

Irena ainda mora em Toronto, onde dirige uma empresa dedicada a levantar fundos para organizações sem fins lucrativos meritórias, como rins. É viúva de um homem que se deu bem com sais de potássio e oferece muitos jantares refinados. Todo ano manda um cartão de Natal a Jack, anexando um relato em forma de carta sobre as atividades de sua sociedade banal.

Aparentemente, Jack não se dá mal com o trio, tendo se conformado anos atrás em aceitar a situação em que está. Ainda assim, não vê nenhum deles há anos. Talvez décadas. Por que ia querer ver? Não quer experimentar uma eructação do passado.

Não até agora.

Ele decide começar por Rod, que mora mais longe. Em lugar de mandar um e-mail, envia uma mensagem de voz: estará passando por Sarasota, devido a um filme que está considerando — procura pelo cenário certo —, será que Rod gostaria de almoçar e colocar a vida em dia? Ele está pronto para uma rejeição, mas, para certa surpresa sua, Rod aceita o convite.

Eles não se encontram em um restaurante nem na casa de Rod. Encontram-se no desanimador refeitório do centro de cuidados paliativos budista onde Rod mora agora. Um pessoal branco vestido com mantos cor de açafrão aqui e ali, abrindo sorrisos benevolentes; sinos soando; ao longe, cânticos são entoados.

O antes parrudo Rod encolheu, está cinza-amarelado e parece uma luva vazia.

— Câncer no pâncreas — diz ele a Jack. — É uma sentença de morte.

Jack diz que não sabia, o que é verdade. Ele também diz — como ele inventa essas trivialidades? — que espera que Rod esteja recebendo os cuidados espirituais adequados. Rod diz que não é budista, mas eles lidam bem com a morte e, sem ter família, ele poderia tanto estar aqui como em qualquer outro lugar.

Jack diz que lamenta. Rod diz que podia ser pior e que não pode se queixar. Teve uma boa vida — em parte graças a Jack, ele tem a elegância de acrescentar, porque o dinheiro de *A mão do morto* lhe deu a dianteira de que ele precisava no início da carreira.

Eles ficam sentados encarando os pratos de culinária vegetariana de templo budista. Não há muito mais a dizer.

Jack fica aliviado por não ter, afinal, de matar Rod. Será que realmente pretendia levar tudo a esse ponto? Ele desceria tanto? Muito provavelmente não. Nem tinha essa antipatia toda por Rod. Mentira: ele não gostava de Rod, mas não o suficiente para matá-lo, na época ou agora.

— Você não era realmente Roland — diz ele. Ele deve pelo menos essa mentira ao sacaninha sofrido.

— Eu sei. — Rod sorri, um sorriso aguado. Uma mulher de meia-idade e manto laranja lhes traz chá verde. — A gente se divertiu, não foi? — diz ele. — Naquela casa velha. Era uma época mais inocente.

— Sim — diz Jack. — A gente se divertiu. — Agora, distante, parece divertido. *Diversão* é não saber como vai terminar.

— Tem uma coisa que eu preciso te contar — diz Rod por fim. — Sobre aquele livro seu e o contrato.

— Não se preocupe com isso — diz Jack.

— Não, preste atenção – diz Rod. — Existe um acordo paralelo.

— Um acordo paralelo? — pergunta Jack. — Como assim?

— Entre nós três. Se um de nós morrer, a parte do morto é dividida entre os outros dois. Foi ideia de Irena.

Tinha de ser, pensa Jack. Ela nunca se esquece de nada.

— Entendo — diz ele.

— Sei que não é justo. Devia ir para você. Mas Irena estava furiosa pela descrição que você fez de Violet no livro. Ela achou que foi uma punhalada nela. Depois de ela ter sido tão, sei lá, tão boazinha com você.

— Não foi uma punhalada — diz Jack, outra meia mentira. — O que acontece se todos vocês morrerem?

— Aí nossas partes revertem a você — diz Rod. — Irena queria que fosse para a organização renal dela, mas eu tracei um limite.

— Obrigado — diz Jack. Então, fica para o último que permanecer de pé. Pelo menos ele agora tem uma visão geral do estado das coisas. — E obrigado por me contar. — Ele aperta a mão cadavérica de Rod.

— É só dinheiro, Jack — diz Rod. — Olhe só para mim. No fim das contas, o dinheiro não significa nada. Deixa pra lá.

Jaffrey tem grande prazer em ter notícias de Jack, ou assim alega. Que tempos bons foram aqueles, os tempos da juventude deles! Que emoção! Ele parece ter se esquecido de que alguns dias daquela época foram passados enganando Jack, mas como Jaffrey agora dedica toda a sua vida a enganar em massa, esse exemplo de práticas desleais do passado remoto deve ter se perdido em seu baralho interior. E olha que Jaffrey recheou bem o ninho com os ganhos de Jack.

Eles estão em um campo de golfe, por sugestão de Jaffrey. Jogar uma rodada, beber umas cervejas, o que poderia ser melhor? Jack odeia golfe, mas sabe perder e nisso tem muita prática: perder para produtores de cinema lubrifica as engrenagens.

O astuto Jaffrey: os campos de golfe são a proteção perfeita. É possível ter uma conversa particular, mas eles nunca ficam fora da vista dos outros, então Jack não pode simplesmente arrancar os miolos do velho gárrulo e fraudulento sem testemunhas. E Jaffrey *está mesmo* velho, velho de verdade: o cabelo que lhe resta é branco, a coluna está recurvada, a pança flácida. O próprio Jack não é nenhum franguinho, mas pelo menos se manteve em melhor forma do que isso.

Jaffrey tagarela sobre aquela espelunca de tijolos aparentes onde eles passaram tempos tão despreocupados, Jack sabia que tem uma placa histórica lá? Em homenagem a Jack e a *Mão do morto te ama*, justo por isso! É incrível que as pessoas agora confundam aquele livro malfeito e cheio de clichês com alguma realização artística! Isso é coisa de francês, eles acham que Jerry Lewis é um gênio, mas os outros? Jaffrey sempre achou *A mão do morto* muito divertido, e só pode supor que Jack o escreveu com este fim em mente. Que ótimo que virou uma bela mina de ouro, né? Para todos os envolvidos. Risadinha, piscadela.

— Irena não achou graça nenhuma — diz Jack. — No livro. Ela ficou puta comigo. Achou que foi uma provocação minha. Queria que eu escrevesse *Guerra e paz*, quando o tempo todo era sobre...

— Ela sabia sobre o que era — diz Jaffrey com aquele sorriso dele de estudante-de-filosofia marquei-um-ponto. — Enquanto você estava escrevendo.

— Como é? Do que está falando? Eu nunca contei...

— Irena é a mulher mais enxerida do mundo — diz Jaffrey. — Eu sei, fui casado com ela. Ela tem um sexto sentido. Eu só a traí sete ou oito vezes, no máximo dez, e ela me flagrou imediatamente em todas elas. Também é um inferno jogar golfe com ela. Você não pode roubar um centímetro.

— Ela não poderia saber — diz Jack. — Eu guardava embaixo de uns panos.

— Acha que ela não andou espiando os originais sempre que podia? — diz Jaffrey. — Você ia ao banheiro, ela folheava algumas páginas. Ficou fascinada. Queria ver se você ia matar a Violet. E reconhecia um sucesso da cultura pop quando via um.

— Mas na época ela me encheu o saco — diz Jack. — Não entendo isso.

Ele se sente meio confuso. Talvez seja o sol: não está acostumado a ficar nele.

— Ela terminou comigo por causa desse livro. Traindo meu verdadeiro talento e blá-blá-blá.

— O motivo não foi esse — afirma Jaffrey. — Ela estava apaixonada por você. Não percebeu? Queria que você a pedisse em casamento, queria se casar. Ela é muito convencional, a Irena. Mas você não fez nada. Ela se sentiu muito rejeitada.

Jack fica surpreso.

— Mas ela fazia faculdade de direito! — diz ele.

Jaffrey ri.

— Isso não é desculpa.

— Se era o que ela queria — diz Jack, amuado —, por que não disse?

— E ver você rejeitá-la? Você conhece a Irena. Ela nunca se coloca em uma situação de vulnerabilidade.

— Mas talvez eu tivesse dito sim.

A vida de Jack teria sido muito diferente se ele tivesse adivinhado, depois aproveitado a oportunidade. Para melhor ou para pior? Ele não sabe. Ainda assim, diferente. Talvez ele não se sentisse tão só agora, por exemplo.

Ele não se casou com nenhuma das outras mulheres; nenhuma das fãs, nenhuma das atrizes que conheceu pelos filmes. Desconfiava de que todas amavam mais seu dinheiro e/ou seu livro do que a ele. Mas Irena, ele agora reflete, apareceu antes do lançamento de *A mão do morto*; antes do sucesso. Seja como for, ele não podia acusá-la de motivos escusos.

— Acho que ela ainda tem uma queda por você — diz Jaffrey.

— Ela fez da minha vida um inferno por anos — diz Jack.

— Pelos royalties. Se ela odiou tanto o livro, deveria ter rejeitado qualquer lucro que veio dele.

— Era o jeito dela de manter contato com você — diz Jaffrey. — Já pensou nisso?

O acordo de divórcio dela, ele conta a Jack, foi bizarro: Irena insistiu que incluísse a parte de Jaffrey em *A mão do morto te ama*, cujos rendimentos eram pagos a ela assim que Jaffrey os recebia.

— Ela pensa que inspirou você — diz ele. — Então tem direitos.

— Talvez tenha me inspirado — diz Jack.

Ele esteve pensando nos variados métodos que poderia usar para eliminar Jaffrey. Picador de gelo no banheiro masculino, pó radioativo na cerveja? Exigiria algum planejamento, porque Jaffrey devia ter feito alguns inimigos poderosos durante as décadas em que trabalhou nos bastidores e certamente fica atento ao perigo. Mas parece que Jack não precisa colocar em prática nenhum desses esquemas, já que Jaffrey está fora no que diz respeito a *A mão do morto te ama*: ele não ganha mais nada com o livro.

Jack manda uma carta a Irena. Não um e-mail, uma carta, com selo e tudo: quer criar uma aura de romance, fazer o máximo para induzi-la a se sentir segura, assim ele pode conduzi-la a um lugar fora de mão e empurrá-la de um precipício, figurativamente falando. Por que eles não se encontram para jantar?, sugere Jack. Ele tem notícias sobre o futuro de seu livro mútuo que queria contar a ela. Ela escolherá o restaurante, sem restrições quanto ao custo. Ele realmente gostaria de vê-la depois de todo esse tempo. Ela sempre foi muito, mas muito especial para ele, e ainda é.

Há um hiato; depois ele recebe uma resposta: *Certamente, seria apropriado. Será um prazer recordar a longa e complexa jornada em que estivemos, tanto juntos como depois, nos caminhos paralelos que percorremos em nossas viagens diferentes, mas semelhantes. Existem vibrações invisíveis que nos ligam um ao outro, como você deve perceber. Cordialmente, sua velha amiga, Irena. P.S.: Nossos horóscopos previram este reencontro.*

Como interpretar isso? Amor, ódio, indiferença, camuflagem? Ou será que Irena surtou?

Eles se encontram no sofisticado Canoe, muito distante do macarrão cozido com atum. O lugar foi sugestão de Irena. Escolhem uma das melhores mesas, com vista para o centro fortemente iluminado da cidade, o que provoca vertigem em Jack.

Ele se desvia da janela, concentrando-se em Irena. Ela está meio enrugada e bem mais magra, mas no geral está conservada. As maçãs do rosto se destacam; ela parece distinta e dispendiosa. Os olhos azuis impressionantes ainda são indecifráveis. Veste-se muito melhor do que quando dividiram a casa; mas ele também.

O vinho branco chega, um cabernet sauvignon. Eles erguem as taças.

— Aqui estamos nós de novo — diz Irena com um sorriso leve e trêmulo.

Estará nervosa? Irena nunca ficava nervosa; ou não que ele percebesse.

— É maravilhoso te ver — diz Jack.

Surpreendentemente, ele é sincero.

— O *foie gras* daqui é particularmente bom — diz Irena.

— Sei que você vai gostar. Por isso escolhi este lugar para você, sempre soube do que você gostava.

Ela passa a língua nos lábios.

— Você foi minha inspiração — Jack se vê dizendo.

Jack, seu piegas sem-vergonha, ele se repreende; mas pelo visto ele quer dar prazer a ela. Como foi que isso aconteceu? Ele precisa parar de rodeios, jogá-la de uma sacada, empurrá-la escada abaixo.

— Eu sei — diz Irena, sorrindo com nostalgia. — Eu era a Violet, não era? Só que ela era mais bonita e eu nunca fui tão egoísta.

— Você era mais bonita para mim — diz Jack.

Aquilo é uma lágrima, ela mostra alguma emoção? Agora Jack está com medo. Sempre confiou que Irena se manteria controlada, agora ele percebe. Ele não seria capaz de matar uma Irena chorosa: para ser assassinada, ela precisa ser insensível.

— Comprei aqueles sapatos, os vermelhos — diz ela. — Iguais aos do livro.

— Isso é... — diz Jack. — Isso é loucura.

— E deixei sempre guardados. Na caixa.

— Ah — diz Jack.

Aquilo está ficando esquisito demais. Ela é biruta como algumas das garotinhas góticas, ela o fetichizou. Talvez ele deva esquecer a ideia de matá-la. Dar o fora dali. Alegar indigestão.

— Ele abriu muita coisa para mim, o livro — diz ela. — Me deu confiança.

— Sendo perseguida pela mão de um morto? — Jack está perdendo o foco. Pretendia mesmo levar Irena a um beco escuro e dar nela com um tijolo? Deve ter sido só um devaneio.

— Acho que você deve ter me odiado por todos esses anos, por causa do dinheiro — diz Irena.

— Não, não mesmo — diz Jack, faltando com a verdade. Na realidade, ele a odiou. Mas não odeia agora.

— Não foi pelo dinheiro — diz ela. — Eu não queria magoar você, só queria manter contato. Não queria que você se esquecesse completamente de mim, com toda a sua vida de glamour.

— Não é tanto glamour assim. Eu não teria me esquecido de você. Nunca poderia.

Será papo furado dele, ou falou com sinceridade? Ele vivia no mundo do papo furado há tanto tempo que era difícil distinguir.

— Gostei de você não ter matado a Violet — diz ela. — Quer dizer, a Mão não ter matado. Foi tão comovente, o final que você deu. Foi lindo. Eu chorei.

Jack até pretendia deixar que a Mão estrangulasse Violet: parecia o certo, parecia adequado. A Mão taparia seu nariz, a boca; depois se fecharia no pescoço e apertaria seus dedos murchos de morta, e os olhos dela rolariam para cima como uma santa em êxtase.

Mas, de última hora, Violet superou corajosamente o pavor e a repulsa e assumiu a iniciativa. Estendeu a própria mão, estendeu com amor, e acariciou a Mão, porque sabia que era realmente William, ou parte de William. Depois, a Mão evaporou em uma névoa prateada. Jack roubou isso de *Nosferatu*: o amor de uma mulher pura tem um poder misterioso sobre as coisas das trevas. Talvez 1964 fosse o último momento em que alguém podia se safar com essa: experimente isso hoje e as pessoas se limitarão a rir.

— Sempre pensei que o final era uma mensagem que você estava enviando — diz Irena. — Para mim.

— Uma mensagem? — pergunta Jack.

Será que ela está biruta ou tem razão? Os junguianos e freudianos concordariam com ela. Mas, se foi uma mensagem, ele não sabia merda nenhuma do significado.

— Você tinha medo — diz Irena, como se respondesse a ele. — Tinha medo de que se eu realmente te tocasse, se eu estendesse a mão e tocasse seu coração... se você me deixasse chegar tão perto da pessoa verdadeiramente boa e espiritualizada que se escondia dentro de você... você desapareceria. E foi por isso que você não pôde, por isso não... por isso tudo se desfez. Mas agora você pode.

— Acho que vamos descobrir — diz Jack.

Ele abre o que espera ser um sorriso juvenil. Será que tem uma pessoa boa e espiritualizada dentro dele? Se tiver, Irena é a única no mundo a acreditar nisso.

— Acho que sim — diz Irena.

Ela sorri de novo e cobre a mão dele com a dela; Jack sente os ossos por dentro dos dedos de Irena. Ele cobre as duas mãos unidas com sua segunda mão. Aperta.

— Vou lhe mandar um buquê de rosas amanhã — diz ele.
— Rosas vermelhas. — Ele a olha nos olhos. — Considere um pedido de casamento.

Pronto. Ele deu o mergulho, mas mergulhou no quê? Jack, seja esperto, diz ele a si mesmo. Evite armadilhas. Ela pode ser demais para você, sem falar que pode ser louca. Não cometa um erro. Mas quanto tempo ele ainda tem de vida para se preocupar com erros?

COLCHÃO DE PEDRA

· · · · · · · · · ·

De início, Verna não tinha a intenção de matar ninguém. Só queria tirar férias, simples assim. Respirar um pouco, fazer alguma análise interior, livrar-se da pele gasta. O Ártico lhe caía bem: havia algo de inerentemente calmante nas vastas regiões de gelo e rochas, mar e céu, sem a perturbação de cidades, vias expressas, árvores e as outras distrações que atulham a paisagem mais para o sul.

Entre o entulho, ela inclui as pessoas, e por pessoas ela quer dizer os homens. Já tem algum tempo que está farta dos homens. Ela redigiu um memorando interno para renunciar a paqueras e quaisquer consequências que possam resultar delas. Não precisa da grana, não mais. Não é extravagante nem gananciosa, diz Verna a si mesma: tudo que sempre quis era ser protegida por camadas e mais camadas de dinheiro isolante, amável e macio, para que nada nem ninguém chegasse perto a ponto de prejudicá-la. É claro que ela enfim atingiu esse objetivo modesto.

Só que velhos hábitos custam a morrer, e logo Verna lançava um olhar avaliador aos companheiros de viagem, com seus casacos de *fleece*, hesitando com as malas de rodinhas no saguão do hotel do aeroporto na primeira noite. Ignorando as mulheres, ela etiquetou os homens do bando. Alguns têm mulheres anexas e ela os elimina: por que se esforçar mais do que o necessário?

Bisbilhotar um cônjuge à solta pode ser uma tarefa árdua, como Verna descobriu com o primeiro marido: as esposas descartadas grudam feito carrapichos.

São os solitários que interessam, os que vagam pelas margens. Alguns são velhos demais para seus fins; ela evita olhar nos olhos deles. Aqueles que nutrem a crença de que cachorro velho ainda pode aprender alguns truques: são estes o jogo de Verna. Mas ela não vai fazer nada a respeito, diz a si mesma, embora não haja nada de errado em um pouco de treino de aquecimento, ao menos para demonstrar a si mesma que ainda consegue pegar alguém, se tiver vontade.

Para a recepção daquela noite, ela escolhe o pulôver creme e pendurou o crachá da Magnetic Northward meio frouxo sobre o seio esquerdo. Graças à hidroginástica e aos exercícios para o tronco, ainda está em excelente forma para a idade que tem, ou melhor, para qualquer idade, pelo menos quando totalmente vestida e escorada por lingerie com fios de metal cuidadosamente ajustada. Não quer se arriscar em uma espreguiçadeira de biquíni — apareceu uma celulite superficial, apesar de seus esforços —, e esse é um motivo para escolher o Ártico no lugar de, digamos, o Caribe. Seu rosto é o que é, certamente o melhor que o dinheiro pode pagar nessa fase da vida: com um leve bronzeador, sombras claras nos olhos e maquiagem em pós de tons diferentes, ela consegue rejuvenescer dez anos.

— Embora muito se tire, muito permanece — diz ela em voz baixa à sua imagem no espelho.

O terceiro marido era maníaco por citações, com um pendor especial por Tennyson. "Venha ao jardim, Maud", ele tinha o hábito de dizer pouco antes da hora de dormir. Às vezes isso a deixava louca.

Ela acrescenta uma gota de água-de-colônia — um aroma discreto, floral, nostálgico —, depois retira o excesso com um lenço, deixando um mero sopro. É um erro exagerar: embora narizes idosos não sejam tão aguçados como já foram no passado, é melhor evitar alergias. Um homem que espirra não é um homem atencioso.

Verna faz sua entrada um pouco atrasada, com um sorriso desligado, mas animado — não é bom que uma mulher desacompanhada pareça ávida demais —, aceita uma taça do razoável vinho branco que estão servindo e vagueia entre os bebedores e comensais reunidos. Os homens serão profissionais liberais aposentados: médicos, advogados, engenheiros, corretores de ações; interessados em exploração do Ártico, ursos-polares, arqueologia, aves, artesanato *inuit*, talvez até vikings, flora ou geologia. A Magnetic Northward atrai jogadores sérios, com um bando fervoroso de especialistas contratados para conduzi-los por aí, dando aulas. Ela investigou outras duas empresas que promovem excursões na região, mas nenhuma teve algum apelo. Uma promove caminhadas excessivas e atrai quem tem menos de cinquenta — não é seu mercado alvo —, e a outra recorre a cantorias e se vestir de fantasias bobas, então ela ficou com a Magnetic Northward, que oferece o conforto da familiaridade. Já viajara por essa empresa, depois da morte do terceiro marido, cinco anos atrás, então sabe muito bem o que esperar.

Há muitos trajes esportivos no salão, muito bege entre os homens, muitas camisas xadrez, coletes com vários bolsos. Ela nota os crachás: um Fred, um Dan, um Rick, um Norm, um Bob. Outro Bob, e mais outro. Tem um monte de Bobs nessa excursão. Vários parecem estar em voo solo. Bob: um nome que antigamente tinha um forte significado para ela, embora a essa altura já tenha se livrado dessa bagagem. Ela escolhe um dos

Bobs mais magros, mas ainda firme, desliza para perto dele, ergue as pálpebras e as baixa de novo. Ele dá uma espiada em seu peito.

— Verna — diz ele. — Que lindo nome.

— Antiquado — diz ela. — Do latim para "primavera". Quando tudo volta a brotar para a vida. — Essa frase, tão cheia de promessas de renovação fálica, se mostrou eficaz quando a ajudou a assegurar o segundo marido.

Ao terceiro, disse que a mãe fora influenciada pelo poeta escocês do século XVIII, James Thomson, e suas brisas vernais, o que era uma mentira absurda, mas agradável. Na realidade, ela recebeu o nome de uma tia enrugada, de cara inchada e morta. Quanto à mãe, era uma presbiteriana rigorosa com uma boca que parecia um torno, que desprezava a poesia e era improvável que fosse influenciada por algo menos concreto que um muro de granito.

Nas fases preliminares de enredamento do quarto marido, que ela identificou como um viciado em curvas, Verna foi ainda mais longe. Disse que seu nome tinha saído de "O Rito da Primavera", um balé muito sexualizado que terminava com tortura e sacrifício humano. Ele riu, mas também se contorceu um pouco: sinal certo de ter fisgado o anzol.

Agora ela diz:

— E você é... Bob. — Ela levou anos para aperfeiçoar a leve puxada do ar, um consagrado bambeador de joelhos.

— Sim — diz Bob. — Bob Goreham — acrescenta, com timidez que certamente pretende que seja charmosa.

Verna abre um largo sorriso para disfarçar o choque. Ela se vê corando com uma combinação de fúria e hilaridade quase imprudente. Encara-o em cheio no rosto: sim, por baixo do cabelo ralo, das rugas e dos dentes obviamente clareados e possivelmente implantados, é o mesmo Bob — o Bob de cinquenta anos atrás. O sr. Galã, o sr. Astro do Futebol Sênior, o sr. Partidão, da rica ponta da cidade que dirigia Cadillacs, onde moravam os figurões da mineradora. O sr. Merda, com sua postura de ameaça e o sorriso torto de coringa.

Como foi inacreditável para todos, na época — não só todos na escola, mas todo mundo, porque naquele fim de mundo eles sabiam milimetricamente quem bebia e quem não bebia, de quem era melhor se manter afastada e quanto dinheiro trocado você consegue guardar no bolso de trás da calça —, como foi incrível que o garoto dourado Bob tenha escolhido a insignificante Verna para o baile formal no Palácio da Rainha da Neve. A bonita Verna, três anos mais nova, estudiosa, que pulava de ano, a inocente Verna, tolerada, mas não incluída, a caminho de conquistar uma bolsa de estudos como passagem para sair da cidade. A crédula Verna, que acreditava estar apaixonada.

Ou que *estava de fato* apaixonada. Quando se trata do amor, acreditar não é o mesmo que o sentimento em si? Essas crenças esgotam as forças e toldam a visão. Ela nunca se permitiu ser trespassada de novo por essa ratoeira.

O que eles dançaram naquela noite? "Rock Around the Clock". "Hearts Made of Stone". "The Great Pretender". Bob levara Verna para a beira do ginásio, apertando-a contra o cravo na lapela, porque a inepta e desajeitada Verna daqueles tempos nunca tinha estado em um baile e não era páreo para os movimentos extenuantes e chamativos de Bob. Para a dócil Verna, a vida era ir à igreja, estudar, fazer tarefas domésticas e trabalhar aos fins de semana como atendente na loja de conveniência, com a mãe de cara amarrada regulando cada movimento dela. Nada de encontros; isso não seria permitido, mas também nunca ninguém pediu para sair com ela. Porém, a mãe permitira que ela fosse ao baile bem supervisionado do colégio para dançar com Bob Goreham, porque não era ele um resplendor de uma família respeitável? A mãe até se permitiu certa vanglória presunçosa, embora silenciosa. Manter a cabeça erguida depois da fuga do pai de Verna tinha sido um trabalho de tempo integral e lhe conferiu um pescoço muito rígido. Depois de tanto tempo, Verna conseguia entender.

E lá foi Verna porta afora, olhos brilhantes de veneração pelo herói, cambaleando nos primeiros saltos altos. Foi educadamente colocada no reluzente conversível vermelho de Bob — com a traiçoeira garrafinha de bebida já à espreita no porta-luvas —, onde ela se sentou de costas retas, quase catatônica de timidez, cheirando a shampoo Prell e loção Jergens, enrolada na antiquada estola de pele de coelho fedida a naftalina da mãe, metida em um vestido com saia de tule que parecia, e era, barato.

Barato. Barato e descartável. Use e jogue fora. Era o que Bob pensava dela, desde o comecinho.

Agora Bob sorri um pouco. Parece satisfeito consigo mesmo: talvez pense que Verna está ardendo de desejo. Mas ele não a reconhece! Não reconhece nada! Quantas Vernas ele conheceu na vida, porra?

Controle-se, ela diz a si mesma. Ela não é invulnerável, afinal, ao que parece. Está tremendo de raiva, ou será humilhação? Para disfarçar, Verna bebe um gole do vinho e de imediato engasga. Bob entra em ação rapidamente, dando-lhe tapinhas rápidos e carinhosos nas costas.

— Com licença — ela consegue arquejar.

O cheiro fresco e frio de cravos a envolve. Ela precisa ficar longe dele; de súbito, sente um forte enjoo. Ela corre ao banheiro feminino, que felizmente está vazio, e vomita na privada do reservado o vinho branco e o canapé de *cream cheese* com azeitona. Pergunta-se se será tarde demais para cancelar a excursão. Mas por que precisa fugir de Bob de novo?

Na época, ela não teve escolha. No final daquela semana, a história corria por toda a cidade. O próprio Bob a espalhou, em uma versão farsesca muito diferente do que a própria Verna se lembrava. A piranha, bêbada e disponível Verna, que piada. Ela era seguida da escola até em casa por grupos de meninos maliciosos que a vaiavam e xingavam. *Calminha aí! Quer dar uma voltinha comigo? Um bombom é gostoso, mas a bebida é mais rápida!* Essas foram algumas das frases mais leves. Ela foi rejeitada pelas meninas, que receavam que a desgraça — a sujeira ridícula e hilariante de tudo aquilo — fosse contaminá-las.

E teve a mãe. Não demorou muito para que o escândalo chegasse aos círculos da igreja. A questão foi o quão pouco a mãe teve a dizer por aquela boca de grampo: Verna tinha feito a própria cama, agora devia se deitar nela. Não, ela não podia chafurdar em autopiedade — teria simplesmente de encarar, nem poderia esquecer, porque um passo em falso e você cai, a vida é assim. Quando ficou evidente que o pior tinha acontecido, ela comprou uma passagem de ônibus para Verna e a despachou para um Lar de Mães Solteiras administrado pela Igreja nos arredores de Toronto.

Ali, Verna passou os dias descascando batatas, esfregando chão e limpando privadas junto com as companheiras delinquentes. Usavam vestidos cinza de gestantes, meias de lã da mesma cor e sapatos marrons desajeitados, tudo pago por doações generosas, segundo lhes informaram. Além de realizar tarefas de limpeza e descascar legumes, tinham de cumprir sessões de orações e moralismo prepotente. O que aconteceu com elas foi justo ou merecido, diziam os sermões, devido a seu comportamento depravado, mas nunca era tarde demais para se redimir por meio do trabalho árduo e autocontrole. Elas eram aconselhadas a ficar longe de álcool, tabaco e chicletes, e diziam-lhes que deviam considerar um milagre de Deus se algum homem decente quisesse se casar com elas.

 O parto de Verna foi longo e difícil. O bebê foi tirado dela imediatamente, para que não se apegasse. Houve uma infecção, com complicações e cicatrizes, mas era para o bem dela, como entreouviu uma enfermeira vigorosa dizer a outra, porque aquele tipo de menina não servia para ser mãe. Depois que conseguiu andar, Verna recebeu cinco dólares e uma passagem de ônibus, e foi instruída a voltar à guarda da mãe, porque ainda era menor de idade.

 Mas ela não podia enfrentar isso — nem a cidade —, então foi para o centro de Toronto. O que estava pensando? Não eram pensamentos de verdade, apenas sentimentos: lamento, angústia e, por fim, uma centelha de raiva hostil. Se era tão desprezível e indigna como todos pareciam pensar, podia muito bem agir em conformidade com isso e, entre turnos de trabalho de garçonete e limpeza de quartos de hotel, ela agiu.

 Foi por um grande golpe de sorte que Verna conheceu um homem mais velho e casado que se interessou por ela. Verna trocou três anos de sexo ao meio-dia com ele pelo preço de sua educação formal. Uma troca justa, na sua opinião. Verna não guardava rancor dele. Aprendeu muito com o homem — andar de saltos altos foi a menor das lições — e conseguiu se reerguer. Pouco a pouco, livrou-se da imagem destroçada de Bob que ainda carregava como uma flor seca — por incrível que pareça! — junto ao coração.

∙ ∙ ∙

Ela dá uns tapinhas no rosto para se recompor e ajeita a maquiagem, que escorreu pelas faces, apesar de alegar ser à prova d'água. Coragem, diz a si mesma. Não será enxotada, não desta vez. Ela vai aguentar; agora é páreo para cinco Bobs. E tem a vantagem, porque Bob não faz a menor ideia de quem ela seja. Será que Verna está tão diferente assim? Sim, está. Está melhor. Tem o cabelo grisalho, e as várias alterações, é claro. Mas a verdadeira diferença está na atitude — o jeito confiante com que se comporta. Seria difícil para Bob enxergar através dessa fachada a idiota tímida, chorona e inepta que ela fora aos catorze anos.

Depois de passar uma última camada de pó, ela se reintegra ao grupo e entra na fila do bufê para pegar rosbife e salmão. Não vai comer muito, mas nunca come, não em público: uma mulher gulosa e comilona não é uma criatura de sedução misteriosa. Ela se contém para não percorrer a multidão e localizar Bob — ele pode acenar e ela ainda precisa de tempo para pensar —, e escolhe uma mesa na extremidade do salão. Mas, *presto*, Bob está se sentando ao lado dela sem muito mais que um posso-me-sentar-com-você. Ele supõe que já urinou neste hidrante, pensa ela. Já pichou este muro. Decapitou este troféu e tirou a foto com o pé sobre o corpo. Como fez antes, embora não tenha percebido. Ela sorri.

Ele é solícito. Verna está bem? Ah, sim, responde ela. Só foi algo que desceu errado. Bob se lança direto às preliminares. O que Verna faz? Aposentada, diz ela, embora tivesse uma carreira recompensadora como fisioterapeuta, especializada em reabilitação de vítimas de doenças cardíacas e derrames.

— Deve ter sido interessante — diz Bob. Ah, sim, diz Verna. É muito satisfatório ajudar as pessoas.

Foi mais do que interessante. Homens ricos recuperando-se de episódios quase fatais reconheciam o valor de uma mulher mais nova e atraente com mãos habilidosas, maneiras encorajadoras e um conhecimento intuitivo de quando ficar quieta. Ou, como o terceiro marido colocou de seu jeito keatsiano, as melodias ouvidas são doces, mas aquelas não ouvidas são mais ainda. Havia algo na intimidade da relação — tão física – que levava a outras intimidades, embora Verna sempre parasse antes do sexo: era por motivos religiosos, dizia. Se não vinha nenhuma proposta de casamento, ela se desvencilhava, citando os deveres para com pacientes mais necessitados. Isso foi decisivo duas vezes.

Ela definia suas escolhas de olho no problema de saúde envolvido e, depois de casada, esforçava-se ao máximo para fazer valer o dinheiro. Cada marido tinha partido não só feliz, mas agradecido, embora um pouco mais cedo do que se teria esperado. Mas cada um deles morreu de causas naturais — uma recorrência letal do ataque cardíaco ou AVC que o acometera antes. Só o que ela fez foi dar permissão tácita para que satisfizessem cada desejo proibido: comer alimentos que entopem artérias, beber o quanto quisessem, voltar aos jogos de golfe cedo demais. Ela se continha e não comentava o fato de que, estritamente falando, eles estavam sendo medicados com muito zelo. Ela estranhava a posologia, dizia depois, mas quem era ela para dar uma opinião contrária à do médico?

E se um homem por acaso se esquecesse de que já havia tomado os comprimidos naquela noite, os encontrasse arrumados no lugar de sempre e os tomasse de novo, o que se poderia esperar? Os anticoagulantes podem ser perigosos demais em excesso. Você pode sangrar dentro do próprio cérebro.

E havia o sexo: o exterminador, o golpe de misericórdia. A própria Verna não tinha interesse em sexo, mas sabia o que devia funcionar. "Só se vive uma vez", adquiriu o hábito de dizer, levantando uma taça de champanhe durante um jantar à luz de velas e depois expondo o Viagra, uma inovação revolucionária, mas muito problemática para a pressão sanguínea. Era essencial chamar os socorristas prontamente, mas não muito. "Ele estava assim quando acordei" era aceitável de se dizer. Assim como "Ouvi um barulho estranho no banheiro e quando fui ver...".

Ela não se arrepende de nada. Fez um favor a esses homens: certamente é melhor uma saída rápida do que um declínio prolongado.

Com dois dos maridos, houve dificuldades com os filhos adultos em relação ao testamento. Verna generosamente dissera que compreendia como eles deviam se sentir. Depois ela lhes pagara, com mais do que o estritamente justo, considerando o esforço que dedicou. Seu senso de justiça ainda era presbiteriano: não queria muito mais do que lhe era devido, mas também não queria muito menos. Gosta de contas equilibradas.

Bob se inclina para ela, passando o braço pelo encosto de sua cadeira. O marido dela também está no cruzeiro?, pergunta, mais perto de seu ouvido do que deveria, respirando nele. Não, diz Verna, ela enviuvou recentemente — neste momento, ela baixa os olhos para a mesa, na esperança de transmitir uma tristeza muda —, e esta é uma espécie de viagem terapêutica. Bob diz que lamenta saber disso, mas que coincidência, porque a esposa dele faleceu só seis meses antes. Foi um golpe — eles ansiavam por passar a velhice juntos, ela fora namorada de faculdade —, foi amor à primeira vista. Verna acredita em amor à primeira vista? Sim, diz Verna, ela acredita.

Bob se confidencia mais: eles esperaram até depois da formatura para se casar, então tiveram três filhos, e agora são cinco netos; Bob tem muito orgulho de todos eles. Se me mostrar alguma foto de bebê, pensa Verna, vou bater nele.

— Deixa um vazio, não é? — diz Bob. — Uma espécie de vácuo. — Verna admite que sim. Será que Verna acompanharia Bob numa garrafa de vinho?

Seu blefe, pensa Verna. Então você se casou, teve filhos e uma vida normal, como se nada tivesse acontecido. Quanto a mim... ela tem náuseas.

— Adoraria — diz ela. — Mas vamos esperar até chegarmos ao navio. Seria mais relaxante. — Ela baixa as pálpebras para ele de novo. — Agora vou me retirar para meu sono de beleza. — Ela sorri e se levanta da mesa.

— Ah, você não precisa disso — replica Bob com galanteria.

O babaca realmente puxa a cadeira para ela. Ele não mostrou maneiras tão refinadas na época. Sórdido, brutal e baixo, como dizia o terceiro marido, citando Hobbes sobre o tema do homem natural. Hoje em dia uma garota saberia chamar a polícia. Hoje em dia Bob seria preso, por mais mentiras que contasse, porque Verna era menor de idade. Mas não havia uma palavra exata para o ato na época: estupro só acontecia quando um maníaco saltava de um arbusto em cima de você, não quando seu encontro para o baile a levava de carro a uma estrada na floresta terciária que cercava a cidadezinha insignificante de mineradores, dizia-lhe para beber como uma garota boazinha e depois a desmontava, camada por camada rasgada. Para piorar, o melhor amigo de Bob, Ken, apareceu no próprio carro para ajudar. Os dois riram o tempo todo. Ficaram com sua cinta-liga de suvenir.

Depois disso, Bob a empurrou para fora do carro a meio caminho na volta, amuado porque ela chorava. "Cala a boca ou vai a pé para casa", dissera ele. Ela tem uma imagem de si mesma mancando na estrada coberta de gelo, os pés nus metidos nas sandálias de salto tingidas de azul-claro para combinar com o vestido, tonta, ferida, tremendo e — uma humilhação ainda mais ridícula — soluçando. O que mais a preocupou naquele momento foram as meias de nylon — onde estavam suas meias? Ela as comprara com o dinheiro que ganhou na loja. Devia estar em choque.

Ela se recordava direito? Bob meteu a cinta-liga na cabeça e dançou na neve com as alças da liga batendo como guizos de arlequim?

Cinta-liga, pensa Verna. Que coisa pré-histórica. Isso e toda a arqueologia há muito desaparecida que vinha com ela. Agora uma garota tomaria a pílula ou faria um aborto sem nem olhar para trás. Como é paleolítico ainda se sentir ferida por essas coisas.

Foi Ken — e não Bob — que voltou a ela, disse bruscamente que entrasse e a levou para casa. Ele, pelo menos, teve a elegância de ficar envergonhado. "Não fale nada", resmungou. E ela não falou, mas o silêncio não lhe fez bem nenhum.

Por que ela teria de ser a única a sofrer por aquela noite? Ela foi burra, é verdade, mas Bob foi cruel. E saiu ileso, sem consequências ou remorsos, enquanto toda a vida de Verna foi distorcida. A Verna do dia anterior morrera e uma Verna diferente se solidificara em seu lugar: atrofiada, distorcida, mutilada. Foi Bob que lhe ensinou que só os fortes podem vencer, que os fracos devem ser explorados impiedosamente. Foi Bob que a transformou em uma — por que não pronunciar o nome? — assassina.

• • •

Na manhã seguinte, durante o voo fretado para o norte, onde o navio flutuava no mar de Beaufort, ela pensa nas opções. Pode brincar com Bob feito um peixe até bem o último momento, depois deixá-lo com as calças arriadas nos tornozelos: uma satisfação, porém das menores. Pode evitá-lo completamente durante a excursão e deixar a equação onde esteve nos últimos cinquenta e poucos anos: não resolvida. Ou pode matá-lo. Ela pensa nessa terceira opção com calma hipotética. Digamos, por exemplo, que assassinasse Bob. Como poderia fazer isso durante o cruzeiro, sem ser apanhada? A fórmula de remédios-e-sexo seria lenta demais, e talvez nem desse certo, porque Bob não parece sofrer de enfermidade nenhuma. Empurrá-lo para fora do navio não é viável. Bob é grande demais, a amurada é alta e ela sabe, por uma viagem anterior, que sempre tem gente no convés, curtindo a vista deslumbrante e tirando fotos. Um cadáver em uma cabine atrairia a polícia e incitaria uma busca por DNA, fiapos de tecido e assim por diante, como na televisão. Não, ela teria de preparar a morte para uma das visitas em terra. Mas como? Onde? Ela consulta o itinerário e o mapa da rota proposta. Um povoado *inuit* não serviria: os cães vão latir, crianças vão seguir. Quanto às outras paradas, a terra que visitarão não tem acidentes geográficos que sirvam de esconderijo. Funcionários armados os acompanharão para protegê-los de ursos-polares. Quem sabe um acidente com uma das armas? Para isso, ela precisaria de um *timing* de uma fração de segundo.

Qualquer que seja o método, terá de ser aplicado no início da viagem, antes de ele ter tempo de fazer novos amigos — pessoas que possam notar seu desaparecimento. Além disso, a possibilidade de Bob de repente reconhecê-la está sempre presente.

Se isso acontecer, será fim de jogo. Enquanto isso, seria melhor não ser vista demais com ele. Basta manter o interesse dele aceso, mas não tanto para dar ensejo a boatos de um romance em ebulição, por exemplo. Em um cruzeiro, as fofocas se espalham como gripe.

Depois do embarque no navio — é o *Resolute II*, conhecido de Verna pela viagem anterior —, os passageiros fazem fila para depositar os passaportes na recepção. Depois se reúnem no salão frontal para uma palestra sobre os procedimentos, ministrada por três dos tripulantes desanimadoramente eficientes. Sempre que chegarem em terra, diz o primeiro com uma carranca viking severa, devem trocar os crachás no quadro de crachás, de verde para vermelho. Quando voltarem ao navio, devem trocar do vermelho para o verde. Sempre devem usar coletes salva-vidas nas viagens de botes Zodiac a terra; os coletes são do novo tipo fino que infla quando em contato com a água. Eles devem depositar os coletes perto da costa quando em terra, nos sacos de lona branca fornecidos, e pegá-los quando partirem. Se houver algum crachá não devolvido ou restar algum colete no saco, a equipe saberá que alguém ainda está em terra. Eles não querem ser deixados para trás, querem? E agora alguns detalhes sobre a manutenção. Eles encontrarão sacos para roupa suja nas cabines. O consumo do bar será cobrado na conta de cada passageiro e as gorjetas serão acertadas no fim. O navio tem uma política de portas abertas, para facilitar o trabalho da equipe de limpeza, mas, naturalmente, eles podem trancar as cabines, se assim desejarem. A recepção tem uma seção de achados e perdidos. Tudo esclarecido? Ótimo.

A segunda oradora era a arqueóloga que, para Verna, parece ter uns doze anos. Eles visitarão sítios de tipos variados, diz ela, inclusive Independence 1, Dorset e Thule, mas eles nunca, jamais devem tocar em nada. Nenhum artefato, em particular nenhum osso. Esses ossos podem ser humanos, e eles devem ter o máximo cuidado de não os perturbar. Mesmo ossos animais são uma fonte importante do raro cálcio para corvos, lemingues e raposas e, bom, toda a cadeia alimentar, porque o Ártico recicla tudo. Tudo esclarecido? Ótimo.

Agora, diz o terceiro orador, um careca elegante que parece um personal trainer, uma palavrinha sobre as armas. As armas são essenciais, porque os ursos-polares são destemidos. Mas a equipe sempre vai disparar primeiro no ar, para assustar os ursos. Atirar em um urso é um último recurso, mas eles podem ser perigosos e a segurança dos passageiros é a maior prioridade. Não é preciso ter medo das armas: as balas serão retiradas durante viagens de botes Zodiac de ida e volta à costa, e será impossível que alguém seja baleado. Tudo esclarecido? Ótimo.

Claramente, um acidente com arma não vai dar, pensa Verna. Nenhum passageiro vai chegar perto das armas.

Depois do almoço, há uma palestra sobre morsas. Há boatos de morsas malandras que predam focas, perfurando-as com as presas, depois chupando a gordura com as bocas potentes. As mulheres dos dois lados de Verna estão tricotando. Uma delas diz, "Lipoaspiração". A outra ri.

Terminada a palestra, Verna vai ao convés. O céu está limpo, com nuvens lenticulares pairando como espaçonaves; o ar é cálido; o mar é azul-claro. Há um iceberg clássico a bombordo, com um miolo tão azul que parece tingido, e à frente deles há uma miragem — uma *fata morgana*, assomando como um castelo de gelo no horizonte, completamente real, a não ser pelo leve tremeluzir nas bordas. Marinheiros foram levados à morte por se deixarem enganar por elas; desenharam em mapas montanhas onde não havia montanha alguma.

— Lindo, não é? — diz Bob, materializando-se ao lado dela.
— Que tal uma garrafa de vinho esta noite?
— Deslumbrante — diz Verna, sorrindo. — Esta noite talvez não... me comprometi com uma das garotas. — Era verdade; ela marcara com a mulher do tricô.
— Quem sabe amanhã? — Bob sorri e conta que tem uma cabine exclusiva. — Número duzentos e vinte e dois, como o analgésico — ele ironiza, e fica confortavelmente no meio do navio. — Nada muito *rock and roll* — acrescenta.

Verna diz que também tem uma exclusiva: vale a despesa a mais, porque assim é possível relaxar de verdade. Ela arrasta a palavra "relaxar" até parecer uma contorção voluptuosa em lençóis de cetim.

Ao ver o quadro de crachás enquanto passeia pelo navio depois do jantar, Verna nota o crachá de Bob — bem perto do dela. Depois compra duas luvas baratas na loja de presentes. Ela lê muitos romances policiais.

O dia seguinte começa com uma palestra sobre geologia ministrada por um jovem cientista cheio de energia que suscitou interesse dos passageiros, em particular das mulheres. Por uma sorte imensa, diz ele, e devido a uma mudança no itinerário por conta de um bloco de gelo, eles farão uma parada imprevista, onde poderão ver uma maravilha do mundo geológico, uma visão permitida a poucas pessoas. Terão o privilégio de ver os mais antigos estromatólitos fossilizados do mundo, datando a impressionantes 1,9 bilhão de anos — anterior aos peixes, aos dinossauros, aos mamíferos —, as primeiríssimas formas de vida preservadas neste planeta. O que é um estromatólito?, pergunta ele retoricamente, com um brilho nos olhos. A palavra vem do grego *stroma*, um colchão, combinada com a raiz para a palavra *pedra*. Colchão de pedra: uma almofada fossilizada, formada de camada após camada de algas verde-azuladas que criam um monte ou domo. As mesmas algas verde-azuladas que criaram o oxigênio que eles agora respiram. Não é espantoso?

Um homem mirrado que parece um elfo na mesa de almoço de Verna resmunga que espera ver algo mais empolgante que pedras. Ele é um dos outros Bobs, Verna esteve fazendo um inventário. Um Bob a mais vem bem a calhar.

— Estou ansiosa para vê-los — diz ela. — Os colchões de pedra.

Ela confere à palavra *colchões* um tom sutil de provocação e recebe uma piscadela de aprovação de Bob Segundo. É sério, eles nunca são velhos demais para flertar.

No convés depois do café, ela avalia a terra que se aproxima pelo binóculo. É outono aqui: as folhas nas pequenas árvores que serpenteiam pelo terreno como trepadeiras são vermelhas, laranja, amarelas e roxas, com rochas surgindo delas em ondas e dobras. Tem uma crista, uma segunda crista mais alta, depois outra mais alta ainda. É na segunda crista que os melhores estromatólitos serão encontrados, disse-lhes o geólogo.

Será que alguém que escorregasse atrás da terceira crista ficaria visível da segunda? Verna acha que não.

Agora estão todos metidos nas calças impermeáveis e galochas; agora os zíperes são fechados e eles são afivelados nos coletes salva-vidas como crianças de jardim de infância gigantes; agora estão trocando os crachás verdes pelos vermelhos; agora se aproximam da prancha de desembarque e são transportados nos botes Zodiac infláveis e pretos. Bob se colocou no Zodiac de Verna. Ele ergue a câmera, tira uma foto dela.

O coração de Verna está mais acelerado. Se ele me reconhecer espontaneamente, não o matarei, pensa. Se eu lhe disser quem sou, ele me reconhecer e pedir desculpas, ainda não o matarei. Isso representa o dobro de chances de escapar que ele deu a ela. Significará renunciar à vantagem da surpresa, uma atitude que pode ser perigosa — Bob é muito maior que ela —, mas Verna quer ser justa.

Eles estão em terra e tiram o colete salva-vidas e os calçados de borracha, estão amarrando os cadarços das botas de caminhada. Verna se aproxima de Bob, nota que ele não se incomodou em calçar as galochas. Está com um boné vermelho; enquanto ela olha, ele o vira para trás.

Agora todos se espalham. Alguns ficam na beira-mar; outros sobem a primeira crista. O geólogo está parado ali com seu martelo, um grupo tagarela reunido em volta dele. Está em pleno modo palestra; por favor, não toquem em nenhum estromatólito, mas o navio tem permissão para pegar uma amostra, então se alguém encontrar um fragmento particularmente especial, sobretudo uma seção transversal, fale com ele primeiro e o colocarão na mesa de rochas que ele está montando a bordo, onde todos poderão ver. Aqui estão alguns exemplos, para aqueles que talvez não queiram subir a segunda crista...

Cabeças se abaixam; câmeras aparecem. Perfeito, pensa Verna. Quanto mais distração, melhor. Ela sente, sem olhar, que Bob está perto. Agora, eles estão na segunda crista, que alguns sobem com mais facilidade que outros. Aqui estão os melhores estromatólitos, um campo inteiro deles. Existem os inquebráveis, como bolhas ou calos, os pequenos, alguns grandes como meia bola de futebol. Alguns perderam o topo, como ovos em vias de eclodir. Outros ainda foram enterrados, e só o que resta deles é uma série de ovais concêntricos, como um pãozinho de canela ou os anéis de crescimento de uma árvore.

E aqui está um quebrado em quatro, como um queijo holandês fatiado em cunhas. Verna pega um dos quartos, examina as camadas, para cada ano preto, cinza, preto, cinza, preto, e no fundo o núcleo vazio. O pedaço é pesado, de bordas afiadas. Verna o coloca na mochila.

E lá vem Bob como quem segue uma deixa, subindo a crista com a lentidão de um zumbi, na direção dela. Ele tirou o casaco, meteu embaixo das alças da mochila. Está sem fôlego. Ela tem um instante de escrúpulo: ele passou do ponto; a fragilidade ganha terreno. Será que ela vai deixar o passado para trás? Garotos serão sempre garotos. Eles todos não são só marionetes dos hormônios nessa idade? Por que um ser humano seria julgado pelo que fez em outra época, tão distante que parece fazer séculos?

Um corvo voa no alto, em círculos. Ele sabe? Estará à espera? Verna olha nos olhos dele, vê uma velha — porque, vamos encarar a realidade, ela agora é uma velha — prestes a assassinar um homem mais velho ainda por causa de uma raiva já esmaecida pela distância do tempo passado. É perverso. É cruel. É normal. É o que acontece na vida.

— Ótimo dia — diz Bob. — É bom poder esticar as pernas.

— Não é? — diz Verna. Ela passa para o outro lado da segunda crista. — Talvez tenha algo melhor por ali. Mas não disseram para não nos distanciarmos muito? Fora de vista?

Bob solta uma risada do tipo as-regras-são-para-os-simplórios.

— Estamos pagando por isso — diz ele.

Na verdade, ele vai na frente, não sobe a terceira crista, mas a contorna por trás. É fora de vista que ele quer ficar.

O homem armado na segunda crista grita para umas pessoas que se distanciaram demais para a esquerda. Está de costas para Verna. Mais alguns passos e Verna olha por cima do ombro: não consegue ver ninguém, o que significa que ninguém pode vê-la. Eles pisam em um trecho de terra lamacenta. Ela tira as luvas finas do bolso e as calça. Agora estão do outro lado da terceira crista, na base inclinada.

— Vem cá — diz Bob, dando um tapinha na pedra. A mochila está a seu lado. — Trouxe umas bebidas para nós.

Em volta dele há uma rede esfarrapada de líquens escuros.

— Que ótimo — diz Verna. Ela se senta, abre o zíper da mochila. — Olha — acrescenta ela. — Encontrei um espécime perfeito. — Ela se vira, posicionando o estromatólito entre os dois, escorando-o com as duas mãos. Respira fundo. — Acho que já nos conhecemos — diz ela. — Meu nome é Verna Pritchard. Do colégio.

Bob não titubeia.

— Achei que havia alguma coisa familiar em você — diz. Na verdade, está sorrindo com malícia.

Ela se lembra desse sorriso. Tem um retrato nítido de Bob saltando com triunfo na neve, rindo como uma criança de dez anos. Ela, por sua vez, destruída e encolhida.

Ela sabe que não deve fazer gestos largos. Ergue o estromatólito com força, um golpe curto e rápido no maxilar inferior de Bob. Ouve-se um esmagar, o único som. Sua cabeça é jogada para trás. Agora ele está esparramado na pedra. Ela segura o estromatólito acima da testa dele, deixa cair. De novo. E de novo. Pronto. Isso parece resolver.

Bob está ridículo, de olhos abertos e fixos, a testa esfacelada e sangue escorrendo pelas duas faces.

— Você está nojento — diz ela. Ele está risível, então ela ri. Como suspeitava, os dentes da frente são implantes.

Ela leva um momento para acalmar a respiração. Depois pega o estromatólito, com o cuidado de não deixar que nenhum vestígio de sangue encoste nela ou nas luvas, e o deixa em uma poça de água estagnada. O boné de Bob caiu; ela o coloca na própria mochila, junto com o casaco dele. Esvazia a mochila dele: nada ali além da câmera, duas luvas de lã, um cachecol e seis minigarrafas de *scotch*. Que esperança patética a dele. Ela pega o conteúdo, coloca na própria mochila, acrescenta a câmera, que vai jogar no mar depois. Em seguida enxuga o estromatólito no cachecol, verificando para ter certeza de que não há sangue, e o coloca na mochila. Deixa Bob para os corvos, os lemingues e o resto da cadeia alimentar.

Então, ela contorna de volta a base da terceira crista, ajeitando o casaco. Quem olhar vai supor que só esteve fazendo xixi. As pessoas escapolem desse jeito, em passeios pelo litoral. Mas ninguém está olhando.

Ela encontra o jovem geólogo — ele ainda está na segunda crista, junto com sua camarilha de admiradores — e estende o estromatólito.

— Posso levar para o navio? — pergunta ela com doçura.
— Para a mesa de rochas?
— Que amostra incrível! — diz ele.

Os viajantes retornam para a costa, de volta aos Zodiacs. Quando se aproxima dos sacos de lona com os coletes salva-vidas, Verna mexe nos cadarços até que todos os olhos estejam voltados para outro lado e ela consiga enfiar um colete a mais na mochila. A mochila está muito mais volumosa do que quando ela saiu do navio, mas seria inusitado se alguém notasse isso.

Subindo a prancha, ela embroma com a mochila até que todos tenham passado pelo quadro de crachás, depois troca o crachá de Bob do vermelho para o verde. E seu próprio crachá também, claro.

A caminho da cabine, ela espera que o corredor esteja vazio, depois passa pela porta destrancada de Bob. A chave da cabine está na cômoda; Verna a deixa ali. Ela pendura o colete salva-vidas, o casaco impermeável e o boné de Bob, abre um pouco a torneira da pia, amarfanha uma toalha. Em seguida, vai para a própria cabine pelo corredor ainda vazio, tira as luvas, lava e as pendura para secar. Ela quebrou uma unha, mas pode consertar isso. Verifica o rosto: um toque de queimadura de sol, mas nada sério. Para o jantar, veste-se de rosa e faz um esforço para dar em cima de Bob Segundo, que corajosamente retribui, mas certamente é decrépito demais para ser uma perspectiva séria. Ainda bem — seu nível de adrenalina está despencando. Se houver uma aurora boreal, segundo disseram, será anunciada, mas Verna não pretende se levantar para ver.

Até agora tudo está correndo bem. Agora ela só precisa manter a miragem de Bob, fielmente trocando o crachá dele de verde para vermelho, de vermelho para verde. Ele vai deslocar objetos na cabine, usar diferentes itens do guarda-roupa bege e xadrez, dormir em sua cama, tomar banhos, deixar toalhas no chão. Vai receber um convite só com o nome de batismo para jantar na mesa do capitão, convite que depois aparecerá tranquilamente embaixo da porta de outro dos Bobs, e ninguém vai notar a troca. Vai escovar os dentes. Programar o despertador. Mandará a roupa para a lavanderia, porém sem preencher o recibo: isso seria arriscado demais. A equipe de limpeza não vai se importar — muita gente mais velha se esquece de preencher os recibos da lavanderia.

O estromatólito vai ficar na mesa de amostras geológicas e será apanhado, examinado e discutido, adquirindo muitas digitais. No final da viagem, será descartado. O *Resolute II* vai viajar por catorze dias; parará para visitas em terra dezoito vezes. Vai passar por calotas polares e penhascos íngremes, e montanhas de ouro, cobre, preto ébano e cinza prateado; vai deslizar por blocos de gelo; ancorará em litorais extensos e implacáveis e explorará fiordes criados por geleiras durante milhões de anos. No meio de um esplendor tão rigoroso e absorvente, quem vai se lembrar de Bob?

Chegará a hora da verdade no final da viagem, quando Bob não aparecerá para pagar a conta e pegar o passaporte; nem fazer as malas. Haverá um alvoroço de preocupação, seguido por uma reunião dos tripulantes — atrás de portas fechadas, para não alarmar os passageiros. Por fim, haverá uma notícia: Bob, tragicamente, deve ter caído do navio na última noite da viagem, enquanto se inclinava para obter um ângulo melhor da aurora boreal com a câmera. Não há outra explicação possível.

Enquanto isso, os passageiros terão se dispersado ao vento, Verna entre eles. Isto é, se ela conseguir. Vai ou não? Deve ter cuidado com isso — precisa encontrar um desafio emocionante —, mas, no momento, só se sente cansada e um tanto vazia.

Mas em paz, segura. E calma da mente, toda a paixão gasta, como o terceiro marido costumava dizer de um jeito tão irritante depois das sessões de Viagra. Aqueles vitorianos sempre associavam o sexo com a morte. Quem era o poeta mesmo? Keats? Tennyson? A memória de Verna não é mais a mesma. Mas os detalhes lhe voltarão depois.

FOGO NA POEIRA

As pessoinhas escalam a mesa de cabeceira. Hoje estão vestidas de verde: as mulheres de sobressaia com anquinhas, chapéus de veludo de aba larga e corpetes de corte quadrado de contas brilhantes, os homens com calções de cetim e sapatos com fivelas, com um monte de fitas esvoaçando dos ombros e plumas imensas enfeitando os tricórnios. Elas não têm respeito nenhum pela precisão histórica, essas pessoas. É como se algum figurinista de teatro entediado se embriagasse nos bastidores e assaltasse os baús do depósito: um decote Tudor aqui, um casaco de gondoleiro ali, uma roupa de arlequim lá. Wilma tem de admirar a despreocupação impetuosa.

E lá vão elas subindo, de mão em mão. Quando chegam ao nível dos olhos, unem os braços e dançam com bastante elegância, considerando os obstáculos no caminho: a luminária, a lupa de joalheiro enviada pela filha Alyson — um gesto gentil, embora não muito útil —, o *e-reader* que amplia o corpo da letra. *E o vento levou* é o livro com que ela se debate no momento. Ela tem sorte se consegue transpor uma única página em 15 minutos, mas felizmente se lembra das partes principais desde a primeira vez que leu. Talvez tenham vindo daí os tecidos verdes nas pessoinhas, aquelas famosas cortinas de veludo que a obstinada Scarlett costura em um vestido para se disfarçar de respeitável.

As pessoinhas giram, as saias das mulheres enfunam. Hoje estão de bom humor: trocam acenos com a cabeça, sorriem, abrem e fecham a boca como se falassem.

Wilma tem plena consciência de que essas aparições não são reais. São apenas sintomas: síndrome de Charles Bonnet, bem comum em sua idade, sobretudo com aqueles problemas oculares. Ela tem sorte, porque as manifestações — seus Queridinhos, como os chama o dr. Prasad — em sua maioria são inofensivas. Só raras vezes essas pessoas se zangam, ou saem de proporção, ou se dissolvem em fragmentos. Mesmo quando estão zangadas ou amuadas, seus ataques de mau gênio não podem ter nenhuma relação com ela, porque as pessoinhas nunca reconhecem sua presença; e isso também — diz o médico — faz parte do processo.

Wilma gosta dos Queridinhos, na maior parte do tempo; queria que falassem com ela. Cuidado com o que deseja, disse Tobias quando ela lhe contou esse pensamento. Primeiro, depois que começarem a falar, talvez não calem a boca nunca, e segundo, quem sabe o que vão dizer? Ele então mergulhou em um relato de um de seus casos do passado; do passado distante, é desnecessário dizer. A mulher era deslumbrante, com seios de uma deusa indiana e coxas como mármores de uma estátua grega — Tobias é dado a comparações arcaicas e exageradas —, mas sempre que ela abria a boca saíam tantas banalidades que ele quase explodia de irritação reprimida. Era uma tarefa longa e estressante levá-la para a cama; envolvia chocolates, de uma caixa dourada em formato de coração, da melhor qualidade, não poupava despesas. E também champanhe; mas isso não a deixava mais disposta, só mais tola.

Segundo Tobias, era mais difícil seduzir uma mulher burra do que uma inteligente, porque as mulheres burras não conseguem compreender insinuações, nem ligar causa com efeito. Perdia-se para elas o fato de que depois de um jantar caro vem a abertura complacente de suas pernas ímpares, como a noite se segue ao dia. Wilma não considerava educado sugerir a ele que os olhares vagos e desorientados podiam muito bem ser uma encenação dessas beldades, que não se oporiam a uma refeição gratuita se só o que lhes custasse fosse um arregalar dos olhos grandes, estúpidos e de cílios pesados. Ela se lembra de confidências trocadas em toaletes de senhoras, quando eram chamados de "toaletes"; lembra dos risos de conspiração, lembra da troca de dicas úteis sobre a ignorância dos homens entre um passar de batom na boca e de lápis nas sobrancelhas. Mas por que incomodar o tranquilo Tobias revelando tudo isso? É tarde demais para que essas informações de coxia lhe tenham alguma utilidade prática, e isso só ia macular suas lembranças cor-de-rosa.

— Eu devia ter conhecido você na época — diz Tobias a Wilma durante seus recitais de chocolate e champanhe. — Que faíscas teríamos trocado!

Wilma analisa isso em silêncio: estará ele dizendo que ela é inteligente, portanto uma conquista rápida? Ou teria sido na época. Será que ele percebe que uma mulher que se ofende com mais facilidade poderia considerar isso um insulto?

Não, ele não percebe. Pretendia ser um galanteio. Ele não consegue evitar, o coitado, sendo de origem parcialmente húngara, segundo alega; então Wilma deixa que tagarele, seios divinos aqui, mármores ali, e não tece comentários ríspidos sobre as redundâncias dele — como talvez tivesse feito no passado — quando relata a mesma sedução repetidas vezes. Temos de ser gentis uns com os outros aqui, diz ela a si mesma. Somos só o que nos resta.

O principal é que Tobias ainda consegue enxergar. Ela não pode ter o luxo de se agastar com as atrações físicas irritantes de namoros deslumbrantes e datados porque Tobias pode olhar pela janela e dizer o que está acontecendo no terreno da imponente entrada do Ambrosia Manor. Wilma gosta de se manter informada, desde que exista informação.

Ela estreita os olhos para o relógio de números grandes, depois o desloca para o lado da cabeça, onde pode ter uma visão melhor. É mais tarde do que imaginava, como sempre. Ela mexe na mesa de cabeceira até localizar a ponte dentária e a coloca na boca.

As pessoinhas, agora valsando, nem se abalam: seus dentes postiços não interessam a elas. Nem a ninguém, pensando bem, a não ser à própria Wilma, e talvez ao dr. Stitt, onde quer que esteja agora. Foi o dr. Stitt que a convenceu a arrancar vários molares prestes a se lascar e depois colocar os implantes — deve ter sido catorze ou quinze anos atrás —, assim ela tem algo em que prender a ponte, supondo-se que precise dela no futuro. O que ele previu que ela teria, porque seus dentes, anteriores à fluoretação, logo esfarelaram como reboco úmido.

— Você vai me agradecer no futuro — dissera ele.

— Se eu viver tanto assim — respondera ela, rindo. Ainda estava numa idade em que gostava de fazer da morte uma irreverência coloquial, mostrando que velhota valente e animada ela era.

— Você vai viver para sempre — dissera ele. O que mais parecia um alerta do que algo tranquilizador. Mas talvez ele só estivesse prevendo seu futuro.

Só que agora é o futuro, e ela agradece ao dr. Stitt, em silêncio, toda manhã. Seria horrível ficar sem dentes.

• • •

Depois de inserido o sorriso branco suave, ela sai da cama, tateia com os pés em busca dos chinelos felpudos e se arrasta até o banheiro. O banheiro ainda é manejável: ela sabe onde tudo está ali dentro, e de todo modo não perdeu inteiramente a visão. Pelos cantos dos olhos, ainda consegue ter uma impressão viável, embora o vazio central do campo de visão esteja se expandindo, como lhe disseram que aconteceria. Golfe demais sem usar óculos escuros, e depois velejou muito — recebemos uma dose dupla dos raios que se refletem na água —, mas quem sabia de qualquer coisa na época? Diziam que o sol fazia bem às pessoas. Um bronzeado saudável. Elas se cobriam de óleo para bebês, fritavam-se como panquecas. O acabamento escuro, liso e fricassê ficava ótimo nas pernas com um short branco.

Degeneração macular. *Macular* parece tão imoral, o contrário de *imaculada*. "Sou uma degenerada", costumava brincar assim que recebeu o diagnóstico. Tantas piadas corajosas na época.

Ainda era possível se vestir, desde que a roupa não tivesse botões: dois anos antes, ou há mais tempo ainda, ela erradicou os botões do guarda-roupa. Agora é velcro em tudo, e zíperes também, que são ótimos, contanto que sejam zíperes com trava: não é mais possível passar a coisinha por dentro da outra coisinha.

Ela passa a mão no cabelo, procura fios soltos. O Ambrosia Manor tem o próprio salão, completo com cabeleireiro, graças à divina providência, e ela depende de Sasha para mantê-lo aparado. O item mais preocupante durante os preparativos matinais é o rosto. Ela mal consegue vê-lo no espelho: parece um daqueles vazios em formato de rosto que apareciam nas contas da internet quando a pessoa não adicionava uma foto. Então não há esperança para o lápis de sobrancelha, nem a maquiagem, e quase nenhuma para o batom, embora nos dias otimistas ela finja para si mesma que consegue passá-lo de leve. Ela se arriscaria hoje? Talvez fique parecendo uma palhaça. Mas, se ficar, quem vai se importar?

Ela se importaria. E Tobias também poderia. E os funcionários, embora de um jeito diferente. Se você parecer demente, é provável que o tratem como se realmente fosse. Melhor evitar o batom.

Ela encontra o frasco de colônia onde sempre fica — o pessoal da limpeza tem instruções estritas para não tirar nada do lugar — e passa um pouco atrás das orelhas. *Attar of Roses*, com um toque de outra coisa, algo cítrico. Ela respira fundo. Ainda bem que não perdeu o olfato, ao contrário de alguns outros. Quando se perde o olfato não se tem mais apetite e acaba-se minguando até virar um nada.

Ao se voltar para sair, consegue ter um vislumbre de si mesma, ou de outra pessoa: uma mulher desconcertante de tão parecida com sua mãe na velhice, cabelos brancos, pele de lenço de papel amarrotado e tudo; porém, os olhos estão enviesados, mais maliciosos. Talvez mais malévolos também, como um elfo do mal. Esse olhar de banda não tem a franqueza de um olhar frontal, uma coisa que ela nunca mais verá na vida.

Lá vem Tobias, pontual como sempre. Eles sempre tomam o café da manhã juntos.

Ele bate na porta primeiro, como o cavalheiro cortês que alega ser. O tempo que se deve esperar antes de entrar nos aposentos de uma dama, segundo Tobias, é o tempo que o outro homem levaria para se esconder embaixo da cama. As aparências devem ser conservadas quando se trata das esposas, e várias passaram por Tobias. Cada uma delas foi uma traidora, embora ele não tenha mais ressentimentos contra nenhuma, porque seria difícil respeitar uma mulher que não fosse desejada por outros homens. Ele nunca permitiu que as esposas soubessem que ele sabia, sempre as seduzia de volta e garantia que o venerassem de novo antes de lhes dar um repentino fora, sem explicações. Por que se rebaixar acusando-as? Uma porta firmemente fechada era mais digna. Era assim que se lidava com esposas.

Mas, no caso das amantes, é provável que a emoção espontânea seja predominante. Um amante desconfiado e enfurecido de ciúmes, com a honra ferida, é tentado a invadir sem bater, depois haverá um banho de sangue, bem ali, com uma faca ou as próprias mãos, ou na forma de duelos, mais tarde.

— Você já matou alguém? — perguntou Wilma certa vez, durante essa récita.

— Tenho os lábios lacrados — respondeu Tobias solenemente. — Mas uma garrafa de vinho... uma garrafa de vinho *cheia*... pode esmagar um crânio, na têmpora. E eu tinha uma pontaria de primeira.

Wilma fica calada: não consegue enxergar Tobias, mas ele pode vê-la, e um sorriso malicioso o magoaria. Ela acha esses detalhes rococós, como as desaparecidas caixas douradas de chocolate, e desconfia de que Tobias os inventa, não inteiramente de sua cabeça, mas a partir de operetas barulhentas e ornamentadas das novelas continentais da moda de antigamente e das reminiscências de tios dândis. Ele deve pensar que a norte-americana, ingênua e sem graça Wilma o acha decadente e glamoroso, um devasso. Ele deve pensar que ela engole aquela conversa toda. Mas talvez ele acredite mesmo no que diz.

— Entre — ela diz agora.

Um borrão aparece na soleira. Ela o olha de lado, fareja o ar. Certamente é Tobias, sua loção pós-barba: Brut, se ela não está enganada. Será que seu olfato fica mais aguçado à medida que a visão desaparece? Provavelmente não, mas é reconfortante pensar assim.

— Que prazer ver você, Tobias — diz ela.

— Cara dama, você está radiante — retribui Tobias.

Ele avança, planta um beijo de saudação em seu rosto com os lábios finos e secos. Alguns pelos; ele ainda não se barbeou, só passou a Brut. Como a própria Wilma, ele deve se preocupar com o próprio cheiro: aquele odor acre e rançoso de corpos envelhecidos tão perceptível quando todos os residentes do Ambrosia Manor se reúnem no salão de jantar, a nota de fundo de decadência lenta e de vazamento involuntário encoberta por camadas de aroma — delicados florais nas mulheres, especiarias revigorantes nos homens. A imagem do botão de rosa ou do pirata rude dentro de cada um deles ainda muito estimada.

— Espero que tenha dormido bem — diz Wilma.

— Tive um sonho e tanto! — diz Tobias. — Roxo. Marrom. Foi muito sensual, com música.

Os sonhos dele costumavam ser muito sensuais, com música.

— Terminou bem, assim espero? — diz ela. Wilma está exagerando no uso da palavra *espero* hoje.

— Não muito bem — diz Tobias. — Eu cometi um assassinato. Isso me acordou. O que teremos hoje? As criações com aveia ou as com farelo de trigo? — Ele nunca pronuncia o verdadeiro nome dos cereais secos do café da manhã do repertório de Wilma: acha que são banais. Logo fará uma observação sobre a ausência de bons croissants neste lugar, ou de qualquer croissant que seja.

— A escolha é sua — diz ela. — Vou comer uma mistura. Farelo de trigo para os intestinos, aveia para o colesterol, embora os especialistas mudem de ideia o tempo todo sobre isso. Ela o ouve vasculhar: ele está familiarizado com sua quitinete, sabe onde os pacotes são guardados. Ali, no Manor, o almoço e o jantar são servidos no salão de jantar, mas eles tomam o café da manhã em seus próprios apartamentos; isto é, aqueles da ala de Moradia Assistida Inicial. Na ala de Moradia Avançada, as coisas são diferentes. Ela não quer imaginar quais são as diferenças.

Há um barulho de pratos, um tilintar de talheres, Tobias está arrumando o café da manhã dos dois na pequena mesa perto da janela, sua silhueta escura contra o quadrado brilhante da luz do dia.

— Vou pegar o leite — diz Wilma. Pelo menos pode fazer isso: abrir a porta do frigobar, localizar a caixa fria, oblonga e revestida de plástico, levar para a mesa sem derramar.

— Pronto — diz Tobias.

Agora ele está moendo o café, um pequeno zumbido de serra. Hoje não conta a história de como seria melhor moer o café em um moedor manual, um vermelho, com manivela de bronze, como era o costume em sua juventude, ou talvez na juventude da mãe dele. Na juventude de alguém. Wilma está familiarizada com esse moedor vermelho de manivela de bronze. É como se um dia tivesse pertencido a ela, embora nunca tenha possuído um desses. Entretanto, ela sente sua perda; passou a fazer parte de seu inventário, juntou-se aos outros objetos que ela de fato perdeu.

— Devíamos comer ovos — diz Tobias.

Às vezes eles comem, embora a última ocasião tenha sido um pequeno desastre. Tobias cozinhou os ovos, mas não o bastante, então Wilma fez confusão com o dela e respingou na roupa. Tirar o topo da casca é uma operação precisa: ela não consegue mais mirar a colher com exatidão. Da próxima vez, vai sugerir uma omelete, embora isso provavelmente esteja além das habilidades culinárias de Tobias. Quem sabe se ela o orientar, passo a passo? Não, arriscado demais: ela não quer que ele se queime. Alguma coisa no micro-ondas, talvez; uma rabanada. Uma quiche de queijo; ela costumava fazer, quando tinha uma família. Mas como encontrar a receita? E depois segui-la. Será que existem receitas em áudio?

Eles ficam sentados à mesa, mastigando os cereais, que são quebradiços como cinzas e exigem muita mastigação. O som dentro de sua cabeça, pensa Wilma, é de neve recente debaixo dos pés, ou de bolinhas de isopor para embalagens. Talvez ela deva trocar para um cereal mais mole, como mingau instantâneo. Mas Tobias pode desdenhar dela até por mencionar uma coisa dessas: ele despreza qualquer coisa instantânea. Bananas. Ela vai experimentar bananas. Elas dão em árvores, ou plantas, ou arbustos. Ele não pode ter objeções a bananas.

— Por que fazem em rodelas? – diz Tobias, e não é a primeira vez. — Essas coisas de aveia.

— Para terem o formato da letra O — diz Wilma. — De *Oat*, aveia. É uma espécie de trocadilho. — Tobias meneia a cabeça bulbosa contra a luz.

— Seria melhor um croissant — diz. — Eles também são feitos em um formato, de crescente lunar, de quando os mouros quase capturaram Viena. Não entendo por que... — Mas ele se interrompe. — Tem alguma coisa acontecendo no portão.

. . .

Wilma tem um binóculo, enviado a ela por Alyson para ver as aves, mas as aves que ela conseguiu ver eram estorninhos, e o binóculo não tem mais utilidade para ela. A outra filha lhe mandava principalmente chinelos; Wilma tem uma fartura de chinelos. O filho manda postais. Parece que ele não consegue entender o fato de que ela não pode mais ler a caligrafia dele.

Ela sempre deixa o binóculo no peitoril e Tobias o usa para fazer um levantamento do terreno: a entrada curva para carros; o gramado com seus arbustos aparados — ela se lembra deles, de quando veio aqui pela primeira vez, três anos atrás —, a fonte com a réplica de uma famosa escultura belga, um menino nu de rosto angelical, urinando em uma bacia de pedra; o muro alto de tijolos aparentes; o portão imponente, com a arcada no alto e os dois leões de pedra ostentosos e com cara de deprimidos. No passado, o Manor foi uma mansão campestre, quando as pessoas ainda construíam mansões, quando havia casa de campo. Por isso os leões, é bem provável.

Às vezes não há nada a ser visto por Tobias, a não ser as idas e vindas habituais. Todo dia haverá visitas — "civis", como Tobias os chama — andando a passos firmes e lépidos do estacionamento para visitantes até a porta principal, trazendo um vaso de begônias ou gerânios, carregando um neto jovem e relutante, invocando um falso ânimo, na esperança de encerrar o mais rápido possível aquilo tudo com o parente velho e rico. Haverá a equipe de serviços, médicos e pessoal de cozinha/limpeza que chegam de carro pelo portão, depois seguem para o estacionamento dos funcionários e entram pelas portas laterais. Haverá furgões de entrega elegantemente pintados trazendo mantimentos e roupas de cama limpas, e, às vezes, arranjos florais encomendados por um familiar que se sente culpado. Os veículos menos chiques, como os caminhões de coleta de lixo, têm o próprio portão de entrada ignominioso nos fundos.

De vez em quando, acontece um drama. Um residente da ala de Moradia Avançada escapará, apesar de todas as precauções, e será visto vagando sem rumo, de pijama ou parcialmente vestido, urinando aqui e ali — atividade aceitável em um querubim ornamentando uma fonte, mas não em um ser humano decrépito —, e haverá uma perseguição bem-educada, mas eficiente, para cercar o errante e levá-lo de volta para dentro. Ou levá-la: às vezes é uma mulher, embora pareça que os homens têm mais iniciativa para fugas.

Ou chegará uma ambulância e um grupo de socorristas entrará às pressas, levando seu equipamento "como na guerra", certa vez Tobias observou, embora ele devesse estar se referindo a filmes, porque não esteve em guerra nenhuma, até onde Wilma sabe — e depois de um tempo eles sairão em um ritmo mais tranquilo, empurrando uma forma em uma maca. Não dá para saber daqui, diz Tobias enquanto olha pelo binóculo, se o corpo está vivo ou morto. "Talvez nem dê para saber de lá de baixo", ele costuma acrescentar como uma piada sepulcral.

— O que é? — pergunta Wilma agora. — É uma ambulância?

Não houve sirenes. Ela tem certeza, ainda escuta muito bem. É em ocasiões como esta que sua incapacidade é mais desanimadora. Wilma preferia ver ela mesma; não confia na interpretação de Tobias; suspeita de que ele esconda coisas. Para protegê-la, como ele diria. Mas ela não quer ser protegida desse jeito.

Talvez em resposta à sua frustração, uma falange de pessoinhas se forma no peitoril. Desta vez nenhuma mulher, mais parece um desfile. A sociedade das pessoinhas é conservadora, não deixam que as mulheres participem das marchas. Suas roupas ainda são verdes, mas de um tom mais escuro, não tão festivo. Aqueles nas primeiras fileiras têm práticos capacetes de metal. Nas fileiras atrás deles, os trajes são mais cerimoniais, com capas debruadas de dourado e chapéus de peles verdes. Haverá cavalinhos mais tarde neste desfile? Já aconteceu antes.

Tobias não responde de pronto. Depois fala:

— Não é uma ambulância. Algum piquete. Parece organizado.

— Talvez seja uma greve — comenta Wilma.

Mas quem, entre os trabalhadores do Ambrosia Manor, faria greve? O pessoal da limpeza deve ter muitos motivos, é mal remunerado; mas também parece menos provável, na pior das hipóteses, porque são trabalhadores ilegais, e, na melhor delas, precisam muito de dinheiro.

— Não — diz Tobias, devagar. — Não acho que seja uma greve. Três de nossos seguranças estão falando com eles. Tem um cana também. Dois canas.

Wilma se sobressalta sempre que Tobias usa gírias como *cana*. Não combinam com seu elenco verbal padrão, muito mais amplo e ponderado. Mas ele pode se permitir dizer "cana" porque é ultrapassado. Uma vez ele disse, "Chuchu beleza" e, em outra, "Sebo nas canelas". Talvez ele tenha tirado essas palavras de livros: mistérios policiais empoeirados de segunda mão e coisas do tipo. Mas quem é Wilma para implicar com ele? Agora que não consegue mais zanzar pela internet, Wilma não sabe mais como as pessoas falam. As pessoas de verdade, as mais novas. Mas ela nem zanzava muito pela internet mesmo.

Nunca foi interativa, só espiã, e estava só começando a pegar o jeito quando os olhos começaram a deixá-la na mão.

Uma vez ela disse ao marido — quando ele estava vivo, não durante aquele ano terrível do luto, quando ainda falava com ele depois de sua morte — que ela queria *espiã* escrito em sua lápide. Mas não passou a maior parte da vida só assistindo: parece assim agora, embora não parecesse na época, porque estava ocupada demais com uma coisa ou outra. Ela se formou em história — segura o bastante para estudar enquanto esperava se casar —, mas grande coisa a história está fazendo por ela no momento, porque não consegue se lembrar muito dela. Três líderes políticos morreram fazendo sexo, é isso. Gengis Khan, Clemenceau e aquele outro. Ela se lembrará depois.

— O que eles estão fazendo? — pergunta Wilma.

As pessoinhas que marcham no peitoril estavam indo para a direita e de súbito deram meia-volta e foram para a esquerda. Ganharam lanças com pontas reluzentes e alguns têm tambores. Ela tenta não se distrair demais com elas, mas é um prazer tão grande poder ver alguma coisa com tantos detalhes complexos e concretos. Tobias, porém, não gosta quando sente que a atenção dela não está totalmente concentrada nele. Ela se obriga a voltar ao presente sólido e invisível.

— Eles estão vindo para cá?

— Estão parados lá — diz Tobias. — Vadiando — acrescenta com reprovação. — Jovens.

Ele é da opinião de que todos os jovens são parasitas preguiçosos e deviam arrumar um emprego. O fato de existirem poucos empregos não é registrado por Tobias. Se não existem empregos, diz ele, deviam criar algum.

— Quantos são? – pergunta Wilma. Se for só meia dúzia, então não é nada sério.

— Eu diria uns cinquenta — diz Tobias. — Eles têm placas. Não os policiais, os outros. Agora estão tentando bloquear o furgão da lavanderia. Olha, estão parados na frente do furgão.

Ele se esqueceu de que ela não enxerga.

— O que tem nas placas? — pergunta ela.

Bloquear o furgão da lavanderia é falta de sensibilidade: hoje é o dia da troca de roupa de cama, para aqueles que não precisam de serviços de roupas de cama extra e um lençol de vinil. A ala de Moradia Avançada tem um cronograma mais frequente; duas vezes por dia, pelo que ela soube. O Ambrosia Manor não é barato, e os parentes não iam aceitar se vissem escaras em seus entes queridos. Eles querem que valha o dinheiro deles, ou assim vão alegar. O que eles provavelmente querem, para falar a verdade, é um fim rápido e sem culpa para os velhos fósseis. Depois poderão limpar tudo e coletar o valor líquido — o legado, os restos, as sobras — e dizerem a si mesmos que mereceram isso.

— Algumas placas têm imagens de bebês — diz Tobias.

— Bebês gorduchos e sorridentes. Algumas dizem *Hora de Sair.*

— Hora de sair? — diz Wilma. — Bebês? O que isso quer dizer? Aqui não é uma maternidade. — É bem o contrário, pensa ela causticamente: é uma saída da vida, e não uma entrada para ela. Mas Tobias não responde.

— Os policiais estão deixando o furgão entrar — diz ele.

Que bom, pensa Wilma. Troca de roupa de cama para todos. Não vamos ficar fedorentos demais.

Tobias sai para seu cochilo matinal — vai aparecer de novo ao meio-dia para levá-la ao salão de refeições, para o almoço —, e, depois de algumas frustrações e um tabuleiro de xadrez derrubado no chão, Wilma localiza o rádio que mantém na bancada da quitinete e o liga. É feito especialmente para quem tem a visão reduzida. Os botões de liga-desliga e o de sintonia são os únicos, e o rádio inteiro é recoberto de um plástico aderente, à prova d'água e verde-lima. Outro presente de Alyson na Costa Oeste, ela receia não fazer o suficiente por Wilma. Certamente visitaria com mais frequência, se não fosse pelos gêmeos adolescentes com problemas indeterminados e as demandas da profissão em uma grande firma de contabilidade internacional. Wilma deve telefonar a Alyson hoje para garantir que ainda está viva, hora em que os gêmeos serão obrigados a dar um alô. Como devem achar esses telefonemas tediosos, e por que não achariam? Ela própria os acha um tédio.

Talvez a greve, ou o que quer que seja, apareça no noticiário local. Ela pode ouvir enquanto lava os pratos do café da manhã, o que faz muito bem, se for devagar. Em caso de vidro quebrado, terá de procurar o Serviço pelo interfone, depois esperar por Katia, a camareira pessoal, para varrer os danos, dando muxoxos e lamentando o tempo todo com seu sotaque eslavo. Cacos de vidro podem ser traiçoeiros e afiados, e seria insensato por parte de Wilma se arriscar a se cortar, em especial porque ela se esqueceu temporariamente em que gaveta do banheiro guarda os band-aids.

Poças de sangue no chão dariam o sinal errado à administração. Eles não acreditam de verdade que ela é capaz de se virar sozinha; só estão esperando uma desculpa para encaixá-la na ala de Moradia Avançada e pegar o resto de sua mobília, sua porcelana e a prataria boa, que vão vender para favorecer a margem de lucro. É esse o acordo, ela assinou; era o preço de entrada, o preço do conforto, o preço da segurança. O preço de não ser um fardo. Ela ficou com duas de suas antiguidades bonitas, a pequena escrivaninha e a penteadeira, as últimas relíquias do antigo lar. O resto foi para os três filhos, que não tinham utilidade para essas coisas — não são do gosto deles — e, sem dúvida, as meteram todas no sótão, mas que ficaram reverentemente agradecidos.

Música de rádio animada, bate-papo jovial entre o apresentador e a apresentadora, mais música, a previsão do tempo. Onda de calor no norte, enchentes no oeste, mais tornados. Um furacão dirigindo-se para Nova Orleans, outro batendo na Costa Leste, coisa habitual em junho. Mas na Índia a história é outra: as monções não vieram e estão preocupados com uma fome iminente. A Austrália ainda está nas garras da seca, porém com um dilúvio na região de Cairns, onde os crocodilos invadem as ruas. Incêndios florestais no Arizona, na Polônia e também na Grécia. Aqui está tudo bem: é um bom momento para ir à praia, pegar um sol, não se esqueçam do protetor solar, mas fiquem atentos para nuvens de tempestade estourando mais tarde. Um bom dia para você!

Agora as principais notícias. Primeiro, um regime é derrubado no Uzbequistão; segundo, um tiroteio em massa em um shopping em Denver, o agressor, sem dúvida alucinado, é morto depois por um atirador de elite. Mas terceiro — Wilma ouve com mais atenção —, nos arredores de Chicago, um lar para idosos foi incendiado por um bando que usava máscaras de bebê; e um segundo perto de Savannah, na Georgia, e um terceiro em Akron, Ohio. Um dos lares era estatal, mas os outros eram instituições particulares com segurança própria, e os residentes, alguns completamente carbonizados, não eram pobres.

Não era uma coincidência, diz o comentarista. Era incêndio criminoso coordenado: um grupo que se denominava Nossez alegara responsabilidade em um site cujos controladores as autoridades ainda tentavam identificar. Os familiares dos idosos mortos — diz o locutor — estão em choque, naturalmente. Começa uma entrevista com um parente choroso e incoerente. Wilma desliga o rádio. Não há menção à reunião na frente do Ambrosia Manor, mas provavelmente é pequena demais e nada violenta para ter sido registrada.

Nossez. Foi o que pareceu: eles não pronunciaram direito. Ela vai pedir a Tobias para ver o noticiário da televisão — uma atividade que ele alega desgostar, embora sempre faça — e contar mais a ela. Wilma ignora o festival de pessoinhas que vai para a vizinhança do micro-ondas, uma paleta rosa e laranja com vários babados e perucas floridas, grotescas e altas, e vai se deitar para o cochilo da manhã. Antigamente, ela detestava cochilos, e ainda detesta: não quer perder nada. Mas não consegue atravessar o dia sem eles.

Tobias a leva pelo corredor até o salão de refeições. O almoço deles é o do segundo grupo: Tobias considera *gauche* almoçar antes de alguém. Está andando num passo mais acelerado do que o habitual e ela pede para ir mais devagar.

— Claro, minha cara dama — diz ele, apertando seu cotovelo, que estava usando para a impelir.

Depois passa o braço por sua cintura — ela ainda tem cintura, mais ou menos, ao contrário de algumas outras mulheres —, mas isso o desequilibra, e os dois quase caem. Ele não é um homem alto e tem uma prótese no quadril. Precisa cuidar do equilíbrio.

Wilma não sabe como ele é, não mais. Provavelmente ela o embelezou; tornou-o mais jovem, menos enrugado, mais alerta. Mais afiado.

— Tenho muito para contar a você — diz ele, perto demais de seu ouvido. Wilma quer dizer a ele para não gritar, ela não é surda. — Soube que não são grevistas, aquelas pessoas. Não estão se retirando, o número aumentou. — Essa guinada nos acontecimentos lhe deu energia; ele está quase zumbindo.

No salão de refeições, ele puxa a cadeira dela para trás, a orienta a se sentar, empurra de volta assim que o traseiro de Wilma começa a descer. É uma arte quase perdida, pensa Wilma, este puxar elegante da cadeira da mulher, como ferrar cavalos ou arco e flecha. Depois, ele se senta de frente para ela, uma forma obscura contra o papel de parede azul-claro. Ela vira a cabeça de lado, tem uma vaga impressão do rosto dele, com os olhos escuros e intensos. Ela se lembra de que eram intensos.

— O que temos no cardápio? — diz ela.

Dão a eles um cardápio impresso para cada refeição, em uma única folha de papel com um emblema falso em relevo. Papel liso, cor de creme, como os programas de teatro de uma era passada, antes de se tornarem finos e atulhados de publicidade.

— Sopa de cogumelos — diz ele.

Em geral ele se demora nas ofertas diárias, criticando-as gentilmente enquanto se recorda de banquetes gourmets do passado, refletindo que ninguém sabe mais cozinhar nada direito, em particular vitela, mas hoje ele pula essa parte.

— Estive investigando — diz ele. — No Centro de Atividades. Estive pescando.

Ele quer dizer que esteve usando o computador e procurando pistas na internet. Eles não podem ter computadores pessoais no Ambrosia, e a explicação oficial é que o sistema não tem velocidade para tanto. Wilma desconfia de que o verdadeiro motivo seja o medo de que as mulheres residentes caiam vítimas de golpistas on-line, comecem namoros inadequados, depois gastem seu dinheiro, e os homens sejam sugados pela pornografia na rede, se superaqueçam e tenham ataques cardíacos, levando o Ambrosia Manor a ser processado por parentes indignados que alegarão que a equipe deveria ter monitorado os velhos com mais atenção.

Então, nada de computadores pessoais. Eles podem usar o equipamento do Centro de Atividades, onde o acesso pode ser controlado, como que para pré-adolescentes. Mas a administração tenta afastar os residentes das telas viciantes: preferem que os clientes fiquem tropeçando em montes de argila úmida ou colando formas geométricas de cartolina, formando padrões; ou jogando bridge, que supostamente retarda o início da demência senil. Mas, como diz Tobias, quando se trata dos jogadores de bridge, como se pode ter certeza? Wilma, que antigamente jogava muito bridge, recusa-se a comentar.

Shoshanna, a terapeuta ocupacional, faz a ronda na hora do jantar, importunando a clientela sobre a necessidade de todos se expressarem por meio da arte. Quando importunada a participar de pintura com os dedos, ou criação de colares com macarrão, ou qualquer outra ideia brilhante que Shoshanna tenha elaborado para dar a todos um motivo para permanecerem no planeta por mais um nascer do sol, Wilma alega ter a visão limitada. Shoshanna uma vez aumentou a aposta com uma história de ceramistas cegos, que vários deles chegaram ao reconhecimento internacional por suas lindas cerâmicas feitas à mão, e Wilma não gostaria de experimentar e expandir seus horizontes? Mas Wilma a fez se calar. "Cachorro velho." Ela abriu seu sorriso duro de dentes postiços. "Não aprende truques novos."

Quanto à pornografia na internet, alguns dos libertinos mais espertos têm telefones celulares e desfrutam de todo o show de aberrações assim. Isso segundo Tobias, que fofoca com qualquer um à vista quando não está fofocando com Wilma. Ele alega não gostar da pornografia vulgar e deselegante de celular, porque as mulheres na tela são miúdas demais. Existe um limite, diz ele, para o quanto se pode encolher o corpo feminino sem transformá-lo em uma formiga com glândulas mamárias. Wilma não acredita inteiramente nesta história de abstinência, embora talvez ele não esteja mentindo. Simplesmente ele pode achar mais eróticas as próprias sagas inventadas do que qualquer coisa fornecida por um mero celular, e elas têm a virtude de tê-lo como protagonista.

— Do que mais você soube? — pergunta Wilma.

A toda volta, há o tilintar de colheres em porcelana, o murmúrio de vozes enfraquecidas, a vibração de inseto.

— Dizem que é a vez deles — diz Tobias. — Por isso puseram *Nossa Vez* nas placas.

— Ah — diz Wilma. A lâmpada se acende: *Nossez. Nossa Vez*. Ela entendeu mal. — É a vez deles de quê?

— Na vida, é o que dizem. Ouvi um deles no noticiário da TV, estão sendo entrevistados em todo canto, claro. Dizem que tivemos a nossa vez, os da nossa idade. Eles dizem que estragamos tudo. Matamos o planeta com nossa ganância e por aí vai.

— Nisso eles têm razão — diz Wilma. — Nós estragamos tudo mesmo. Mas não de propósito.

— São só socialistas — diz Tobias. Ele tem uma opinião obscura de socialistas; todo mundo de quem não gosta é socialista disfarçado de uma coisa ou outra. — Só uns socialistas preguiçosos, tentando pegar o que os outros conseguiram pelo trabalho.

Wilma nunca soube como Tobias ganhou dinheiro, suficiente para bancar não só todas as ex-mulheres, mas também a suíte bem grande no Ambrosia Manor. Ela suspeita de que ele tenha estado envolvido em alguns negócios duvidosos em países onde são feitos todo tipo de negócios duvidosos, mas ele é reservado a respeito de sua vida financeira pregressa. Só dirá que era dono de várias empresas de comércio internacional e fez bons investimentos, mas não se considera rico. Só que os ricos nunca se consideram ricos: eles dizem ter uma vida confortável.

A própria Wilma tinha uma vida confortável quando o marido era vivo. Talvez ainda tivesse esse conforto. Não presta mais muita atenção às economias: uma empresa de gestão privada cuida disso para ela. Alyson fica de olho neles, o máximo que pode da Costa Oeste. O Ambrosia Manor não jogou Wilma na rua, então as contas devem estar sendo pagas.

— O que eles querem de nós? — pergunta ela, tentando não parecer impertinente. — Essas pessoas com as placas. Pelo amor de Deus. Até parece que podemos *fazer* alguma coisa.

— Eles dizem que querem que a gente abra espaço. Querem que nos mudemos. Algumas placas dizem isso: *Chega pra Lá*.

— Isto significa *morrer*, suponho — diz Wilma. — Tem algum pãozinho hoje?

Às vezes servem os brioches mais deliciosos, recém-saídos do forno. Como uma forma de ajudar os clientes a se sentirem em casa, os nutricionistas do Ambrosia Manor fazem um esforço para recriar o que imaginam que compunha o cardápio de setenta ou oitenta anos atrás. Macarrão com queijo, suflês, flans, pudim de arroz, gelatina com cobertura de creme batido. Esses cardápios têm a virtude a mais de serem moles, portanto não ameaçam dentes bambos.

— Não — diz Tobias. — Não tem pãozinho. Agora estão trazendo empadão de frango.

— Acha que eles são perigosos? — diz Wilma.
— Aqui não — responde Tobias. — Mas em outros países estão queimando coisas. Esse grupo. Dizem que são internacionais. Eles dizem que milhões estão se levantando.
— Ah, eles sempre queimam coisas em outros países — diz Wilma despreocupadamente.

Se eu viver tudo isso, ela se ouve dizer ao antigo dentista. É o mesmo tom de descarte: *Nada disso nunca pode acontecer comigo.*

Idiota, ela diz a si mesma. Esperanças vãs. Mas ela simplesmente não consegue se sentir ameaçada, não pela tolice do lado de fora dos portões.

À tarde, Tobias se convida para o chá. O quarto dele fica do outro lado do prédio. Tem vista para o terreno dos fundos com seus corredores de cascalho, os frequentes bancos de parque para quem perde o fôlego com facilidade, os gazebos de bom gosto como abrigo do sol e o gramado de *croquet* para jogos descontraídos. Tobias pode ver tudo isso, que ele descreveu a Wilma em detalhes exultantes, mas não consegue ver o portão da frente. Ele também não tem binóculo. Está no apartamento dela por causa da vista.

— Agora tem mais deles — diz Tobias. — Talvez uns cem. Alguns usam máscaras.

— Máscaras? — pergunta Wilma, intrigada. — Quer dizer, como no Halloween? — Ela imagina duendes e vampiros, princesas de contos de fadas, bruxas e Elvis Presleys. — Pensei que as máscaras fossem ilegais. Em concentrações públicas.

— Não é como no Halloween — diz Tobias. — Máscaras de bebês.

— São cor-de-rosa? — pergunta Wilma.
Ela sente um leve tremor de medo. Máscaras de bebê em uma turba: é desconcertante. Uma horda de bebês adultos, potencialmente violentos. Descontrolados.

Há vinte ou trinta pessoinhas de mãos dadas, circulando o que mais provavelmente é o açucareiro: Tobias gosta de açúcar no chá. As mulheres usam saias que parecem feitas de pétalas de rosas sobrepostas, os homens brilham em um azul pena de pavão iridescente. Como são primorosas, como são bordadas! É difícil acreditar que não sejam reais, são tão físicas, tão perfeitamente detalhadas.

— Alguns — diz Tobias. — Algumas são amarelas. Algumas marrons.

— Devem estar pensando em um tema inter-racial — diz Wilma.

Furtivamente, ela aproxima a mão da mesa, na direção dos dançarinos: se pudesse pegar um deles, segurar entre o polegar e o indicador como um besouro. Talvez eles não a reconheçam, mas quem dera que esperneassem e mordessem.

— Eles também usam roupas de bebê? — Talvez fraldas, ou macacões com slogans, ou babadores com imagens violentas e incongruentes, como piratas e zumbis. Antigamente, eram esses que mostravam fúria.

— Não, só a cara — diz Tobias.

Os minúsculos dançarinos não dão a Wilma a satisfação de permitir que seus dedos passem através deles, demonstrando sua não-realidade de uma vez por todas. Em lugar disso, curvam a linha da dança para escapar dela, talvez, afinal, tenham consciência dela. Talvez estejam a provocando, os pestinhas.

Não seja boba, diz Wilma a si mesma. É uma síndrome. Charles Bonnard. É bem estudada, outras pessoas têm. Não,

Bonnet: Bonnard era um pintor, ela tem quase certeza. Ou será Bonnivert?

— Agora estão bloqueando outro furgão — diz Tobias. — O da entrega de frangos.

Os frangos vêm de uma fazenda orgânica de criação caipira da região. *Barney and Dave's Lucky Cluckies.* Eles sempre aparecem às quintas-feiras. Nada de frangos e ovos: isso pode ficar sério a longo prazo, pensa Wilma. Haverá lamúrias dentro das paredes. Vozes se elevarão. *Não é por isso que eu pago.*

— Tem alguém da polícia? — pergunta ela.

— Não estou vendo ninguém — responde Tobias.

— Precisamos perguntar na recepção — diz Wilma. — Precisamos reclamar! Eles devem ser retirados ou coisa assim... essas pessoas.

— Já perguntei — retruca Tobias. — Eles não sabem mais do que nós.

O jantar é mais animado do que o habitual: mais conversas, mais barulho de pratos, mais explosões repentinas de risos esganiçados. Parece faltar empregados para o salão de jantar, o que numa noite normal pode resultar em maior mau humor, mas, do jeito que estão as coisas, o clima é de um carnaval moderado. Alguém deixa cair uma bandeja, um copo se quebra, erguem-se vivas. Os clientes são avisados para terem cuidado com cubos de gelo derramados, que quase não são visíveis e são escorregadios. Não queremos ninguém com fratura no quadril, queremos?, diz a voz de Shoshanna, que empunha o microfone.

Tobias pede uma garrafa de vinho para a mesa.

— Vamos aproveitar a vida — diz ele. — Tim-Tim!

Taças tilintam. Ele e Wilma não estão sozinhos esta noite, estão em uma mesa para quatro. Tobias propõe e Wilma se surpreende concordando. Se não houver segurança no número, pelo menos há a ilusão de segurança. Se eles ficarem juntos, podem manter o desconhecido ao largo.

As outras duas pessoas à mesa são Jo-Anne e Noreen. Que pena que não pode ser outro homem, pensa Wilma, mas nesta faixa etária existem mais mulheres do que homens, numa relação de quatro para um. Segundo Tobias, as mulheres aguentam mais tempo porque são menos capazes de indignação e se saem melhor quando humilhadas, pois o que é a velhice senão uma longa série de indignidades? Que pessoa íntegra suportaria isso? Às vezes, quando a comida mole é demais para ele, ou quando a artrite ataca, ele ameaça estourar a cabeça. Quem dera poder pôr as mãos na arma necessária ou cortar os pulsos na banheira com uma lâmina de barbear, como um romano honrado. Quando Wilma protesta, ele a acalma: é só o húngaro mórbido que há em mim, todos os homens húngaros falam desse jeito. Se você fosse um húngaro, não passaria um dia sem uma ameaça de suicídio, mas — ele vai brincar — nem todos eles vão até o fim.

Por que não as húngaras?, perguntou-lhe Wilma várias vezes. Por que elas também não cortam os pulsos com lâminas na banheira? Wilma gosta de refazer as perguntas porque as respostas às vezes se repetem, às vezes não. Tobias teve pelo menos três locais de nascimento e foi aluno de quatro universidades, tudo ao mesmo tempo. Os passaportes dele são numerosos.

— As húngaras não atingem esse patamar — disse ele uma vez. — Elas nunca sabem quando o jogo acabou, no amor, na vida ou na morte. Flertam com o coveiro, com o cara que joga a pá de terra no caixão. Elas nunca desistem.

Jo-Anne e Noreen não são húngaras, mas também exibem habilidades impressionantes de flerte. Se tivessem leques de penas bateriam em Tobias com eles, se buquês, jogariam um botão de rosa nele, se tivessem tornozelos, os estariam exibindo. Sendo como são, elas sorriem com afetação. Wilma tem vontade de lhes dizer para agirem de acordo com a idade, mas como seria se agissem assim?

Ela conhece Jo-Anne da piscina. Tenta dar umas voltas duas vezes por semana, o que é administrável, desde que alguém a ajude a entrar e sair e a guie até o vestiário. Ela deve ter conhecido Noreen antes, em algum evento coletivo, como em um concerto, ela reconhece aquele riso de pombo, um arrulho trêmulo. Não faz ideia de como são as duas, embora note, pela visão lateral, que ambas vestem magenta.

Tobias não está nada infeliz por ter uma nova plateia feminina. Já disse a Noreen que ela está radiante esta noite e sugeriu a Jo-Anne que ela não se sentiria segura no escuro com ele, se ele ainda fosse o homem que já foi. "Se os jovens soubessem, se os velhos pudessem", diz ele. Isto é o som de um beijinho mandado pela mão? Risinhos das duas, ou o que antes eram risinhos. Estão mais para grasnados, ou cacarejos, ou chiados: rajadas súbitas de ar pelas folhas de outono. As cordas vocais ficam mais curtas, pensa Wilma com tristeza. Os pulmões encolhem. Tudo fica mais seco.

Como Wilma se sente com a paquera que acontece enquanto tomam a sopa de mariscos? Estará ela com ciúme, quer Tobias só para si? Não todo, não; ela não iria tão longe. Não deseja rolar no feno metafórico com ele, porque não tem desejo. Ou não tem muito. Mas quer sua atenção. Ou melhor, Wilma quer que ele deseje a atenção dela, embora pareça que ele está se saindo bem com as duas substitutas inferiores à disposição.

Os três estão trocando gracejos como algo saído de um romance da regência, e ela tem de ouvir porque não há nada para distraí-la: as pessoinhas não apareceram. Ela tenta invocá-las. *Apareçam*, ordena em silêncio, fixando o que antes seria seu olhar na direção do arranjo de flores artificiais no centro da mesa — de alta qualidade, diz Tobias, mal dá para saber a diferença. São amarelas, é só o que ela pode dizer a esse respeito.

Não acontece nada. Não aparece nenhuma figura. Ela não pode controlar os aparecimentos nem os desaparecimentos; o que é injusto, uma vez que eles não são fruto do cérebro de ninguém mais, só do dela.

A sopa de mariscos é seguida por carne moída cozida com cogumelos, acompanhada por pudim de arroz com passas. Wilma se concentra em comer. Deve localizar o prato pelo canto do olho, deve dirigir o garfo como se fosse uma escavadeira: deve se aproximar, girar, apanhar a carga, levantar. Isso exige esforço. Por fim, a travessa de biscoitos é baixada, amanteigados e barrinhas, como sempre. Há um breve vislumbre de sete ou oito senhoras em anáguas de babados bege, um lampejo de cancã de suas pernas com meias de seda, mas elas voltam a se metamorfosear em biscoitos quase de imediato.

— O que está acontecendo lá fora? — ela diz em um intervalo deixado pela teia de elogios que esteve girando entre os outros. — No portão principal?

— Ah — diz Noreen alegremente —, estamos tentando esquecer tudo isso!

— Sim — diz Jo-Anne. — É deprimente demais. Nós vivemos o momento presente, não é, Tobias?

— Vinho, mulheres e música! — anuncia Noreen. — Que comece a dança do ventre! — As duas cacarejam.

Surpreendentemente, Tobias não ri. Segura a mão de Wilma; ela a sente seca, quente, dedos ossudos se fechando nos dela.

— Mais união. A situação é mais grave do que entendemos a princípio, minha cara dama — diz ele. — Seria insensato subestimar.

— Ah, não estamos *subestimando* — diz Jo-Anne, lutando para manter no ar as bolhas de sabão da conversa. — Só estamos *ignorando*!

— A ignorância é uma bênção! — pia Noreen; mas elas não têm mais nenhuma influência sobre Tobias. Ele abandonou os galanteios de almofadinha aristocrata de *Pimpinela escarlate* e entrou no modo Homem de Ação.

— Devemos esperar pelo pior — diz ele. — Eles não vão nos pegar dormindo. Agora, minha cara dama, vou acompanhá-la à sua casa.

Ela solta um suspiro de alívio; Tobias está de volta a ela. Ele a levará até a porta de seu apartamento; faz isso toda noite, fiel como um mecanismo de relógio. Do que ela estava com medo? De que ele a deixasse tatear ignominiosamente, deserdada à plena vista de todos, e fugir para as moitas com Noreen e Jo-Anne para cometer atos sexuais a três em um gazebo? Sem chances: os seguranças os localizariam sem demora e os fariam marchar para a ala de Moradia Avançada. Eles patrulham os terrenos à noite, com lanternas e beagles.

— Nós estamos prontos? — pergunta Tobias a ela.

O coração de Wilma se aquece com ele. *Nós*. Lá se vão Jo--Anne e Noreen, que mais uma vez são meramente *elas*. Ela se inclina para Tobias quando ele a segura pelo cotovelo e, juntos, fazem o que ela está livre para imaginar ser uma saída digna.

— Mas o que é o pior? — ela lhe pergunta no elevador. — E como podemos nos preparar? Não acha que eles vão nos queimar! Não aqui! A polícia os impediria.

— Não podemos contar com a polícia — diz Tobias. — Não mais.

Wilma está a ponto de protestar — *Mas eles têm de nos proteger, é o trabalho deles!* —, mas se detém. Se a polícia estivesse tão preocupada, a essa altura já teria agido. Estão atrasados.

— Essas pessoas serão cautelosas, no início — diz Tobias. — Vão agir em pequenos passos. Ainda temos tempo. Não deve se preocupar, você precisa dormir bem, recompor as forças. Tenho meus preparativos a fazer. Não vou falhar.

É estranho como Wilma acha tranquilizador esse recorte de melodrama: Tobias assumindo o controle, com um bom plano, superando o Destino. Ele é só um velho fraco com artrite, ela diz a si mesma. Mas fica tranquilizada e aliviada mesmo assim.

Na frente do apartamento dela, eles trocam o beijinho padrão no rosto e Wilma escuta enquanto ele manca pelo corredor. É arrependimento que ela sente? É a vibração de um calor antigo? Será que ela quer que ele a tome em seus braços magros, que abra caminho para sua pele pelo velcro e os zíperes, que tente alguma reprise espectral e rangente de artrópode de um ato que deve ter cometido tranquilamente centenas, na verdade milhares de vezes no passado? Não. Seria doloroso demais para ela, as comparações silenciosas que se seguiriam, as amantes exuberantes que comiam chocolate, os seios divinos. Os mármores. E então só ela.

Você acredita que pode transcender o corpo quando envelhece, ela diz a si mesma. Acredita que pode elevar-se acima dele, a um reino sereno e não físico. Mas é só pelo êxtase que pode fazer isso, e o êxtase é alcançado pelo corpo. Sem o osso e tendão das asas, não há voo. Sem o êxtase, você só pode ser mais arrastada para dentro do corpo, para sua maquinaria. Sua maquinaria enferrujada, rangente, vingativa e bruta.

Quando Tobias fica fora de alcance, ela fecha a porta e começa a rotina da hora de dormir. Sapatos substituídos por chinelos: melhor fazer isso devagar. Depois, as roupas devem sair, uma aba de velcro depois da outra, e devem ser penduradas em cabides, mais ou menos, e colocadas no armário. A roupa íntima no cesto da lavanderia, e já não era sem tempo: Katia vai cuidar disso amanhã. A micção realizada sem muito esforço, dar a descarga. Suplementos vitamínicos e outros comprimidos tomados com muita água, porque é desagradável quando se dissolvem no esôfago. Morte por asfixia evitada.

Ela também evita cair no box. Segura firme os suportes e não usa demais o sabonete líquido escorregadio. É melhor se enxugar sentada, muitos se arrependeram tentando enxugar os pés estando de pé. Ela toma nota mentalmente para ligar ao Serviço marcando hora no salão para cortar as unhas, outra coisa que não pode mais fazer sozinha.

A camisola, limpa e dobrada, foi colocada já pronta na cama por mãos silenciosas que trabalham nos bastidores durante a hora do jantar, e a cama foi preparada. Sempre tem um chocolate no travesseiro. Ela apalpa em busca dele e o encontra, tira a embalagem laminada e come o chocolate com avidez. São os detalhes que diferenciam o Ambrosia Manor dos rivais, dizia o folheto. Desfrute. Você merece.

Na manhã seguinte, Tobias se atrasou para o desjejum. Ela percebe o atraso dele, depois confirma com o relógio falante da cozinha, outro presente de Alyson, aperta-se um botão — se conseguir encontrar o botão — e o relógio diz a hora na voz de uma professora de aritmética condescendente da segunda série: "São oito e trinta e dois. Oito e trinta e dois." Depois são oito e trinta e três, depois oito e trinta e quatro, e a cada minuto Wilma sente a pressão sanguínea despencar. Será que aconteceu alguma coisa com Tobias? Um derrame, um ataque cardíaco? Acontece dessas coisas no Ambrosia Manor toda semana: uma renda líquida elevada não é defesa contra isso.

Enfim, ele chega.

— Tenho novidades — diz ele, quase antes de entrar pela porta. — Estive na aula de ioga.

Wilma ri. Não consegue se conter. É a ideia de Tobias fazendo ioga, ou mesmo estando numa sala onde se pratica ioga. O que ele escolheu vestir para esse evento? Tobias e moletons não fazem sentido juntos.

— Compreendo que ache graça, minha cara dama — diz Tobias. — Esse negócio de ioga não é o que eu escolheria, em vista de alternativas. Tive de me sacrificar no interesse de obter informações. De todo modo, não teve aula, porque não tinha instrutor. Então as senhoras e eu... pudemos conversar.

Wilma fica mais séria.

— Por que não tinha instrutor nenhum? — pergunta.

— Eles bloquearam o portão — anuncia Tobias. — Se recusam a permitir que alguém entre.

— O que houve com a polícia? E a segurança do Manor?

Bloquearam: isso não é insignificante. Levantar bloqueios requer a mão mais pesada.

— Não vejo em lugar nenhum — diz Tobias.

— Venha se sentar — diz Wilma. — Vamos tomar um café.

— Tem razão — diz Tobias. — Precisamos pensar.

Eles se sentam à mesa pequena, bebem o café e comem o cereal de aveia; não tem mais farelo de trigo e — Wilma percebe — poucas esperanças de comprar mais. Devo valorizar este cereal, pensa enquanto ele estala em sua cabeça. Devo saborear este momento. As pessoinhas estão agitadas hoje, giram em uma valsa acelerada, faíscam em lantejoulas prateadas e douradas, dão um espetáculo para ela. Agora Wilma não pode dar atenção a elas porque existem questões mais sérias a considerar.

— Eles estão impedindo a entrada de todo mundo? — pergunta ela a Tobias. — Pelo bloqueio. — Qual era mesmo aquele livro que ela leu sobre a Revolução Francesa? Versalhes bloqueada, com a família real assando e preocupada ali dentro.

— Só os funcionários — diz Tobias. — Estão mais ou menos ordenando que vão embora. Não os residentes. Temos de ficar. Assim parecem ter decretado.

Wilma pensa nisso. Então os funcionários têm permissão de sair, mas depois disso não serão readmitidos.

— E nenhum furgão de entrega — diz ela, uma afirmação, não uma pergunta. — Como o do frango.

— Naturalmente que não — diz Tobias.

— Eles querem nos matar de fome — diz ela. — Neste caso.

— É o que parece — diz Tobias.

— Podíamos nos disfarçar — diz Wilma. — Para sair. De zeladores, não sei. Zeladores muçulmanos, com a cabeça coberta. Ou coisa parecida.

— Duvido muito que passemos impunes, minha cara dama. É um problema entre gerações. O tempo deixa suas marcas.

— Talvez existam zeladores bem velhos — diz Wilma, esperançosa.

— É uma questão de grau — diz Tobias. Ele suspira, ou será um chiado? — Mas não se desespere. Não sou desprovido de recursos.

Wilma quer dizer que não está se desesperando, mas se contém, porque pode ficar complicado demais. Ela não consegue identificar exatamente o que sente. Não é desespero, de forma alguma. Nem esperança. Ela só quer ver o que vai acontecer. Certamente não será a rotina diária.

Antes de fazer qualquer outra coisa, Tobias insiste que eles encham a banheira de Wilma, como provisão para o futuro. A banheira dele já está cheia. Mais cedo ou mais tarde, a eletricidade será cortada, diz ele, depois a água vai parar de correr; é só uma questão de tempo.

Depois ele faz um inventário dos suprimentos na cozinha e no frigobar de Wilma. Não tem muita coisa, porque ela não guarda mantimentos para almoço ou jantar. Por que faria isso, por que alguém faria? Eles nunca preparam as refeições.

— Tenho um pouco de passas de iogurte — diz Wilma. — Acho. E um pote de azeitonas.

Tobias solta um ruído de escárnio.

— Não podemos viver dessas coisas — diz, sacudindo uma caixa de papelão de uma coisa ou outra, como quem ralha. Ontem, diz Tobias, ele tomou a precaução de ir à lanchonete do térreo e fez uma compra discreta de barras de cereais, pipoca caramelizada e frutas secas salgadas.

— Que inteligente de sua parte! — exclama Wilma.

Sim, admite Tobias. Foi inteligente. Mas essas rações de emergência não os sustentarão por muito tempo.

— Preciso descer e explorar a cozinha — diz ele. — Antes que alguém tenha a mesma ideia. Provavelmente vão invadir as lojas e serão pisoteados. Já vi isso acontecer.

Wilma quer ir com ele. Ela pode agir como amortecedor contra o pisoteio, pois quem a consideraria uma ameaça? E se eles vencerem as hordas invasoras, ela pode levar alguns mantimentos na bolsa para seu apartamento. Mas não sugere isso, porque, naturalmente, ela atrapalharia: ele terá muito o que fazer sem ainda conduzi-la de um lado para outro.

Tobias parece perceber o desejo dela de ser útil. Ele teve a consideração de pensar em um papel para Wilma: ela permanece no quarto e ouve o noticiário. Coleta de informações, como ele chama.

Depois que Tobias sai, Wilma liga o rádio na quitinete e se prepara para coletar informações. Uma reportagem acrescenta pouco ao que eles já sabem: Nossa Vez é um movimento, é internacional, parece pretender se livrar do que um dos manifestantes chama de "a madeira morta e parasita do topo" e outro chama de "os rolos de poeira embaixo da cama".

As autoridades estão agindo esporadicamente, quando agem. Têm coisas mais importantes com que se preocupar: mais enchentes, mais incêndios florestais descontrolados, mais tornados, e tudo isso os mantêm ocupados. Soam clichês de vários chefões. Aqueles que se encontram nas visadas instituições para aposentados não devem sucumbir ao pânico e nem tentar sair, porque sua segurança nas ruas não pode ser garantida. Vários que decidiram imprudentemente enfrentar a turba não sobreviveram à tentativa, um foi dilacerado à mão. Os bloqueados devem ficar onde estão, porque tudo logo estará sob controle. Helicópteros podem ser enviados. Os parentes dos sitiados não devem tentar nenhuma intervenção, porque a situação é instável. Todos devem obedecer à polícia, ou aos militares, ou às forças especais. Aqueles que estiverem com megafones. Sobretudo, eles devem se lembrar de que a ajuda está a caminho. Wilma duvida, mas fica sintonizada para a mesa-redonda que se seguirá na rádio. O primeiro convidado sugere que cada um dos participantes diga sua idade e profissão, o que é feito: acadêmico, 35, antropólogo social; engenheiro do setor de energia, 42; especialista em finanças, 56. Eles então rodeiam se esta coisa que está acontecendo é um surto de vandalismo, um assalto a toda a nação de idosos, à civilização e às famílias, ou se, por outro lado, é compreensível, considerando os desafios, as provocações e, para falar com muita franqueza, os desastres, econômicos e ambientais, que sobrecarregam aqueles que têm, digamos, menos de 25 anos.

Existe fúria lá fora e, sim, é triste que alguns dos mais vulneráveis na sociedade sirvam de bode expiatório, mas esta reviravolta tem seus precedentes na história e, em muitas sociedades — diz o antropólogo —, os idosos costumavam se curvar generosamente para dar lugar a bocas jovens, andando na neve ou sendo carregados por encostas de montanhas e sendo deixados ali. Mas isso aconteceu quando havia poucos recursos materiais, diz o economista: na verdade, a faixa demográfica dos mais velhos é de grandes geradores de empregos. Sim, mas eles devoram os dólares da assistência médica, cuja maioria é gasta naqueles nos últimos estágios da... sim, muito bem, mas vidas inocentes estão sendo perdidas, se posso interromper, isso depende do que você chama de inocente, algumas pessoas... certamente não está defendendo, claro que não, mas você tem de admitir que...

O apresentador anuncia que agora eles receberão chamadas dos ouvintes.

"Não confie em ninguém com menos de sessenta anos", diz o primeiro que liga. Todos riem.

O segundo ouvinte diz que não entende como eles podem tratar desta questão com leveza. As pessoas de certa idade trabalharam arduamente a vida toda, foram contribuintes por décadas, e a maioria ainda é, e onde está o governo em tudo isso, será que eles não percebem que os jovens nunca votam? A vingança aparecerá nas urnas dos representantes eleitos se eles não tomarem providências e arrumarem essa bagunça já. Mais prisões, é disso que precisamos.

O terceiro ouvinte começa dizendo que vota, mas que isso nunca lhe serviu de nada. Depois diz, "Fogo na poeira".

"Não entendi", diz o apresentador. O terceiro ouvinte começa a gritar, "Você me ouviu bem! Fogo na poeira! Você me ouviu!" e interrompe a ligação. Música animada de rádio.

Wilma desliga o aparelho: já basta de coleta de informações por hoje.

Enquanto se atrapalha para encontrar um saquinho de chá — arriscado, preparar um chá, ela pode se queimar com a água, mas terá muito cuidado —, o seu telefone de números grandes toca. É um aparelho antiquado, com um fone; ela não consegue mais lidar com um celular. Wilma localiza o telefone com a visão periférica, ignora as dez ou 12 pessoinhas que patinam na bancada da cozinha com capas de veludo debruadas de peles e protetores de orelha prateados e atende.

— Ah, graças a Deus — diz Alyson. — Vi o que está acontecendo, mostraram seu prédio na TV, todas aquelas pessoas do lado de fora e o furgão da lavanderia virado, fiquei apavorada! Estou pegando um avião agora e...

— Não — diz Wilma. — Está tudo bem. Eu estou bem. Está sob controle. Fique onde você... — E a linha emudece.

Então agora estão cortando cabos. A qualquer minuto a eletricidade vai sumir. Mas o Ambrosia Manor tem um gerador, então as coisas continuarão funcionando por algum tempo.

Quando Wilma está bebendo o chá, a porta se abre, mas não é Tobias: não tem cheiro de Brut. Há um silêncio, e passos, um cheiro de roupa úmida e salgada, uma lufada de choro. Wilma é engolfada em um abraço forte e despenteado.

— Disseram que devo deixar você! Disseram que devo! Estão mandando todos saírem do prédio, todos os trabalhadores, todos os cuidadores, todos nós, ou eles vão...

— Katia, Katia — diz Wilma. — Calma.

Ela se desvencilha dos braços, um de cada vez.

— Mas você é como uma mãe para mim! — Wilma sabe alguma coisa sobre a mãe tirânica de Katia para achar que isso é um elogio, mas a intenção é gentil.

— Eu vou ficar bem — diz ela.

— Mas quem vai fazer sua cama, lhe trazer toalhas limpas, limpar as coisas que você quebrou e colocar o chocolate em seu travesseiro à noite... — Mais choro.

— Posso me cuidar — diz Wilma. — Agora, seja boazinha e não crie problemas. Estão mandando o exército. O exército vai ajudar.

É uma mentira, mas Katia precisa sair. Por que ela ficaria presa ali, no que parece cada vez mais uma fortaleza sitiada?

Wilma pede a Katia para pegar sua bolsa e lhe dá todo o dinheiro que tem. Alguém pode muito bem arrumar uma utilidade para isso; ela não vai fazer uma farra de compras tão cedo. Ela diz a Katia para verificar o estoque de sabonete floral nos pacotes do banheiro, deixando dois para Wilma, só por precaução.

— Por que tem água na banheira? — pergunta Katia. Pelo menos ela parou de chorar. — É água fria! Vou esquentar!
— Está tudo bem — diz Wilma. — Deixe como está. Agora, corra. E se eles bloquearem as portas com uma barricada? Você não vai querer se atrasar.

Quando Katia sai, Wilma anda pela área de estar, derrubando algo de uma estante — o porta-lápis, ouve-se o barulho de varetas de madeira — e desaba na poltrona. Pretende fazer um levantamento da situação, analisar a vida ou algo do gênero, mas primeiro vai tentar vencer mais uma ou duas frases de *E o vento levou* no *e-reader* de letras grandes. Ela liga a coisa e encontra onde parou, um assombro em si. Estará na hora de ela aprender braille? Sim, mas agora isso é improvável.

Oh, Ashley, Ashley, pensou ela, e seu coração bateu mais rápido... Idiota, pensa Wilma. A destruição está na sua porta e você lamenta por aquele covarde? Atlanta vai arder em chamas. Tara será destruída. Tudo será varrido do mapa.

Antes de se dar conta, ela está cochilando.

Ela é acordada por Tobias, que sacode delicadamente seu braço. Estaria roncando, de boca aberta, com a ponte no lugar?
— Que horas são? — pergunta ela.
— Hora do almoço — diz Tobias.
— Encontrou alguma comida? — Wilma senta-se direito.
— Conzegui um pouco de macarrão — diz Tobias. — E uma lata de feijão cozido. Mas a cozinha estava ocupada.
— Ah. Alguns ficaram? Da equipe da cozinha? — Essa seria uma notícia reconfortante: ela percebe que está com fome.
— Não, todos foram embora — diz Tobias. — São Noreen e Jo-Anne, e algumas outras pessoas. Prepararam uma sopa. Vamos descer?

O salão de jantar está a todo vapor, a julgar pelo barulho. Todos entrando no espírito da coisa, qualquer que seja esse espírito. Histeria, seria a aposta de Wilma. Eles devem trazer a sopa da cozinha, como garçons. Ouve-se um estrondo; muitos risos.

A voz de Noreen se eleva, bem atrás de seu ouvido.

— Isso não é notável? — diz ela. — Todo mundo está arregaçando as mangas e colaborando! Parece um acampamento de verão! Acho que eles pensam que não podemos lidar com isso!

— O que está achando de nossa sopa? — Desta vez é Jo-Anne. A pergunta não é dirigida a Wilma, mas a Tobias. — Fizemos em um caldeirão!

— Deliciosa, minha cara dama — fala Tobias educadamente.

— Assaltamos o freezer! Colocamos de tudo! — diz Jo-Anne. — Tudo, menos a pia da cozinha! Olho de salamandra! Pé de sapo! Dedo de bebê estrangulado no parto! — Ela ri.

Wilma fica tentada a identificar os ingredientes. Um pedaço de salsicha, uma vagem, um cogumelo?

— O estado da cozinha é deplorável — informa Noreen. — Não sei pelo que estamos pagando, a suposta equipe! Certamente não é pela limpeza! Eu vi um rato.

— Shhh — diz Jo-Anne. — O que eles não veem, o coração não sente! — As duas riem alegremente.

— Não fico alarmado com um rato — diz Tobias. — Já vi coisa pior.

— Mas está medonho na ala de Moradia Avançada — diz Noreen. — Fomos ver se podíamos levar uma sopa para eles, mas as portas de comunicação estavam trancadas.

— Não conseguimos abrir — diz Jo-Anne. — E os funcionários de lá foram embora. Isso quer dizer...

— É terrível, terrível — diz Noreen.

— Não há nada que se possa fazer — afirma Tobias. — As pessoas neste salão não podem cuidar daquelas outras, de todo modo. Está além de nossa capacidade.

— Eles devem estar muito confusos lá dentro — fala Noreen em voz bem baixa.

— Bom — diz Jo-Anne. — Depois de almoçar, acho que todos nós devemos reunir nossa força de vontade, formar duas filas e marchar para fora daqui! Depois, podemos falar com as autoridades, eles entrarão e abrirão as portas e vão transferir aquelas pobres pessoas para um local adequado. Toda essa história é para lá de deplorável! Quanto àquelas máscaras idiotas de bebê que eles usam...

— Eles não vão deixar vocês passarem — argumenta Tobias.

— Mas estaremos todos juntos! A imprensa estará lá. Eles não se atreveriam a nos impedir, não com o mundo inteiro assistindo!

— Eu não contaria com isso — diz Tobias. — O mundo inteiro quer se sentar na primeira fila para ver eventos como este. A queima de bruxas e os enforcamentos públicos sempre tiveram plateia.

— Agora você está me assustando — comenta Jo-Anne. Ela não parece muito assustada.

— Vou tirar uma soneca primeiro — diz Noreen. — Para me recuperar. Antes de sairmos em marcha. Pelo menos não teremos de lavar os pratos naquela cozinha imunda, já que não ficaremos mais aqui.

• • •

Tobias fizera o circuito pela área: o portão dos fundos está sitiado também, diz, como naturalmente estaria. Ele passa o resto da tarde no apartamento de Wilma, servindo-se de seu binóculo. Mais pessoas se reúnem do lado de fora dos portões dos leões; brandem as placas de sempre, diz ele, além de uma nova: ACABOU O TEMPO. FOGO NA POEIRA. RÁPIDO POR FAVOR CHEGOU A HORA.

Ninguém se arrisca a passar pelo muro do perímetro, ou ninguém que Tobias tenha visto. O dia está nublado, o que diminui a visibilidade. Será uma noite fria para esta época do ano, ou era o que a TV dizia antes se ser silenciada. Seu celular agora não tem sinal, ele diz a Wilma, os jovens lá fora, embora preguiçosos e comunistas, sabem manipular a tecnologia. Cavam túneis secretamente aqui e ali na internet, como cupins. Devem ter se apoderado de uma lista dos residentes do Ambrosia, acessaram suas contas e desativaram tudo.

— Eles têm tambores de óleo — diz ele. — Com fogo dentro. Estão preparando cachorro-quente. E bebendo cerveja, suspeito.

Wilma gostaria de um cachorro-quente. Pode imaginar sair dali e perguntar educadamente se eles estariam inclinados a compartilhar. Mas também pode imaginar a resposta.

Lá pelas cinco horas, um grupo exíguo de residentes do Ambrosia Manor se reúne na porta de entrada. Só uns 15, diz Tobias. Organizam-se em fila dupla, como que numa procissão: duplas e um trio restante. A multidão do lado de fora para, observa. Alguém entre os residentes encontrou um megafone: Jo-Anne, diz Tobias. Ordens são dadas, indecifráveis pelo vidro da janela. As filas avançam, hesitantes.

— Eles chegaram ao portão? — pergunta Wilma.
Como queria poder ver isso! Parece um jogo de futebol, da época em que era universitária! A tensão, os times adversários, os megafones. Ela sempre ficou no meio do público, não no jogo, porque meninas não jogavam futebol, seu papel era gritar. E se confundir com as regras, como acontece agora.

O suspense acelera o coração. Se o grupo de Jo-Anne conseguir passar, os outros podem se organizar e tentar o mesmo.

— Sim — diz Tobias. — Mas aconteceu uma coisa. Houve um incidente.

— Como assim? — pergunta Wilma.

— Não é bom. Agora estão voltando.

— Estão correndo?

— O máximo que podem — diz Tobias. — Vamos esperar até escurecer. Depois devemos sair rapidamente.

— Mas não podemos sair! — Wilma quase geme. — Eles não vão deixar!

— Podemos sair do prédio — diz Tobias — e esperar no jardim. Até eles irem embora. Então estaremos desimpedidos.

— Mas eles não vão embora! — diz Wilma.

— Eles vão embora quando isto acabar — diz Tobias. — Agora vamos comer alguma coisa, vou abrir esta lata de feijão. O fracasso da humanidade para inventar um abridor de latas que realmente funcione nunca deixou de me dar desgosto. O projeto do abridor de latas não passou por aprimoramentos desde a guerra.

O que quer dizer com *acabar*?, Wilma quer perguntar; mas não pergunta.

Wilma se prepara para a excursão proposta. Tobias disse que eles talvez saiam dali a algumas horas, ou possivelmente dias.

Depende. Ela veste um cardigã e pega um xale e um pacote de biscoitos; também sua lupa de joalheiro e o *e-reader*, leve o bastante para ser portátil. Ela se preocupa com bagatelas. Sabe que são bagatelas, mas, ainda assim, onde vai colocar os dentes à noite? Seus dentes caros. E as roupas íntimas limpas? Eles não podem levar muita coisa, segundo Tobias.

Agora vão se aventurar, como camundongos à luz da lua. É a hora certa, diz Tobias. Ele a leva pela mão, descendo a escada, depois passam pelo corredor até a cozinha, em seguida pelo depósito e pelas lixeiras. Ele dá nome a cada etapa da jornada, para que ela saiba onde estão. Tobias para em cada soleira.

— Não se preocupe — diz ele. — Não tem ninguém aqui. Todos partiram.

— Mas eu ouvi alguma coisa — ela sussurra, e ouviu mesmo algo rastejar, um farfalhar. Um guincho, como que de vozes mínimas e estridentes: serão as pessoinhas enfim falando com ela? Seu coração bate exasperadamente rápido. É um cheiro, um odor animal fétido como de couro cabeludo quente demais, como de axilas sem banho?

— São ratos — diz ele. — Sempre tem ratos em lugares como este, escondidos. Eles sabem quando é seguro sair. São mais inteligentes do que nós, creio. Segure meu braço, tem um degrau para descer.

Agora eles passaram pela entrada dos fundos; estão do lado de fora. Há vozes distantes, estão entoando — devem vir da multidão do portão da frente. O que estão dizendo? *Hora de Sair. Rapidinho aí. Queimem Vocês. É a Nossa Vez.* Um ritmo nefasto.

Mas vem de longe. Aqui, nos fundos do prédio, está tranquilo. O ar é fresco, a noite é fria. Wilma tem medo de eles serem vistos, confundidos com invasores ou fugitivos da ala de

Moradia Avançada, mas certamente não tem ninguém por perto. Nenhum homem com um beagle. Tobias usa sua lanterna para guiar os próprios passos e, por extensão, os dela, fica acendendo e apagando.

— São vaga-lumes? — sussurra Wilma.

Ela espera que sim, porque, se não forem, o que são aquelas faíscas de luz na beira de sua visão, pulsando como sinais? Será alguma nova anomalia neurológica, o cérebro em curto-circuito como uma torradeira jogada numa banheira?

— Muitos vaga-lumes — responde Tobias aos sussurros.

— Para onde vamos?

— Você verá quando chegarmos lá.

Wilma tem um pensamento indigno, depois outro assustador. E se Tobias inventou a história toda? E se não tiver nenhuma multidão de manifestantes com máscaras de bebê nos portões? E se for uma alucinação coletiva, como estátuas que choram sangue ou Virgens Marias nas nuvens? Ou pior, e se tudo isso for um ardil complexo, planejado para seduzi-la a sair, onde Tobias possa matá-la por estrangulamento? E se ele for um maníaco homicida?

Mas e as transmissões de rádio? Facilmente forjadas. Mas Noreen e Jo-Anne, a sopa deles na cozinha? Atores pagos. E o canto que ela ouviu há pouco? Uma gravação. Ou um grupo de estudantes recrutados — eles ficariam felizes em entoar palavras de ordem por um salário mínimo. Nada seria impossível para um lunático organizado com dinheiro.

Livros de assassinato demais, Wilma diz a si mesma. Se ele quisesse te matar, teria feito antes. E, mesmo que ela tenha razão, não pode voltar atrás: não teria a menor ideia de onde fica o *atrás*.

— Chegamos — diz Tobias. — Assentos de camarote. Vamos ficar bem confortáveis aqui.

Eles estão em um dos gazebos, aquele na extremidade esquerda. Fica do outro lado do lago ornamental e tem, segundo Tobias, uma vista parcial da entrada principal do Ambrosia Manor. Ele trouxe o binóculo.

— Coma uns amendoins — diz ele.

Ela ouve um crepitar — a embalagem — e ele transfere alguns ovoides para a palma da mão de Wilma. Como são tranquilizadores! Seu pânico se esvai. Ele escondeu um cobertor no gazebo mais cedo e duas garrafas térmicas de café. Agora, pega esses objetos e os dois se acomodam para o piquenique incomum. E, como aconteceu antes, em piqueniques vagamente recordados em que ela esteve com rapazes — eventos com fogueira, com cachorro-quente e cerveja —, um braço se solidifica no escuro e passa em volta de seus ombros, com confiança, mas timidamente. Está de fato ali, este braço, ou é imaginação dela?

— Você está em segurança comigo, minha cara dama — diz Tobias.

Tudo é relativo, pensa Wilma.

— O que eles estão fazendo agora? — pergunta ela com um leve tremor.

— Zanzando — diz Tobias. — Primeiro zanzaram. Agora tem gente se exaltando.

Ele coloca o cobertor em volta dela, solícito. Tem uma fila de pessoinhas, homens e mulheres, de trajes de veludo vermelho opaco, ricamente texturizados e estampados de dourado; eles devem estar na grade do gazebo, que ela não consegue enxergar. Estão envolvidos em um passeio majestoso, de braços dados, um casal depois de outro. Avançam, param, voltam, fazem mesuras, depois avançam de novo, com sapatos pontudos e dourados. As mulheres têm coroas florais com borboletas; os homens têm mitras, como de bispos. Deve tocar música para eles, em uma frequência que está além da humana.

— Pronto — diz Tobias. — As primeiras chamas. Eles têm tochas. Sem dúvida também têm explosivos.

— Mas os outros... — diz Wilma.

— Não há nada que eu possa fazer pelos outros — declara Tobias.

— Mas Noreen. Jo-Anne. Elas ainda estão lá dentro. Elas vão...

Ela está agarrando — percebe — as próprias mãos. Parecem pertencer a outra pessoa.

— Sempre foi assim — diz ele com tristeza. Ou será frieza? Ela não sabe.

O rugido da multidão cresce.

— Agora eles estão do lado de dentro dos muros — diz Tobias. — Empilham objetos perto da porta do prédio. Da porta lateral também, suponho. Para impedir a saída, ou a entrada. E a porta dos fundos. Eles farão o serviço completo. Estão rolando os tambores de óleo portão adentro, e têm um carro perto da escada da frente, para bloquear qualquer tentativa.

— Não gosto disso — diz Wilma.

Há uma explosão súbita. Quem dera fossem fogos de artifício.

— Está queimando — diz Tobias. — O Manor.

Há um grito estridente e mínimo. Wilma tapa as orelhas, mas ainda consegue ouvir. Ele continua, no início alto, depois minguando.

Quando vão chegar os bombeiros?! Não há sirenes.

— Não consigo suportar — diz ela. Tobias acaricia seu joelho.

— Talvez eles pulem pelas janelas — diz ele.

— Não — diz Wilma. — Não vão pular. — Ela não pularia, no lugar deles. Simplesmente desistiria. De todo modo, a fumaça vai alcançá-los primeiro.

Agora as chamas tomaram tudo. São tão brilhantes. Mesmo olhando diretamente para elas, Wilma consegue enxergar. Misturadas com as chamas, bruxuleando e se elevando, estão as pessoinhas, os trajes vermelhos reluzindo de dentro, escarlate, laranja, amarelo, dourado. Giram para cima numa espiral, estão tão alegres! Elas se encontram e se abraçam, participam. É uma dança aérea.

Veja. Veja! Elas estão cantando!

AGRADECIMENTOS

Estes nove contos devem a contos de todas as épocas. Chamar uma peça de ficção curta de "conto" a afasta, pelo menos ligeiramente, do reino dos trabalhos e dos dias mundanos, porque evoca o mundo dos contos folclóricos, dos contos fantásticos e do contador de histórias de muito tempo atrás. Podemos supor com segurança que todos os contos são ficcionais, enquanto uma "história" pode muito bem ser verídica, sobre o que costumamos concordar chamar de "vida real", como uma história curta que se mantém nos limites do realismo social. O velho marujo conta um conto. "Me dê uma moeda de cobre e lhe contarei um conto de ouro", gostava de dizer o falecido Robertson Davies.

Vários destes contos são contos sobre contos; deixarei a você descobrir quais. Três deles foram publicados:

O conto do título, "Colchão de Pedra", começou no Ártico canadense durante uma viagem da Adventure Canada como um jeito de divertir meus companheiros de aventura. Graeme Gibson fez uma contribuição substancial, porque parecia ter um plano detalhado de como uma pessoa pode matar alguém em uma viagem dessas sem ser apanhado. Como os passageiros só queriam saber como a história terminava (os numerosos Bobs a bordo ficaram especialmente interessados), eu o concluí. Foi publicado na *New Yorker* (19 e 26 de dezembro de 2011), e por isso agradeço à editora Deborah Triesman.

"Lusus Naturae" foi escrito para Michael Chabon, que reunia uma coletânea de contos estranhos: *McSweeney's Enchanted Chamber of Astonishing Stories*. Org. Michael Chabon. Vintage Books (2004).

"Sonhei com Zenia de Dentes Bem Vermelhos" foi escrito para *The Walrus* (edição de verão, 2012). Os escritores foram desafiados a rever uma personagem de obra de ficção anterior deles, e escolhi Zenia e suas amigas, ou contratipos, Ros, Charis e Tony, de *The Robber Bride* [*A noiva ladra*, Rio de Janeiro: Rocco, 2012].

Minha gratidão, como sempre, a meus editores: Ellen Seligman da McClelland & Stewart, Random House (Canadá); Nan Talese da Doubleday, Random House (EUA); e Alexandra Pringle da Bloomsbury (Reino Unido). E à preparadora de originais Heather Sangster da Strongfinish.ca.

Agradeço também a minhas primeiras leitoras: Jess Atwood Gibson e Phoebe Larmore, meu agente norte-americano, e a minhas agentes britânicas Vivienne Schuster e Karolina Sutton, da Curtis Brown.

Também a Betsy Robbins e Sophie Baker da Curtis Brown, que lidaram com os direitos no exterior. Agradeço também a Ron Bernstein da ICM. Também a Louise Dennys da Vintage, LuAnn Walther da Anchor e Lennie Goodings da Virago, e a meus muitos agentes e editores de todo o mundo. E a Alison Rich, Ashley Dunn e Madeleine Feeny, e também a Judy Jacobs.

Agradeço à minha secretária, Suzanna Porter; também a Sarah Webster e Laura Stenberg; e a Penny Kavanaugh; e a VJ Bauer, a Joel Rubinovich e Sheldon Shoib. E a Michael Bradley e Sarah Cooper, e a Coleen Quinn e Xiaolan Zhao. E à Universidade de East Anglia, em especial a Andrew Cowan e ao Writers' Centre of Norwich — em particular a Chris Gribble —, onde passei parte de um período como professora visitante da Unesco City Literature e onde dois contos foram concluídos.

Por fim, meus agradecimentos especiais a Graeme Gibson, que sempre teve uma mente diabólica.

Impressão e Acabamento:
BARTIRA GRÁFICA